陕西省委宣传部重大文化精

新 生

黄 朴 著

西安出版社

图书在版编目（CIP）数据

新生 / 黄朴著. —西安：西安出版社，2019.9（2021.5重印）
（"陕西青年作家走出去"丛书）
ISBN 978-7-5541-3636-2

Ⅰ.①新… Ⅱ.①黄… Ⅲ.①长篇小说 - 中国 - 当代
Ⅳ.①I247.5

中国版本图书馆CIP数据核字（2019）第196640号

XINSHENG
新　生
―――――――――――――――――――――――――――
著　　者：黄　朴
出版发行：西安出版社
社　　址：西安市曲江新区雁南五路1868号影视演艺大厦11层
电　　话：（029）85253740
邮政编码：710061
印　　刷：永清县晔盛亚胶印有限公司
开　　本：889 mm×1194 mm　1/32
印　　张：8
字　　数：200千
版　　次：2019年9月第1版
印　　次：2021年5月第2次印刷
书　　号：ISBN 978-7-5541-3636-2
定　　价：39.00 元
―――――――――――――――――――――――――――
△　本书如有缺页、误装，请寄回另换。

序

贾平凹

正是天寒地冻万物凋敝时节，读到十位青年作家的书稿令人欣喜与温暖。这批作家的写作有想法也有锐度，如同一道亮丽的风景，让人感受到文学的蓬勃力量。

陕西青年文学协会成立几年来，在团结文学青年方面做了很多实实在在的事情。"陕西青年作家走出去"丛书的编辑就是一项令人感动的事情。第一辑丛书我看过，整体水平高，社会影响大，在推动陕西青年文学写作方面起到了凝心聚力的积极作用，也向外界集中展示了陕西文学的新力量。如今，第二辑丛书再次推出十位青年作家，颇有长江后浪推前浪的气势。事实上，他们中的很多人在文学创作上已经取得了不俗的成绩。这次，"陕西青年作家走出去"丛书（第二辑）被列为陕西省重大文化精品扶持项目，就说明了他们的创作得到了认可，可喜可贺。静心翻阅十本风格迥异的作品，他们的文学才情令人感叹。这些作品无论是写乡村还是写城市，无论抒情还是言物都有显著的特点。他们对于现代化冲击下的社会突变、世相百态和复杂人性把握得比较到位，看得出是有深厚文学积淀的。他们在写作技艺上的探索与尝试不拘泥于传统，精到而又大胆。既有传统的现实主义叙事，又融合了荒诞、象征等现代主义笔法。作品意象飞驰，胸怀远方，呈现出陕西青年文学富有时代活力的精神向度。整体阅读这十本书，很有冲击力。

有人说文学正在被边缘化，但通过一批批写作者不难看出，文学自有它的天地归宿。因为文学书写的是记忆生活，是一件打开灵魂通透人心的事情。文学的美是所有艺术形式里最能激荡人心的美。我想，即使在未来的智能化时代，文学的功用也不会被取代。

所以我们常说生活是文学的源泉。只有深入生活，才能创作出既有时代精神，又有思想深度和生活温度的作品，才能引起读者的共鸣从而产生社会影响。在互联网时代，信息的获取快捷丰富却又复杂多变。如何保持清醒的态度建立自己的文学写作观念值得大家思考。现在的一些文学作品的确精巧、华丽，读起来也有快感，但缺少筋骨和力量，说透了就是缺乏打动人心的感染力。我想，在这样一个众声喧嚣的思想体系里，写什么和怎么写不仅仅是青年作家面临的困惑和难题，也是我长久思考的问题。文学不仅反映生活，也要照亮生活。这大概就是文学的神圣与伟大之处。

当下，陕西的文学氛围非常好。省委、省政府高度重视文学事业，资助"百优作家"，号召文学陕军再进军。所以，耐下性子，静下心来，关注现实生活，关心国家命运，以甘于坐冷板凳的心态踏实写作，就一定能写出好的作品。我相信几十年后，再看这些作品，就会更深刻地理解"陕西青年作家走出去"的深远意义了。

（贾平凹，中国作家协会副主席、陕西省作家协会主席）

担当时代使命　勇攀艺术高峰

钱远刚

陕西是文学的沃土，青年是文学的希望。青年作家的成长成才一直是文学界重点关注的话题。陕西青年作家对文学坚持不懈的执着追求、扎实稳健的步伐、深切的生命体验与独特的审美意识展现出充满朝气、昂扬向上的蓬勃英姿。按照"出人才出精品"的要求，陕西省作家协会高度重视对青年文学人才的培养，不断完善工作机制，探索创新方法，千方百计地为青年作家的成长成才搭建平台、提供机遇，使陕西作家队伍呈现出文学发展新气象，成为文学陕军新生力量。

党的十九大描绘的"两个一百年"奋斗目标、开启中国特色社会主义建设的新征程，党和国家事业取得了历史性成就和历史性变化，为文学作品的创作提供了丰富的滋养，广大青年作家和文学工作者要与人民同在，与时代同行，与改革同向，与发展同步，自觉践行和弘扬社会主义核心价值观，坚持远大理想、提升思想境界、加强人格修养、拓宽文学视野，用心用情用功抒写我们伟大的时代，才有可能创造出展示时代风云际会、反映人民群众生活的优秀文艺作品！

气象万千的新时代属于每一个人，人人都是新时代的见证者、开创者、建设者。在习近平新时代中国特色社会主义思想指引下，陕西省委提出了大力推动"文学陕军再进军"的战略部署，我省文学事业繁荣发展，文学界精神面貌焕然一新，文学创作出现了前所未有的大好局面，这为青年作家提供了大有作为的用武之地。青年作家更要志存高远，克服"浮躁"，坚持以人民为中心的创作导向，深入生活，扎根人民，坚定文化自信，自觉向大师学习、向经典学习、向人民学习、向实践学习，守正出新，再创佳绩，努力攀登文学艺术新高峰。

　　去年，在省委宣传部指导下，在陕西省作家协会的支持下，陕西省青年文学协会面向全省青年作家公开征集作品，经过专家学者认真评选，共有十位陕西青年作家入选"陕西青年作家走出去"丛书第一辑，在文学界取得了良好的反响。今年，该丛书再次面向全省青年作家公开征集优秀文学作品，引起广泛关注，并被省委宣传部列入2018年度陕西省重大文化精品扶持项目。这是唱响做实新时代"文学陕军再进军"的一个重要举措，彰显出陕西新一代作家逐渐走向成熟，预示着陕西作家人才辈出，文学新人在具有厚重的历史文化、丰富的革命文化、灿烂的先进文化的三秦大地茁壮成长。

　　这次应征入选的"陕西青年作家走出去"丛书第二辑十本书摆放在案头，我一边翻阅着青年作家的辛勤之作，一边不禁为之欣喜。这些作品无论是描写现实题材的小说，还是抒情言志的诗歌，抑或是行文优美的散文、犀利尖锐的评论等等，无不体现出个人写作的进步与超越。他们不因为代际、职业和身份等问题，而缺少对世界的独特感受与敏锐观察。在不同的文学领域，他们表现出起点高、潜力大的特点，文学作品整体上呈现出丰富性和多样性。黄朴的小说集《新生》生动地描绘了城乡社会的众生之相，独特地展现了人性深处的幽微和光芒。武丽的小说《明镜》采用第一人称叙述，笔触精致，情节跌宕起伏，展示社会上特定群体不为人知的一面。刘紫剑的中短篇小说集《二月里来好春光》则多维立体地揭示了日常琐碎中各色人物的生存真相与悲喜故事。王闷闷的中短篇小说集《零度风景》用传统的文化底蕴和现代文本意识，表现当下社会高速发展下存在的问题，以及人与天地与万物的相抵触又相融合的矛盾复杂的心理。毕堃霖的诗集《月亮玫瑰》中一个个自然的物象，在她灵动的笔下，被赋予更生动更多义也更纷繁的诗学意义。穆蕾蕾的诗集《倾听存在的河流》折射出她精神探索的轨迹，随处可见她伫于一物一思而成的诗絮。刘国欣的散文集《次第生活》主要是对生活的内观活动，尤其对童年生活、民间陕北的文化记忆进行了观照。曹文生的散文集《故园荒芜》以故乡为载体，写乡人和事物在现代化冲击下的突变。王可田的评论集《诗观察》通过不同角度、整体性的观察、论述方式，对不同年龄段的活跃在诗坛上的陕西诗人进行了详尽、客观的解读和阐释。献乐谋的网络文学《剑无痕》以沈无眠为父报仇的桥段作为主线，体现出了天外有天、山外有山的感觉。这些作品在显露作者文学才华的同时，对于更新文学观念、传承与思索文学技艺、扩展文学疆域都做了有益的探索与尝试。

这是一个生机勃勃、千帆竞发的新时代，更是孕育文学作品、催生艺术精品的新时代。陕西的青年作家应该勇立潮头，敢于担当，肩负重任，坚持以人民为中心的创作导向，记录新时代，抒写新篇章。要抓住2019年中华人民共和国成立70周年、

2020年全面建成小康社会等重要时间节点，深入挖掘人民群众的豪迈激情和奋进历程，潜心创作出一批讴歌党、讴歌祖国、讴歌人民、讴歌英雄的文学作品，为实现中华民族伟大复兴的中国梦和陕西追赶超越提供强大的精神力量！

（钱远刚，陕西省作家协会党组书记、常务副主席）

目录

01 一个人的年夜

20 新生

41 我不是你们想象中的那种人

60 最后的仪式

80 一只蜜蜂飞过半个城市

99 白豆的远大理想

119 奶奶在窗外站了一夜

137 我们发现了另一个地球

151　看见

171　隐匿者

188　你不是我爸爸

209　镀金时代

一个人的年夜

雪把房子弄得矮胖矮胖的，一串子脚印走近了猪圈，猪还在睡觉呢，金凤就呵呵呵地把它叫醒了，猪眼裂开一条缝，雪亮的光里，一些食物哗哗着奔进槽里，蒸腾的热浪里荡漾着难以抗拒的诱惑，今天是个啥日子啊，猪疑惑地想着，长长的大嘴在猪槽里欢快地搅动。

今天是个啥子日啊？猪拖着装满食物的肚子，细碎的脚印如落了一地的麻雀。它忧郁地望望白雪包裹的树枝，忍不住放了一个屁，萝卜土豆的气味霎时在空中奔跑，不好意思哦，它摇了摇尾巴，看见红红的对联撞进眼里。上联是春满人间百花吐艳，下联是福临小院四季常安。哦。过年了。这个对联是印刷的，像过日子一样呆板，一点也没有手写的好看。往年过年的对联都是年生写。柳镇对联写得最好的是年生。腊月二十五六，年生就在门前摆了一张桌子，红纸墨汁，写好的对联铺了一地，如生了一片红云，年生手握毛笔，在众人的围观里，像一个舞剑的孤独的侠客。年生写对联不收费，有时候连红纸都是自己买的，人们除了叫好，也送些核桃花生，大方一些的，提一条好猫烟或一瓶西凤酒。年生在每副对联的末端都署上"年生书"。大年三十下午，该写的对联全写完了,年生抽着烟,走在村里,一家一家地念贴在门上的对联。有时会自己对自己说,这个字没写好,像泼妇骂街。也会说,这个撇太难看,像鸟拉屎。但今年不见年生背着手念对联了。年生哪里去了呢?雪地里的脚印乱糟糟的,像一群慌乱的图画。猪舍也贴了艳艳的对联,六畜兴旺,五谷丰登。那字看着别扭,像是一坨一坨硬挤出来的屎。猪甚觉不满,这字难看就罢了,内容也不好,猪怎么会是六畜呢,给金凤说一声吧,免得柳镇的人说我没文化。走到门口,墙角鸡的住所没有贴对联,看来在金凤的内心,自己的地位比那些只会下蛋和打鸣的鸡们,还要高出几个档次呢。主人,谢谢你啊。猪走到门口,听见金凤一个人在房间里说话。

金凤抱着一个相框,她的泪水溅到了他脸上。他的脸被压成了一张薄薄的纸,镶嵌在两片玻璃之间。他不是年生么,怎么会隐在玻璃后?猪哼了哼,见金凤不作答,便依偎在金凤脚旁,听金凤和相框里的人说话。

金凤说,年生,你去年过年的时候丢的,我就是去了一趟厕所,回来你就不见了。今年都一年了。你到底躲到哪里去了呢?过年了你也不回家啊?

年生的目光从相框里伸出去,越伸越长,爬到了大门外被大雪覆盖的麦子地,麦子地旁是一条长年喧嚣的河,河边那条水泥路越过镇政府,连接了县城,就一路北上,直达产煤大县店头。年生走近张着大嘴的井口。大嘴吞了他。坐吊罐车到了地下一千米的深处。浑浊的水淹到腰部,恍惚如到了地心,年生心中颤颤的,莫非到了传说中的地府,阎王就住在这个幽暗的深处吗?水面上摇曳着黑魆魆的人影,耳朵里充盈着如雷的心跳。连杀一只鸡都恐惧的年生,在地下一千米的深处,完成了他作为掘进工的惊险一跃。

这是你写的诗吗？金凤展开那张揉皱的报纸。副刊上登着年生在黑暗的地心里写的一首诗。

　　我们来到地心
　　更靠近传说中地府所在的地方
　　走下井口的瞬间
　　就走过了生死的界限
　　矿灯点燃的刹那
　　就点燃了阳光和希望

你知道在地下一千米朗诵诗的感觉吗？年生问。

金凤摇摇头。我没有下过煤矿，想象不来。

神奇得很，你感觉自己像个幽灵，像一个飘荡在黑暗之渊的幽灵。那个炮一直没有响，建华要去，我不让他去，他才十九岁啊。我走到炮跟前，踢了一脚，说，杂种，你还装哑巴呢。炮就轰地响了。狗日的跟我开玩笑呢。

金凤擦着眼泪说，年生啊，你为啥要去煤矿啊，咱柳镇每年都要在煤矿死十几个人，你看看，凡是去煤矿的，都少胳膊短腿的，有几个是浑全的啊。

年生笑了，很苦涩地，皱纹向耳边裂开，脸皮如一团揉皱的纸。他说，煤矿挣钱多啊，一个月抵我在地里干好几年呢。金凤说，不去煤矿不行吗？咱们把庄稼种好，弄些木耳，也可以过活啊。年生说，本子结婚要花钱，不趁着年轻多挣些钱，啥时候能摘掉穷帽子？金凤说，煤矿上太危险了，每年都死人。年生说，哪有那么凑巧呢，我死不了的。黑夜给了我黑色的眼睛，我要用它寻找光明。金凤说，应该让黑夜给你一双猫一样的眼睛，那样你就能在黑夜里看得见光亮。年生说，你简直就是一个诗人。金凤就很骄傲地把头靠在年生的肩头。

她觉得年生某个时间会突然出现门口。过年呢,他能不回家。金凤在灶房里刮土豆皮,在锅里煮腊肉,在门上贴对联。他是过年生的,过年了他自然会回家。

年生再次给金凤读自己写的诗的时候,他的一条胳膊已经炸断了。他对金凤说,我的胳膊炸断了,一条胳膊赔五万,值了。比往年还涨了呢。往年死一个人赔三十万,今年赔五十万。我几辈子都挣不了那么多钱。年生有些感叹有些遗憾。那只被炸断的胳膊淹没在乌黑的煤里,金凤见他的时候,他左边垂着空空的衣袖,人整个儿血糊糊地。跟我回家吧。金凤抓着他空荡荡的衣袖。我点了十几架木耳,屋前屋后都是,今年木耳三十多块钱一斤,能收入一万多块呢。年生的右手动了动,她把那只胳膊紧紧抱在怀里。年生拖着一只空空的衣袖,如招展的旗帜,风一吹,呼啦啦地响。我废了,年生右手抓着她的手,不过,矿上答应赔偿五万块呢,值了。有了钱,可以盖二层楼,可以给本子结婚。金凤捂住了年生的嘴。金凤说,你傻呀,五万块能买一只胳膊吗?年生说,你傻啊,一条胳膊卖五万块,谁的胳膊能值那么多钱。金凤说,你哪里都不要去了,就呆在家里。金凤把他的头搂在怀里。他蓬乱着头发像小猪一样在胸前拱动。她心里叹息道,天呀,人没有了胳膊就像鸟儿没有了翅膀鱼没有了尾巴,那该如何过活?年生说,我在医院醒来就不见我的胳膊了,它到底去哪儿了啊?我对不起它啊,它长在我身上,一天福也没享,最后还被炸成了煤一样的乌黑。年生在金凤怀里凶恶地哭着。金凤抚着年生乱蓬蓬的头发,闻到了空气里弥漫着腥臭的炸药味。她看见砰的巨响后,房屋摇晃着,一条胳膊在空中飞舞,血红的煤屑纷纷扬扬。我的魂丢了,他还在煤矿的巷道里,他再也回不来了。年生不停地说。金凤说,明早让妈给你叫叫,叫上一周魂就回来了。年生说,他躲在一千多米的地下了,他害怕,他真回不来了。金凤按摩着他的头说,妈给你叫叫就回来了。年生说真的吗?金凤说,当然是真的。

  吊着一只空衣袖的年生沐浴在飞舞着麦香的路上。麦浪的金黄色给金凤绣了一道闪光的金边,她随着麦浪蜿蜒起伏,麦穗争相朝她挥舞的镰奔来,她左手抓住麦穗,右手挥镰,麦秆纷纷娇羞卧地,几乎是一支烟的功夫,门前的麦子割完了,麦穗们亲密地拥挤一起,你看看我,我看看你,叽叽喳喳,彼此嗅着金黄的香。麦田里飞舞着不知名的虫子,知了躲在阴凉里拼命欢唱。风撩起了金凤的衣衫,黝黑的皮肤上奔流着疲倦的汗珠。年生的衣袖被风扯得呼啦啦响。金凤擦着脸上的汗说,你回屋子吧,地里太热。年生望着地里一个个人一般站立的麦垛说,你更热。金凤看着他空荡荡的衣袖。金凤说,你回屋去,屋里凉快。年生硬着声说,我不。

  哟,年生你好福气啊,老婆割麦,你享福。开着面包车的根计在地边停下车,头伸出车窗,说,金凤,我帮你把麦捆拉回去吧。金凤说,不用了,我往回背,这路近着呢,你时间金贵,分分秒秒都是钱。根计跳下车,给年生发了一根烟说,你把我当成了印钞机啊。年生接了烟,看是软中华,就不抽,夹在耳朵上,说,根计,你这几年挣钱美了吧。根计打了个哈哈说,挣的都是辛苦钱。年生空荡荡的衣袖被风吹着刮过根计的脸。根计说年生,你不要再下煤窑了,到我的砖厂来吧,帮我算算账,看看库房就行啦。年生说,你不怕我给你丢人吗?根计哈哈笑着说,你当年是咱们班上的尖子呢,我那时候最羡慕你呢。年生脸上的肌肉痉挛着,说,你笑话我吧。根计很诚恳的样子,身子离年生近了些,说,当年我真的羡慕你,每次考试你都是第一。年生骄傲地说,直到毕业,从来没有人能超过我,根计你每晚上都在床上画地图，画完中国地图，就画世界地图，但是你的地理从来都没有及格过，你身上的那股味，当年可是有名得很啊。现在还有吗？年生夸张地抽了抽了鼻子，打了一个很响亮的喷嚏。根计不好意思，身子退了退，递过一张名片说，你想来了就打电话。年生独手接了烫金的名片，念着说，美利达砖瓦，帮你扮靓人生。啊，都成了总裁了啊，你当年学习那么烂，谁也不想不到你会当了大老板。有女秘书了吧？根计说，我这么老实的人，哪能找女秘书呢，即使要秘书，也得是个男的啊。根计拉开车门，把一捆捆麦子装上车，鸣了鸣喇叭，一捆一捆的麦子就坐着车远去了。年生见金凤的目光一直跟着那辆颠簸的面包车，便咳嗽起来。金凤背了一捆麦子说，根计叫你去他的砖厂，是好事呢，好多人想着法子都挤不进去。年生唾了一口唾沫，脚上踩着一只麦穗说，他同情我呢，他的砖厂就是印钱我都不去。金凤见他突然变了脸，便道，不去就不去，你好好养身体，有我呢。

　　根计的砖瓦厂建在镇子的西头，靠着河，天麻麻亮，机器就轰隆隆地，河里的水一会儿红一会儿黄。金凤早谋算着要盖新房。现在住的土房子经不得风吹雨淋，才住了十来年，就一副衰老的面容，房顶上生满了杂草。金凤心中是有蓝图的。外墙面要贴白色的瓷砖，那水水的白色太招人疼了。要有卫生间，装一个太阳能热水器，既能洗澡，还能用热水。屋顶铺上水泥板，晒粮食，打麻将。年生也可以在屋顶写字，头顶着蓝天，耳听着鸟鸣，神仙也不过如此啊。根计先前在城里做过装修。他按金凤的要求，画了房屋设计图，又列了所需的水泥砖瓦等几十项材料。那金灿灿的房屋就常常跑到金凤的梦里。

　　金凤说，咱们今年就盖房子吧，砖瓦就用根计的，他说给成本价就可以了，比市面上便宜近四成呢。

　　年生对盖二层的房屋并不感兴趣。他看着自己空荡荡的衣袖,根计的名字就像一只马蜂嗡嗡地叫着。

他说,那要好多钱呢,这老屋还能住么。

他说,等矿上赔偿的钱到手了。

他说,等我的身体彻底好了,我好好再挣几年钱。

他说,要盖,咱们就盖个高档次的气派的。谁怕谁啊。

金凤笑笑说,你还和根计比,根计是老板,我们咋能跟人家比,我们盖个自己满意的就行了。年生把根计的名片扔到地上,用脚踩踏着说,一个小作坊,就敢叫总裁,上学那会儿,他哪里敢和我比,请我做一道题,给我吃一个他的白面馍呢。金凤说,上学那阵儿,他当然不敢和比你,你那个时候牛烘烘的呢。年生哈哈地大笑着,说,你知道不,有一回考试,他想抄我的,我不答应,我说除非你让我在你头上尿一泡。他竟然就应了。我喝饱了水,憋了一肚子尿。他蹲着,我从他的头上扫过一条弧线,他抹了抹脸。那次考试,我考了第一,他考了第二。年生大笑着,那个空荡荡的衣袖受了感染,也跟着呼啦啦地笑起来。年生说我还想在他的头上再尿一泡。年生说着笑着,突然跌倒在了黄灿灿的麦穗上。

年生那段时间一直咽喉疼,吞咽困难。金凤以为他上火了,就煮了些竹叶薄荷鱼腥草。乌黑乌黑的水一连喝了几天,并不见成效。金凤就带年生到镇上的医院。医生用竹板撬着年生的牙齿,拿手电筒照了照口腔说,上火了,扁桃体发炎了,开了些阿莫西林黄连上清丸之类的药物。头几天服了倒有效果,能吃些饭了,可过了一周,连水都咽不下去了。金凤慌了,年生却镇静,说自己在矿上常是这样,有时候把饭都吐出来了,跟牛反刍一样,但忍一忍,就好了。金凤说,去县上的医院检查检查吧。年生说,不用去,到了医院,没病都会查出有病的。金凤没听年生的,给根计打电话,根计在厂里开会,大声说,那赶紧去县医院啊,还等什么呢?根计开车把年生送到了县医院,做了各种检查,医生诊断为食道癌,但建议再去西安的大医院复诊。根计又开车把年生送到了西安。最有名的两家医院都确诊了,年生真的得了食道癌。

金凤委托根计卖了准备盖楼房的地,就带年生住进了医院。年生的喉咙像是堵塞了,一滴水都咽不下,瘦弱得像是一张没有字的白纸。年生躺在金凤的怀里,说,不治了,白花那个钱啊。金凤擦着他脸上的泪水说,瞎讲,大栓不也得的这个烂病么,做手术都十几年了,现在还不是活得好好的么。年生颤栗着说,大栓是个特例,其他的得这个怪病的,哪个不是活个一年半载的就殁了。金凤眼前突然浮现出柳镇近几年死去的人,春明、来旺、金狗、财富,数一数,十几个人,都是被这个食道癌给毙了。金凤不明白这个魔鬼缘何端端与柳镇人过不去,像一把悬在高空的刀子,随时不知会落在谁的头上。到底是为什么呢,又不是传染病,金凤寻思有机会一定给在省城工作的弟弟说说,让他请人查查,柳镇的病根到底在哪里。眼下,这个恶魔住进了年生的躯体,一定要把它撵走,让它逃离柳镇,滚得越远越好。金凤摸着年生的手说,现在医疗技术这么发达,手术一做,就会好的。年生看着输液管里流动的液体,声音飘渺如摇曳的烛火,我怕没有那个命了,我不想做手术了,白糟蹋钱。金凤捏着他的手说,你瞎说啥呢。人家肝脏坏了,都能换,你这个病算个啥嘛,手术一做就好了。年生看着输液管里流动的液体说,做完手术,也就是活一年半,一年半就花十几万,太不合算了。金凤说你净瞎说呢,钱的事你不用操心。年生说,塌一屁股账,几辈子能还清?金凤说,后天就要做手术了,你不要瞎想,你都是要当爷的人了。本子打电话说他媳妇怀上了,娃九月份生呢。年生的眼里闪过一丝亮光,说,还有三个月呢。金凤把他的头搂在怀里,说,三个月后你就当爷爷了,每天早上把孙子送到镇上的幼儿园,下午放学接回来,你爷俩在路上还可以捉捉知了,到河里抓抓螃蟹。年生脸上挤出一丝的笑,说,要是有那一天就好了?金凤说，当然有啊。做完了手术，你还要带领我们全家奔小康呢。年生拿目光看着天花板，一只蜘蛛在顶上结了一个网，几只蚊虫在网上荡荡悠悠。

原先想着要给年生做一个假肢，根计到西安，专门去假肢厂探听了，像年生这样的情况，做一个左胳膊，也就几千块钱，穿上衣服，和真的一样，谁知道那是假的啊。金凤就把盖房的想法暂时放下了，心里盘算着，木耳可以卖两千，核桃可以卖一千多，五味子和天麻有一千多，圈里的大肥猪也卖了吧，如此算来，还是有些差头。再不行了，问本子要一些。本子打工五六年了，给家里一点贡献都没有。他爸做假肢，他这个做儿子的理应赞助些。但是年生突然就失踪了。本子和他的对象回到老家，没几天就生了虎子，虎子生下一个月，就扔在家里了。小两口又像鸟一样不知飞到哪里了。金凤又是奶奶又是妈。这小家伙像个小牛犊，每月喝五六包奶粉，后来电视上说奶粉有什么三聚氰胺，娃喝了成了大头娃娃，就不敢喝了。给虎子喝玉米糊糊菜糊糊，小家伙倒也长得健硕。黄头发的本子媳妇回来过一回，见自己的儿子每天喝菜粥，很是不高兴，指着圈里的猪骂黑心烂了，指着地上的麻雀骂黑心的，指着空中的乌鸦骂恶鬼。起初，金凤以为儿媳妇真的是嫌猪吃得多骂猪，嫌麻雀飞到了灶房骂麻雀，嫌乌鸦整日聒噪不吉利骂呢，后来看媳妇骂猪的目光盯着自己，像是一把刀，才悟出了媳妇是骂自己呢，金凤心头憋屈，忍不住就说了几句，媳妇不干了，扔下儿子去了广州。金凤心里头难过，抱着孙子，奶粉有毒，买哪种奶粉好啊？菜粥玉米糊骨头汤鱼汤，营养并不差啊。晚上本子就打来了电话，电话里响着机器的尖叫，像山上的夜猫子。金凤的心，扑簌簌地跳，问，本子啊，你在哪里啊，最近看电视南方不太平，又是台风的又是水灾的，你要注意安全。本子说，妈，我好着呢，玉秀要和我离婚。金凤惊诧，才结婚就离婚，你当是过家家啊。本子说，你咋不给我娃喝奶粉？玉秀说你不喜欢娃，她要离婚。金凤看着怀里熟睡的虎子，心头咚咚地跳，说，一直给虎子吃奶粉呢，后来不是说奶粉有毒么，就不敢喝了，我每天给娃吃得有营养呢，菜汤鱼汤骨头汤……本子粗暴地打断了金凤的絮叨，说，你给娃买雀巢吃，那是外国产的。金凤说，你留心着，看你爸会不会也在你那里。本子突然挂断了电话，手机里剩下了呜呜呜的噪声。本子十八岁就和一个一同打工的姑娘好上了，两人同睡同吃，姑娘的肚子大了，才知道已怀孕五个月了。在县医院生了虎子，虎子没有吃到一个月的奶水，就留给了金凤，两人又树叶一样被风吹得不知东南西北了。偶尔打个电话，有时候在广州，有时候在西安，忽而是南京，忽而是杭州，似乎满世界游走。金凤有时候还羡慕本子这一代人，起码不伺候庄稼了，上个初中，连高中也不考，就外出打工，自个儿飘零着，把城市当了家。而自己那会儿，连初中都没有念完，就回了家，跟牛羊一样，成了土命，春种秋收，身子扎进地里，没有哪一刻闲过。世事变化得真快啊，转眼间，种地成了农民的业余生活，无非几亩玉米几亩小麦，再精心侍弄，能种出人民币吗？种完一季庄稼，人们就外出打工，年生和柳镇的人去陕北下煤窑，或是去秦岭的金矿出苦力，本子们和自己的父辈不同，他们像城市上空的候鸟，飞来飞去，即使做乞丐，也是大城市的乞丐风光，哪像年生钻到地下几千米的深处，还活生生把一条胳膊丢在了矿井里。

　　金凤搂着虎子，一个晚上不曾入睡，脑子里过电影一般，一个接一个黑白的片段。临天亮，脑子里不演电影了，人就有了绵绵的睡意，就见年生走进房，在床前站了一会，而后坐在床边，把她露在外面的手放在被子里，那只丢失的胳膊回到身上来了，长在了身子的左边，那只手读着他的脸，读得很有耐心，似乎出了声，她的眼睛她的鼻子她翘翘的唇角，那只手暖暖的带着煤的湿气，金凤的心里也暖暖的。她等着年生脱光衣服，鱼一样钻进温暖的被窝。两个人拥抱着睡在一起，多么好啊，夜晚是属于自己的，他们在床上开家庭会议，偶尔也卿卿我我说说家长里短，往往年生把腿架在她的腰上，她像蚕姑娘一样卷曲着身子，任年生惬意如皇上一般的入睡，而她呢，一只手总要抓着年生，几十年都如此这般，只有手里饱满地握着，她才睡得安稳踏实。她要问年生，这一年了，你都去了哪里？她佯装睡得很深，期待着年生难得的浪漫，而那只手一声叹息，拂过了她的颜面，罩在了虎子柔嫩的小脸，一如爱她一般，又摩挲了虎子的鼻子和嘴，接着水洗一般抚摸了虎子光滑的肌肤，那只手擒住了虎子的小鸡鸡，久久不忍离去。看吧，他和你长得多像啊，你到底是他的爷爷啊，金凤心里慨叹道。年生说，我冷，我没有钱了。金凤道，给你买件羽绒服吧，羽绒服暖和，箱子里还有一千多呢，在结婚证里夹着，你要用，就自己随便拿。年生说，我不要，留着给虎子买奶粉。金凤说，电视里说奶粉有毒，我都不知道买啥了。年生说，煤矿瓦斯爆炸，又死了三个人。金凤紧紧搂着年生说，那你不要下煤窑了，太危险了。年生说，我们要盖楼房呢，我们要在县上给本子买商品房呢。金凤搂紧了年生说，我们把老家的房子盖好就行了，县上买商品房他们自己想办法吧。年生依依难舍，说，我还是去煤矿吧，下井挣的钱多。金凤说，你那个身体在煤矿能受得了吗？那比种庄稼还遭罪。年生说，咱成了农民，就要认农民这个命，不下煤窑，我还能像根计一样坐办公室当老板么？金凤说，今年猪苓价钱好，一斤七十多块钱，咱们门前的地不种麦子全都种上猪苓。年生说，猪苓要长三年才能收，那个时候，啥价格谁知道啊。前年咱们种了几亩桔梗，最后一分钱都没人收，至今还在地里烂着呢。金凤说，猪苓和桔梗不一样，听说猪苓能治疗癌症，再便宜，也不会没人要吧。年生抓着金凤的手说，我先下煤窑挣几个现钱，我一个青壮年呆在家里叫人笑话。年生竟然哭了。金凤抹着他的眼泪说，你身体弱，你呆在家里带着虎子，我出去打工，到饭店端盘子做保姆当清洁工。年生说，那样，别人就更笑话我了，我是男人，我去下煤窑吧。年生挣扎着要走，金凤拉扯着，虎子大哭，一股尿喷在金凤的身上，金凤醒了，睁开眼，哪有年生的身影。

去西安复查的前一周，年生的精气神突然好了起来。那个多雨的夏季，年生孤独的右手上上下下地拉着锯子，点木耳剩余的木头被他锯成一截一截的，而后斧头劈成一瓣一瓣，齐齐地码在门前的场地里。根计的砖瓦厂建在河边，河水整日里黄亮亮的，真成了黄河了。河里的鱼死了后，鸭子再不下河了，它们站在河边，伸长着脖颈，望着泛黄的河水嘎嘎嘎地叫。不能戏水的鸭子一个黄昏死在了河边。年生一只手抱着鸭子，洁白的羽毛映衬着他白得像纸一样的脸。浑浊的河水在脚下泛着孤独的泡沫。年生请人把废弃了多年的水井修葺了，捞出井底的淤泥，井沿抹了水泥，装了水泵，一压手柄，水就汩汩地喷出来，清亮亮的，能看见人的脸。年生一桶一桶地给人们压水。他右手压着手柄，左手的空衣袖随着他的用力簌簌地响。他头伸进桶里，看着桶里蓝幽幽的天。雨就淋淋漓漓地来了，丝毫没有歇息的意思。滴啊滴啊，水打在盆里碗里，心里就长了毛，如屋顶上老去的衰草。年生就和了泥巴，买了新瓦，一片一片地给老屋披上了湛蓝的顶。年生如蚂蚁般的忙碌着。每日里只喝水一样能看到人影的稀粥。他一个人给屋顶苫瓦，不请帮手，一个帮工一天一百块钱呢，省了人，就是赚了。见年生精神好，金凤心也喜悦，她又回到了才结婚的日子。年生做完了手头的活，有阳光的时候，就窝在墙角，念自己在煤矿写的诗。金凤头枕着他的腿，猫一样躺在他的怀里。"五点起床，喝一杯白开水，吃两个馒头，戴上矿灯，我走了。一千米深处，我在地球的心脏，我和她有个亲密的约会。"金凤说，写得好。年生说，只有你说我写得好。金凤认真地说，真的好啊。年生说，矿上的人说我写的是口水。说这要是诗，人人都会写。金凤说，口水诗也好。年生微微闭了眼，抱着金凤，感到无边的温暖。

　　而后年生去了父母家。父母就住在隔着一条河的岸边，两家大声叫喊，都能彼此听见。父亲推着轮椅，母亲坐在轮椅上。六年多了，母亲是在床上和轮椅上过活的。轮椅成了她身体不可或缺的一部分。她已经养得很肥胖了，皮肤泛着惨白的光。年生看着轮椅里的母亲，似乎看到了一只窝在桑叶上肥白的蚕子。父亲抓着轮椅，看年生从河对岸飘来，那阳光里似乎起了雾，年生像个影子，袅袅娜娜，就到了身边。年生脸上挂着惨淡的笑。年生说，爸，我要到西安去做手术了，我要是万一回不来了，你就帮我多照顾照顾金凤和本子。爸说，你去做手术啊？食道癌有几个手术能做好的。年生说，爸，万一呢，万一。爸说，得上十万吧。年生说，万一，万一呢。爸说，万一，不是打水漂了，不做，还能多活几年。年生说，我也不想做，金凤一定要我做。你和妈好好生活，金凤会照顾你们的。金凤？金凤能靠得住？你走了，金凤又和根计搞上了。爸，不会的，我们是同学，我让根计照顾我们家呢。年生感觉喉咙被棉花塞住了。骚货。轮椅上闭着眼的妈突然出声了，说，你看你媳妇有时候穿得多骚情，男人不在家，穿给谁看。年生轻轻地给她捶着腿说，妈，你对她还有偏见啊。只要金凤做了好吃的，哪一顿她没有给你端？你住院，哪一次不是她伺候的？妈说，我看不惯她的骚劲。年生说，妈，你对她好些，不要老是指着鸡鸭猪狗骂她。妈哼了哼，闭了一会眼，突然说，你轻些，想捶死我啊。年生的右手僵在空中，他叹息着，说，我走了，我管不了这些了。

　　你能放心么？你到底去了哪里？金凤注视着相框里微微发笑的年生。那一绺头发被风吹乱，放开了遮蔽的目光。那目光注视处，不是煤矿，也不是后山，更不是房前发黑发黄的河水。沿着他的目光，看到了浩淼的天宇，天空暗淡淡的，雪混淆了黑与白的界限，如一床慵懒的被褥，覆盖得无边无沿。金凤在年生的相框前摆放了四个碟子，盛放了木耳肉片、四喜丸子、鸡蛋羹、果蔬，燃了三炷香，烟袅袅而起，一副挣扎着委屈的样子。金凤打开大门。这一天，先祖都会回家的，年生都走了一年了，你都走了哪些地方？路好走吗？说是那条路上有恶狗、有刀山、独木桥、悬崖，你脆弱的身子如何应付得了？金凤不想烧纸钱。她觉得年生只是在外面流浪去了，他随时都会回来。纸钱是死人用的，怎么能给年生烧呢？金凤呆呆地坐在地上，好奇的虎子突然点着了冥币，花花绿绿的纸钞在火焰中化成灰，似蝴蝶样空中飞舞，火光烤红了她的脸。她说，你去了哪里呢？不管在哪里都不要省钱了，咱们不缺那几个钱，想吃就吃，想穿就穿，不要舍不得。虎子跪在地上，把一张百元的纸燎着火，看那纸钞在火中呜呜咽咽。金凤说，虎子，给你爷叩头。就把虎子的头按在地上，咚咚咚地磕了三下。金凤说，年生，你孙子给你磕头呢。

撕了灶房被烟火熏得没有了面目的灶王爷头像，贴上在柳镇新买的，贴端庄了，金凤虔诚地说，灶王爷啊，上天言好事，下凡降吉祥，给我们多说说好话，风调雨顺的，我给你多上供，想吃啥给你做啥。灶王爷慈眉善目，长长的胡子飘起来了，似乎很高兴。虎子扯着她的衣襟，嘴里不知说着什么。妈，虎子突然说话了。虎子的声音似一粒种子裂开了口，似一颗新芽爬出了地面。天神，你终于说话了，还以为你是哑巴呢。金凤惊得猛地抱起了虎子，亲着他的嘴说，叫奶奶，奶奶。虎子的嘴贴着她的唇，肉肉地说，妈，妈。傻，你妈在广州，生下你第二个月就走了，说过年和你爸回来，看样子今年又回不来了，说买不上火车票。虎子的嘴舔着金凤的脸，口水一绺一绺的。金凤就打开电视机，火车站像波涛汹涌的麦浪，拥挤的人头似是无边无涯的麦穗。本子夫妇会在那大浪般的人群里吗？一个熟悉的面孔亮光般一闪，金凤觉着那就是她的本子，他手里捏着的莫非就是那一张回家的车票？本子，本子，金凤拉着虎子的手，指着电视说，爸爸，爸爸。虎子盯着电视上拥挤的狰狞的面孔，说，爸爸。金凤指点着说，妈妈。虎子说奶奶，一头扎进她的怀抱。

虎子抓着一团面玩着。金凤已经擀好了饺子皮，馅子是大肉萝卜，年生爱吃，本子也爱吃。案板上包好的饺子越来越多，像一个个偷听的耳朵。门开着，偶尔几片雪花飞进来，转瞬就无了踪影。

虎子。一个人卷着一身风雪进了门。他把一包东西放在桌上，双手举起了虎子，说，亲一个，亲爷爷一个。虎子的小嘴在那脸上发出啵儿啵儿的声响。他说，你爸爸呢，过年没有回来？

虎子揪着他的耳朵，没有回答。金凤说，不回来了，说是买不上车票。根计，你年货备好了么？

根计放下虎子，在水盆里洗了手，坐在金凤的身边，拿了一张饺子皮，用调羹舀了一点馅子说，本子又不回来了，那过年你一个人啊？

金凤说，咋是一个人呢，不是还有虎子呢？说不定年生突然就回来了呢。

根计说，要不，你到我家，人多热闹一些。

金凤看着根计的脸，那脸上看不出什么异样的表情，说，过年呢，咋能到别人家。我就在自己家里。我和虎子。年夜饭都做好了。说不定年生突然就回来了呢。

虎子拿了根计买的电动玩具车，到院子里玩去了。根计觉得有些尴尬，一丝莫名的情绪在厨房里流动，韭菜的味道萝卜的味道烟的味道还有一些年的味道交织在一起，根计感到鼻子酸酸的，一种想诉说的愿望煎熬着他，但说出口的却是虎子，虎子过了年就是四岁了，该上幼儿园了吧？

金凤嘴里说话，手却很利索，饺子如一个个小动物，不停地在她手上诞生，她说，是要上了，你说是上镇上的幼儿园，还是上县上的幼儿园？

　　根计说，镇上的幼儿园收费便宜，你接送也方便，县上的幼儿园，收费高，你还要在县上租房子。

　　金凤说，我表妹冬袖的条件也不好。她不是专门在县上带娃上幼儿园嘛。县上幼儿园的教学质量高。你看咱柳镇幼儿园的老师，都是初中没有毕业的娃娃，有啥水平嘛，和我差不多。

　　根计说，甚至还不如你呢，你当年是咱班上的尖子生，要不是伯身体不好，你都考上大学了。

　　金凤看着饺子说，都过去了。你看本子，不好好学习，初中没毕业，就出去打工了。没技术没学历，打工只能出苦。年轻了可以，年龄大了，谁还让你打工啊。虎子我一定要让他好好念书，从幼儿园就抓，总不至于都走一个路子。

　　根计说，县上上幼儿园各方面的费用都贵。

　　金凤说，不怕，我可以一边打工，一边带娃，两头都不误。你看人家冬袖不是把娃带得挺好的嘛。

　　根计放下手里的饺子说，你知道冬袖在县城还干啥吗？

　　金凤疑惑地说，不是专门带娃吗？

　　根计说，除过带娃，人家还做生意呢。

　　她会做生意？金凤说，那冬袖很能干嘛。她做啥生意啊，开饭店还是开小商店？

　　都不是。根计说。

　　那是啥？金凤奇怪地盯着根计。

　　根计说，冬袖专门租了房子，一次五十的一百的。也有固定的，一个月给个五六百。

　　啊？金凤手里的饺子掉在了地上。

你们男人诬蔑人家吧？金凤不相信冬袖会做这种生意。

是真的。根计说，我砖瓦厂的长江看见冬袖在车站拉客，他被冬袖拉去了。冬袖不认识他。他却认识冬袖。他说冬袖的身材很好。他去了冬袖的出租屋，留了钱，但没有做。

金凤不知说啥好。她忽地觉得身体是属于自己的，冬袖想咋做，那是她的自由，用这挣点钱供娃上学，也没有啥子大惊小怪的，又忽地觉得冬袖下贱，为了几个钱，就出卖自己的肉体。不卖，还可以收破烂做保姆到饭店当服务员啊。孰是孰非，金凤自己也理不出头绪。到底去不去县城呢？去了县城，人们会不会说自己也做这种事情呢？

这个话题有些敏感有些隐晦，尤其一男一女议论，显得有些叵测和危险。根计看看金凤，金凤专注地包着饺子，馅子已经快包完了，案上的饺子如整齐列队的士兵，似乎在等待首长的检阅。

金凤说，你在县上有熟人么？看看咋样才能进县幼儿园。

根计想不到自己说了种种难处，金凤还没有吓到，便说，我有个表哥在县教育局，他应该能办。

金凤说，那就麻烦你的表哥帮帮忙，该花钱的我一定花。

根计说，你真的要让娃上县幼儿园吗？

金凤很坚决，说，一定。

根计说，那我给我表哥说，花钱的事你不用管。

金凤说，各人有各人的选择，咱不管别人，把自己把握好就行了。

根计很失望，搓着手上的面说，要不你再考虑考虑，到我砖瓦厂来上班，工资不会少的。

金凤听到了根计的叹息，说，我没有技术，做不了。

根计说，你不用做苦力，你给我管账，你数学学得好。

金凤一脸的讶异，说，账务都是机密的事，应该你老婆管。

嗳，根计，你这么好的条件，咋不找老婆呢？

根计盯着金凤的眼睛说，你真的不明白还是装糊涂？

金凤说，我真的不明白。

根计突然火苗般的扑腾起来，双手箍住了金凤绵软的身子。他梦幻般地呢喃着，凤，你还不知道么，我一直在等你。金凤挣扎说，我都老了，当奶奶的人了，你等我干啥，你如今是老板，要啥样的女人还不是任你挑啊。根计摸着了她的胸，他迷糊得不能自已。金凤觉得自己如河面的冰，咿呀咿呀地裂开了口。

虎子突然哭起来，大叫着奶，奶。金凤挣脱根计藤蔓一样纠缠的手，说，娃在呢，莫要叫娃撞见了。根计的手冷下来，门外的人说，虎子，你奶呢？虎子哇哇地哭。金凤低声说，快松开，我公公来了。

根计怏怏地，复坐下，说，我等你。

年生爸抱着虎子进了厨房，看到金凤把饺子一个个地放在案上，那金凤的脸上燃烧着灶膛火一样的红晕，根计抽着烟，那好闻的烟味从他身上弥散，充满了整个房间。

根计说，过年了，我给虎子买了一个玩具，虎子给我叫爷呢。

年生爸冷硬着脸说，你知道叫爷就好。

根计说，我走了，回去放炮啊，等会看我放烟花。

年生爸闭着嘴，看根计扑腾扑腾地走进了雪地里。

饺子在锅里翻滚，一个个像是顽皮的孩子。年生爸猎狗般在房子嗅着，末了，盯着金凤的脸说，年生都走了一年多了，他到底是死是活啊？

金凤给年生爸盛了一大碗饺子。

说，年生在西安打工呢，昨天还给我打了电话。

年生爸盯着金凤的脸说，你还骗我呢，年生早都不知道死到哪里了。

金凤说，年生没有死，他还活着。

年生爸盯着金凤的脸说，那个杂种，自己解脱了，不管娘老子了。

年生爸掏出一叠子钱说，过年给你买几身衣服，你还年轻呢。

金凤抱着虎子。年生爸的目光着了火，火缭绕着焚烧到金凤的身上。他每次总说钱。他说他可怜，老婆瘫了六年了。他说他晚上一个人经常失眠。他常梦到金凤呢。他说年生走的时候让我照顾你呢。

金凤捏了一把虎子，虎子哇哇地哭着。

金凤说，年生又没死。他不过是在医院里丢了。年后，我准备去找他啊。

年生爸说，他从医院里跑了，说不定早死在外面了。

金凤说，你回去吧，他奶一个人在家呢。

年生爸说，我可怜的娃，生不见人死不见尸，该不是你这个恶毒的婆娘害死了她，你要找不见年生，我跟你没完。

金凤抱着虎子，看着年生爸端着一碗饺子出了门。

看到碗底的草他会怎么想呢？

金凤抱着虎子，看见根计的房顶升腾起璀璨的烟花，那烟花在空中绽放着，如奇异的花朵开满了天空。

金凤的心中热火起来，她放下虎子，将那卷炮仗展开，从门口一直铺到了猪圈旁，一条红艳艳的火龙，她划亮了火柴，在噼噼啪啪的炮声中，年生会回来吗？

原载《当代》2015年第4期

新　生

　　来自柳镇的班车驶入洛城车站的时候，她最终没有能力堵得住，捂着嘴的手掌被一股力量粗莽地推开，它们就泄洪似的，在阳光里变成一群奇异的虫子，花花绿绿地涂抹着发烫的地面。车站里的眼睛射出的光如若正午的骄阳，火辣辣地晒着她贴在地上的阴影。那蹲在地上的阴影并不好看，闻讯而来苍蝇已在她的呕吐物上发动了战争。女孩看着满地漂浮的呕吐声，惊惶地用手掌拍着她的背。她的脊背弯曲如负重的桥梁，女孩的手掌落下去，敲击的声音软绵绵地向周围扩散。女孩掏出一团皱巴巴的卫生纸，擦拭着她嘴角喷溅的污物。消息来得可真快啊。蚂蚁不辞劳苦地组织了一支壮观的队伍。它们到达阵地时，苍蝇兵团早已占据了有利的位置。蚂蚁与苍蝇展开了面对面的博弈。地面瞬间就混乱不堪了。一些蚂蚁仓皇间逃到了女孩的鞋上。女孩跺着脚，蚂蚁的身体缤纷落地。几只苍蝇降落到她头上，嗡嗡着的它们显得极其烦躁，女孩的手掌拍出去，苍蝇们喧嚣着飞走了，手掌落在头发上，啪的一声，似乎那里引起了灰尘的碰撞，脑袋无力地朝一边荡去，一只苍蝇跌在地上，她抓着女孩的手，如抓住了一条绳索，她把自己疲惫地拖了起来。

她的目光跟随着一辆挂着柳镇标牌的班车驶出了车站。这次晕车和十多年前的那次晕车多么相似啊。呕吐，排山倒海，似乎要吐空来自柳镇的物质。阳光抖出无数的刺，金灿灿的。她朝柳镇的方向望过去，阳光给那边亮出了一个巨大的空洞。

他站在路边，似乎仍保持着那个瞭望的姿势。

他最后说，你到底为了啥啊？

她记得自己很坚决，语气顽得如一块坚硬的石头，她说，我得兑现我自己说的话。

他再也不阻挡她了。他知道挡不住。那个凌晨狗一直在叫，路上的班车过了一辆又一辆，他早早起了床，煮了十几个鸡蛋。

他剥着鸡蛋壳，手里缓缓生出了一团雪亮的晶莹。他把那晶莹递给她说，路上好好听你妈的话。

他又把另一团白玉般的晶莹交给她说，真的要去吗？

去，她说。

他手指头把她嘴角的蛋白揩到她嘴里，看着她说，都十几年了，能找得到么？

只要想找，她说，就能找得到。

他将蛋黄突然塞进她嘴里。她的脸庞猛地胀大，鼓囊囊地。你要噎死我啊。她看着他将十几个煮鸡蛋装进她的包里。爸，你要憋死我啊。蛋黄堵住了她的嘴，她的声音她自己也听不到。

妈，我们去哪里？她看着她从墙上的玻璃框后摸出了一把钥匙。钥匙在她的手上兴奋地叫着，她打开了箱子的锁，她的头撑着箱盖，她的手已经跑到箱子里了。目光不会拐弯，看不到她手在里面的活动。她从箱子里取出了一个脱了漆的木盒子。盒子上挂了一把精致的铜锁。她为啥不打开铜锁呢？她把木盒子装进了她的包。她们走到路边的时候，班车已经轰隆隆地开过来了。她的目光被他扯得一绺一绺的，他像一棵一直守望在路边的树。

又一辆从柳镇开来的班车驶进了车站。

妈,我们去哪儿?女孩抓着她的手,看着车站里来来往往的车。

曹家巷。她说着,手掌握紧了孩子的手,生怕稍一放松,孩子就会被车流刮走。太阳爬到了头顶,刺猬样的光射过来,脸和脊背如扎了刺,火辣辣地。街上的女人已经露出了胳膊和腿脚,张开着喇叭一样的裙裾。天空轰轰地飞过一只大鸟,屁股后拖着一道长长的白线。女孩指了指天空说,妈,那是啥?妈妈仰起头,一脸的汗珠飞起来。飞机放的屁,她擦了擦汗珠说。飞机的屁真好玩啊,像蓝色的天空跑着一只只羊。她闻了闻,飞机的屁一点也不臭。她为自己的发现而惊喜,她想把自己的发现告诉妈妈,可妈妈的嘴像是挂了一把锁,闭得紧紧的。妈妈太严肃了。她是个爱观察的孩子,她觉得妈妈这几天变成了一把锁着箱子的铜锁。钥匙在哪里呢?身边飘过一个和她年龄相仿的女孩。她的手被她妈妈紧紧牵着。她穿着一件白色的连衣裙。裙口像喇叭一样朝地上张着。喇叭里没有播出声音,却长出一双穿着丝袜的腿。那腿怎么说呢。像是她家门口拔节的竹笋。她不知道腿和竹笋有什么联系,女孩在她面前奔跑着像是一只喜悦的小羊,她几乎听到了羊的叫声,咩咩地。那叫声清亮,像高空坠落河里的水滴。小羊的眼睛里总藏着某种神秘的东西。她从那只晶亮的眸子里看到了另一个自己。自己怎么会跑到小羊的眼睛里去呢?她看到那只晶亮里掩藏着某种神奇。那个说不清的神奇让她想哭。她的泪水都出来了。咩。羊羔叫了一声。声音毛茸茸地。她摸着她的头。她的头就一点一点地伸进了她怀里。她的舌头都舔着她的脸了。毛茸茸地。她舔了舔她的脸,又长长地叫了一声。你叫什么呢?远山上游荡着几朵模糊的云。妈妈说要带她去洛城。她问洛城在哪里?妈妈说洛城在山的后边。她就爬上了山巅最高的那棵树。她从树上往远处看。远处还是一层套着一层的山。洛城在哪里呢？她的目光都看累了，还是看不到洛城的影子。她收回目光，看山脚下的房子像一只只虫子趴在地上。妈妈在门口瞭望呢。妈妈的呼喊一波一波地爬上来。她听不确切。便乱乱地应着。哎——她看见自己的声音飞过了山巅，掠过树梢，落在流着炊烟的屋顶上。哎——她又脆脆地应了一声，就看见自己的声音从四面八方的山头跑过来，像一群羊，团团翻滚着向山底飞奔。就鸟叫的功夫，羊从山崖失足，像一块巨石滚落。乌鸦拼命地嚷叫着。母羊被大人抬回家时，天已经下了雨。她抱着羊羔。她的身子在雨水里一抖一抖地，她咩咩地叫。她在喊叫妈妈哩。可惜妈妈永远听不见了。当大人们要剥皮吃羊肉时，她表现出了令人惊异的举动。她抱着母羊说，不要吃她，她是妈妈。爸爸摸着她的头说，猪和羊就是叫人吃的啊。她说，不，不能吃，我们不能吃妈妈。羊羔的头抵着她的头，似乎她们是一对姊妹。妈妈这个时候坚定地站在了她一边。妈妈说，新生说得对，不能吃妈妈，埋了她吧。她抱着小羊，钻到妈妈的怀里。她像失去了妈妈样，泪水不停地落在羊羔的头上。她听到自己的声音变成了羊羔的声音，咩咩的。羊妈妈埋到了竹园里。小羊咩咩地哭着。她把手指头伸给她说，吃吧，你吃吧。小羊把她的手指头含在嘴里。一吸一吸的，像是在喝奶呢，她的心被吸得一跳一跳的。

小羊现在干啥呢？她看着满地浮动的影子，看着影子在地上乱云一样走动，耳边突然响起了妈妈的声音。

曹家巷在哪里啊？

曹家巷？没有听说这个巷子啊。

知道在那条街道么？

不知道。

那你知道一个叫曹德贵的人么？
他是干什么的？他在哪个单位？
我不知道。他原来开了一个小饭馆。
洛城这么大，光知道一个人名字，你哪里能找得到？
知道他家的电话么？
不知道。
那你等于在大海里捞针了。

　　妈妈问了好多人。大抵都是这般的对话。她突然没有了再问的勇气。正午的阳光像一锅沸腾的水，咕嘟嘟地冒着热气。路上的行人蔫头耷脑的，一个个像无精打采的草木。她很渴很饿了。她的脚越来越不听话了。她扯了扯妈妈的手。妈妈停下了迷茫的脚步。妈妈的脚一直在走路。妈妈的脚知道方向么？她分明记得走过了十一巷、中学巷、公刘街、东头店、庙子口。她不知道妈妈要找的曹家巷到底在哪里。她的脚已经很不听话了。妈妈突然想起还没有吃午饭哩。妈妈把早上吃的全奉献给了车站的水泥地和水泥地上的苍蝇与蚂蚁。她清楚地记得那天妈妈领着她进了一个街边的小店。店里没有客人。店老板对着一台电视机不时地呵呵大笑。电视里正在上演一部乏味的言情剧。十三岁的她不懂言情剧缘何会让一个中年男人空洞地大笑。她们跨进店里，桌子上的苍蝇吃惊地飞起来，店老板的笑声刚刚收尾。他都笑哭了。她分明看见了他衣袖擦眼泪的动作。吃啥？他瞥了母女俩一眼。她看着墙上的价目表。肉丝面15元、西红柿鸡蛋面12元、油泼面10元。几只苍蝇趴在歪歪扭扭的字上。妈妈也看着价目表。她看了很久。她好像在研究那个趴着苍蝇的字。店老板已经不耐烦了，问，到底吃啥啊？妈妈看了他一眼说，一碗西红柿鸡蛋面。就一碗么？店老板问。一碗，妈妈说，坐了一天车，我晕车，我现在还晕。

店老板的目光纠结在那台电视机上。电视机里一男一女正在哭泣。一个孩子抱着布娃娃。布娃娃的脸贴着她的脸。窗外树枝上卖力鸣叫的鸟儿吸引了孩子的目光。它伸长脖颈，随着它声音的流出，它长长的斑斓的尾巴就高高地翘起来。骄傲极了。那一男一女的泪水真多。他们在进行流泪比赛么？鸟唱了一阵，没有获得更多的共鸣，就摆摆尾巴，寂寥地飞走了。那棵树孤独地摇摆起来。他们哭得没完没了。她看着两个人抖动的身子，把布娃娃扔到那对男女的脚下。她大哭起来。布娃娃的眼睛灰蒙蒙的，似乎眼里含着委屈的泪水。她揉着眼睛，哭的响动盖过了他们。她发出了强烈的节奏，哭得身子都跟着抽泣。他们拉着手，不知道在搞啥动作。她的声音突然热烈起来，声响里含着抗议和委屈。她的目光扫了她一眼，踢了一脚布娃娃。布娃娃滚到了门口。她觉得那一脚踢上了自己的脸。她突然没有了哭声，嘴唇抿紧了，咕咚一声，他们回过头，看到她直挺挺地躺在地板上。

妈，她咋了？小女孩嘴里含着面条，问着眼睛看着电视的妈妈。

妈妈的泪水噗嗒噗嗒地打在桌子上。

妈，她会死么？小女孩看着妈妈的眼泪顺着桌子流到了自己的碗边。

一会就好了。妈妈的眼睛仍盯着电视。那两个人忙乱得像一团糨糊。女人抱着孩子的头，掐着她的人中。

她说，这孩子气性大，哭的时候，你要是不管，她就会这样。

他说，她的气性还这么大啊。

她说，一会儿就好了。

妈妈擦了擦了泪水，说，这个当妈的啊，孩子都气死了。

店老板说，这个孩子的气性也太大了，要当皇上供着呢。

小女孩狠狠地瞪了瞪店老板，晶亮的牙齿切割着悬挂在嘴边的面条，几根吸溜进了嘴，几根掉进了碗里。

那个女孩躺在女人的怀里，身子僵直得像一根棍子。

她会死么？她胆颤心惊地问妈妈。

妈妈伸过手，摸着她头说，不会的，一会儿就好了。

一会儿就好了么？她不相信，妈妈又不在电视机里，她怎么会知道那个小女孩不会死呢。她索性不吃饭了，眼睛带着身子一起看电视。

你确信她不会死？店老板看着妈妈说，她会不会有啥病？

当然不会了。妈妈对着店老板笑了笑，这是她今天第一次露出笑意。

为啥啊？店老板给妈妈开了一瓶汽水。

妈妈看着一根吸管插在橙红的液体里。妈妈说，我没有要汽水啊。

看把你热的，店老板说，不要钱。

妈妈飞快地瞥了店老板一眼。

店老板问道，那个女孩为啥不会死？

妈妈说，一会儿你就知道了。

几双眼睛就非常专注地盯着电视。似乎人家知道他们的渴望，但偏偏不告诉你。突然来了广告。吃嘛嘛香，牙好，胃口就好。便秘痤疮蓝天牌妇炎康。拉肚子肠炎宁。不孕不育找小宁。

店老板看着妈妈把汽水推到了女孩的手边。

店老板又问，那个女孩为啥不会死？

妈妈说，这是气死病，我家孩子小时候就得过这种病。

我吗？小女孩的牙齿咬着吸管，橙色的液体沿着吸管一点一点地爬升。

妈妈摸着她的头说，你小时候就得过和电视上那个妹妹一样的病。

我怎么不知道。小女孩不相信。

你怎么会知道。妈妈说，等你知道你已经长大了。

小女孩提着的心安妥了，她又拿筷子开始捞碗里的面条。

广告没完没了，那个节目再也不出现了。店老板换了一个频道，长长地吐出一口气说，原来是这样啊。

妈妈说，嗯。

听你们口音不像是洛城人，店老板问，你们到哪里去？

妈妈就说起了曹家巷十号。

妈妈说，十年前这个巷子口是一个公厕，正对着是一个早市，卖豆芽的卖豆腐的卖胡辣汤卖韭菜卖西红柿。那年的樱桃丰收了，整个巷子都飘着樱桃的香味，周边的果农一人挎着一个篮子，篮子里装着红格艳艳的樱桃，五毛钱一斤，我买了二斤，那樱桃多好啊。再往巷子里走，就能看到一棵高大的槐树，那棵槐树简直都成精怪了，太阳照下来，树阴就是一个大伞呢。那年我在树下躲雨，路上的人浇得水淋淋的，我身上却是干的。树底下有修鞋的修自行车的卖旧书的，偶尔还有一个唱歌的。我看到一个人经常在那棵树下唱歌呢。他一唱歌，树上的鸟儿都不唱了。他比鸟儿唱得好。

这个巷子里住着一个老人叫曹德贵。他那时候最爱在树底下讲古今了。讲三国演义桃园结义。讲关羽千里走单骑，讲诸葛亮草船借箭火烧连营。

你咋认识他？

我在他家住过一段时间。

你找他做什么？店老板眼里突然闪出一道亮光。

小女孩吱吱地嘬着吸管，她抢着说，我妈说，都十几年了，也该了结了。

店老板拿目光再次丈量妈妈，似乎在辨认妈妈的年龄。他问道，你为什么要找他？

妈妈不再说话，拿纸擦了擦小女孩的嘴，似乎对小女孩说，又似乎对自己说，更像是对店老板说，十几年了，该了断了。

店老板不由得仔细观察女孩。他从那面大镜子里蓦然发现小女孩的眉眼和自己有着某种特殊的相似。她的右眼角有一个黑痣。而似乎自己的右眼角也有一颗黑痣。莫非？店老板被自己突然涌现的念头惊吓了。不可能。不可能。他又认真地看这个女人，那目光意味深长地，都带有调查研究的意思了。最后他的目光停留在女人的脸上，这回的目光带着严苛的审视，都像是警察在办案了。乖乖。她的脸上虽然布满了沧桑，可那沧桑之后掩藏了一种岁月遮蔽不了的俏丽。曹德贵。他在心里喊了一声。

妈妈说，都十几年了，也不见他来主动找我，他原来说要来找我们的。

听你口音像是北山人？店老板望着她脸上呈现的捉摸不定的表情，那表情一半是回忆，一半是迷茫。

嗯，我是柳镇人。

柳镇？那个地方离这里有二百多公里呢。在大山里头。抬头是山低头是山，山跟山像圈套一样，人掉进去，都找不见了，简直是汪洋大海呢。听说你们山里头人拉屎擦屁股都不用纸，直接拿树叶或者石头一抹。乖乖，我还听说柳镇的小叔子可以喝婶娘的奶，是真的吗？我还听说兄弟俩娶一个媳妇，一个人白天一个人黑夜。

妈妈嘴唇哆嗦着，说，你从哪里听来的啊，那又是哪个年代的事啊，现在早都不了。

店老板说，现在文明了？

妈妈说，我们那里一直都很文明啊。

店老板鄙夷的目光从女人身上飘出去，哦，他说，现在毕竟都文明了嘛。

柳镇的柳树多吗？店老板换了一个话题，他的眼睛在研究小女孩。

柳镇的路边全是大槐树，有的槐树都有一百多年了。几乎没有柳树，但不知道为啥叫柳镇。

店老板显得有知识似的说，奇怪也不奇怪嘛，无锡就没有锡嘛，山西就没有山嘛，石家庄就没有姓石的嘛。

你知道曹家巷十号么？女人似乎想起了自己的任务，她拿卫生纸擦着女孩的嘴。

地球上已经没有曹家巷了。店老板听到自己的口气里竟然带着一丝丝的哀怨。

小女孩的目光已经被电视上的节目所吸引，孙悟空举起金箍棒，那个妖精化作一缕黑烟，逃向了另一个山洞。

妈妈看着被孙悟空打死的妖怪变成了一只肥大的蜘蛛，她说，那么大的一个地方，那么多的人，怎么说没有就没有了呢？发生啥事了呢？

店老板的笑有些暧昧，他说，比地震还可怕呢，一转眼间一个村子就消失了。

怎么会消失呢？妈妈问。

妖怪吃了吧，让孙悟空给变回来不就行了。一直看着电视的小女孩突兀地插入了一句。

孙悟空再大的本事也变不回来了。店老板的语气一时间颇为伤感。

那到底是咋回事啊？女人焦灼地问。

村子几年前就拆了，你看这楼房，比你们的山还高吧，密密麻麻的。这儿现在叫啥子呢？店老板的目光搜寻着门外。

凤鸣里。店老板的目光盯着路边的路标说。

妈妈的眼睛注视着那个红底白字的招牌说，曹家巷真的就没有了？

没有了。它早就灭亡了。你看这高楼大厦地，哪里有曹家巷的样子啊。店老板说，曹家巷都没有了，哪还有姓曹的啊？

妈妈的眼睛突然湿润了，她哽咽着说，那我到哪里去找他啊？我答应他的啊，我十几年前就答应了他啊。

你答应他啥了？店老板的目光犀利得像一根刺。

我一定要把孩子带给他看。女人抓着小女孩的手，眼泪大把大把地掉下来。

你认识他么？女人的目光里装满了期待。

我怎么会认识他呢。这个巷子里住的人太多了，我咋能都认识呢。店老板的目光望着门口的路标，嘴里发出蚊子一样的鸣叫。

你和他啥关系嘛？一缕阳光打在店老板的脸上，他眯着眼，试探地问。

我是他……唉，说了你也不懂。女人的脸似乎羞涩了，她问道，你们这里都改造了，每家能补偿不少钱吧。女人的话题终于转到了钱上。这就很关键了。店老板在心里惊叹一声，亏得刚才没有告她实情。

补偿不了多少，开发商狡猾得像泥鳅，咋能舍得把钱给你呢，连生活都维持不了啊。原先这曹家巷人气多旺啊，卖菜的摆摊的，人来人往，生意也好做。开发后，老住户都搬走了，一点人气都没有，跟死了人一样。你看，我这个饭店哪有生意啊。还是你们山里头好，山高皇帝远，只要有土地，咋样都是活，地是宝贝呢，我们现在都没有地了。农民不是农民市民不是市民，啥都不是啊。店老板一口气说了好多，他还说道，城市有啥好啊，我要是在山里有地，我都情愿回山里住，空气好，与世无争，简直是人间仙境么。城里啥都要钱，上厕所要掏钱，出门坐车要掏钱，你嘴一张就要钱，你算算，你得多少钱。城里其实并不好啊，我早都呆腻了，你们却都想着往城里跑。

女人抿了嘴不再说话。店老板滔滔不绝地讲了一通道理。女人最后说，我也不想到城里来。我晕车，现在头还晕呢。

你能帮我打听打听曹德贵现在住在哪里么？我一定要见到他。店老板的嘴说累了，女人又提出了自己的要求

我真的不知道。我要知道我都愿意带你去呢。店老板喝了一大缸子水。

你就帮我打听打听吧。女人几乎是祈求了。她从那个庞大的编织袋里取出一袋子核桃一包子木耳一吊子腊肉说，老板，你行行好，帮我问问吧，我也没啥子谢你的，这些土特产都是我们山里产的，你就帮我打听打听吧。

一股子香气扑进了鼻。店老板看着女人的编织袋瘪了，他深深地吸了一口气说，我又不是要你的东西，我真的不知道。你看，我还要做生意呢。

女人突然哭了，女人哭着说，你就帮帮我吧，我知道你是好人。

你怎么知道我是好人？店老板被女人哭得心烦意乱的，他说，把你的那些东西收起来吧，叫人见了还以为我欺负你们孤儿寡母的。

女人很坚决地把那些东西摆在了收银台上。

店老板抖着手说，这，你这不是逼我嘛。

女人拉着孩子几乎要跪下去，她说，求求你了，老板，求求你了。我不找到他，这一辈子都不得安宁，我答应过他的啊。

女人虔诚地望着他。店老板避开她的目光，走到了门口，冲着对面的修车铺说，小李，你替我照看一下。

那个正给自行车充气的人说，老曹，来了相好的了，还带着小油瓶。

店老板脸上的肌肉意外地抽了一下，胡说，就是一个顾客。

小李暧昧的目光看着店里说，把门一关就行了。

店老板脸上的肌肉抽得更疼了。他怕那个携带着孩子的女人听懂了小李猥琐下流的话。小李的目光原来一直在搜索这边呢。他喝斥道，你小子嘴上别不正经了，小心我给栀子说你的好事。

小李踢了一脚地上的自行车说，你们忙去吧，我保证不给我曹叔说。我早上出门听见曹叔在房子里骂人呢。他一会儿骂你不是东西，一会儿说要下雨了该给曹小福送雨伞了。

让他骂吧，总比他到处乱跑丢人现眼强。店老板说。

老曹，你这样子也不是个办法。你要带曹叔多出去转转。我听说山里头空气好，利于老年人休养。小李抽着烟，跟店老板隔着马路聊起了天。

我这店咋办呀，我总不能关门了吧。店老板嘴里嘟嘟囔囔地。

小李突然笑出了声，曹哥，你就是太爱钱了，我听说拆迁你们得了不少钱啊，那钱够你花几辈子吧。

胡说。店老板压低了声音，看了一眼店里的母女俩说，给我爸看病花了很多钱，早都花光了。

那个叫曹德贵的人突然出现在了面前。他被绑在一张椅子上。他的腿上睡着一只流着涎水的老猫，这猫太老了，它和人一样睡觉打鼾，呼噜噜地。

店老板把钥匙挂在屁股上，用下巴指了指椅子上睡觉的人说，是他吗？

椅子上的人睁开了眼。他在椅子上挣着身子说，曹小福，你个杂种，你把老子绑在椅子上，不如把老子送到精神病院。

店老板说，别叫了，没有人听得见。放你出去，你又骚扰邻居家的李奶奶。你不要脸，我还要脸呢。

我没有。椅子上的人说，李奶奶的头上有白头发，我要给她拔白头发。

你还狡辩呢，人家李奶奶的儿子看见你把手伸到了李奶奶的怀里了。

他们糟蹋我。李奶奶说她痒痒了，叫我给她挠痒痒呢。

那你为啥亲人家李奶奶孙女的脸。

李奶奶孙女我看着就喜欢，我亲一下咋了啊？

人家小女孩都十二岁了，你亲人家，不是耍流氓是干啥啊？

我不是耍流氓。

你不要脸我还要脸呢。你看见人家小女孩就往怀里拉，要亲，要抱，你说，你这不是耍流氓是干啥啊？那又不是你的孙女，你抱人家亲人家干啥啊？

那就是我的小孙女，我有一个小孙女，她和李奶奶家的应该一样大了。

你老了老了还花心，小心我妈晚上来找你。店老板的指头敲了敲桌子。那儿放了一个黑白相框，里面的人严肃着脸，似乎被一个疑难问题困住了，一束目光从玻璃里射出来，房间突然就安静下来。

椅子上的人看着相框说，晚霞，你咋一直不下来啊。你呆在镜子里干嘛啊。白天你都到哪里去了，为啥到了晚上才回来。你回家总是跟孙悟空一样腾云驾雾的，你会法术吗？你看见咱们的小孙女了么。她该上初中了吧。我给她买的衣服和玩具你早点送给她。今天要下雨，可能是大暴雨，你早点去接她。你在房子里走来走去的，咋就不陪我说说话，不陪我出去走走呢。你看，你又在哪里鼓捣啥啊？我给你说了，柳镇咱们早晚都得去的。明天可以啊。你就穿你那件红旗袍吧。

你胡说啥啊。店老板把相框扣在了桌子上。

晚霞，你又躲到哪里去了？椅子上的人挣扎着身子叫。

那只猫终于睡醒了，它站起来，伸长腰，最后发出了抗议的叫声。

那个女人走到了他的面前。

晚霞你干啥去了咋现在才回来，你收拾好了么？

收拾好了。女人拉着他的手说。

咱们明天就去柳镇。到柳镇的班车每天早上六点发呢。

好。到了柳镇给你做浆水面吃，我的浆水早就卧好了。

给咱们小孙女带的东西都装好了，不要忘了。给秀琴带的衣服也要装好。秀琴喜欢吃酱牛肉，你到德福记买上几斤。

嗯。都买好了。

小孙女应该长大了吧。晚霞，你说，小孙女像谁呢。像他爸还是像她妈？我估计像她妈。那个秀琴长得和你当年一样好看。

女人把小女孩按着跪在他的面前。

女人已经哭得不成样子了。

椅子上的人伸出了一只手，摸着她的头说，晚霞，哭啥嘛啊，你一哭，我的心就乱乱的，咱们明天去柳镇，就能见着他们一家子了。

那只手擦着女人的泪珠。

女人觉着自己突然回到了从前。

她逃走的那个早上，守在门口的人刚刚撤走。

她在地窖已躲了六天。她和红薯躺在一起。红薯散发的清香掩盖不了地窖的潮湿和憋闷。一丝光线从挡板上挤进来，一只老鼠在角落里瞪着晶亮的眼。她捂着嘴打了一个喷嚏。老鼠惊恐地爬上了红薯堆。老鼠太胖了，它从一堆红薯上滚下来。她的身子落在了她脚旁。它朝空中张着腿，浑圆的肚子孤独地翕动。她是最见不得老鼠的。那只老鼠最终翻了身，伏在她的脚畔。它也许实在跑不动了。头顶上杂沓的脚步声。一个人在挡板上跺了一脚。灰尘重重地砸到她头上。柜子倒在了地。麦子撒了一地。苞谷棒从屋檐上摔下来,像一群被打散的孩子。她听得见苞谷无声的呐喊。牛在门口扯着嗓子叫。棍棒噼噼啪啪地打在它身上。它太勤劳了。地里离不开它啊。我们都舍不得打啊。她哆嗦着,感到那棍棒打在自己的身上。牛的叫声远远地低到尘埃里了。猪也叫起来了,那家伙的叫声一点也不优美,扯着嗓子,它饿的时候也没有这般叫过,但她能听得懂它的意思,这回,她一点办法都没有。猪走了,牛走了,羊也走了,吵闹的房子渐渐静下来。黑暗重重地压着她。老鼠贴着她的身子,地窖里的冰凉从四壁往身体里杀,老鼠吱吱地咬着牙,她的身子瑟瑟地抖起来。时间似乎死去了,她摸着老鼠,把它托到掌心,她太肥了,微弱的光线里,看得见它的肚皮快要撑破了,几乎是透明的,她似乎看得见那肚皮里的幼崽,这是一个母亲啊,一个怀孕的母亲,她把这个母亲暖在掌心,脸贴着她的肚皮,听见她的身体不规律地跳动。不知道什么时间,头顶的挡板掀开了,他用吊筐拉着她回到了地面。房子刚刚遭了一场洗劫。地上散落着麦子苞谷,它们无家可归的模样。立柜被拆掉了一条腿,它瘸着身子,柜子里的粮食都无了踪影,它傻傻地瘸着,极为难堪地立在堂屋里。

他们走了么?她托着肚子,悄声问。

走了。他抱着头坐在地上说,他们还会回来。他们说一定要带你走。也许他们就在周围埋伏着。

她摸着自己隆起来的肚子说,都九个月了,你看,他不停地踢我了,他也想出来看看呢。

不知道是儿子还是女儿?他摸着她山丘一样隆起的肚子说,那还是赶紧躲吧,叫他们发现了,那一劫是躲不过的。

她抱着自己的肚子说,还往哪里躲啊?这一个生完,我再也不生了。

这是最后一个。他按着她的肚子,似乎对肚子里的人说。

这是什么啊？他突然叫起来，你带它干啥呢啊，龌龊死了。

她抚着她几乎透明的身子说，你看，她一直跟着我，在地窖里陪着我，她跑不动了。

她也怀崽了。他摸了一把她圆滚滚的身子。

你把她放在墙角，用棉花给她做一个窝，她也许快要生了。她把她托在掌心。她的眼睛看着她的眼睛。她的泪水滴在她身上。

他不明白平常极为害怕老鼠的她会忽然怜惜怀了孕的老鼠。他看不得她的泪水，说，行。

每天给她弄些吃的，弄些水，跟伺候我一样。

他看着她的眼睛，那眼睛不停地流着泪。

他咬着嘴唇说，行。

他送她爬上了山。

走大路容易被人发现，他给她叮嘱说，洛城还有一个远房亲戚，你去找的看看，能躲几天就躲几天。

他再三说，顺着山梁走，只要翻过了蟒岭，他们就不会追了，你到路上再挡个便车。

她都走了好远了，又返回来，说，把那只老鼠照顾好，她顺利了，我就顺利了。

他咬着嘴唇，嘴唇都被他咬出了血。

当她出现在他面前的时候，他看到的不是一个女人，而是一个从山里逃出来的野人。她的头发挂满了刺毛球，如一个坚硬的盘根错节的鸟巢，她的裤子被荆棘撕扯得一绺一绺的，如若一面面投降的旗帜，她皮肤上暗河般纵横交错着触目惊心的血痕。洛城就没有丈夫所说的那条街道，也没有丈夫告诉她的所谓的那个亲戚。饿的时候，她和那些流浪的乞丐争抢过垃圾桶里的剩饭。当她走到小饭店的门口时，他正在擦桌子。她清楚地记得他穿着白色的汗衫，汗衫上几个不显眼的破洞，他把桌子擦了一遍又一遍。桌子擦得比她的脸都要好看了。他简直不是在擦桌子，他在给桌子做思想政治工作呢。没有客人。那一整天他的小饭店没有看到一个客人。

她靠着门，叫了声，老板。

醒来的时候她已经睡在一张床上了。

他后来说，你吓死人了，你的血顺着裤腿往出流。你叫了一声老板就直挺挺地摔倒在店里。

她记得她那天吃了五个荷包鸡蛋。

他说，你咋逃出来的？

他说，你就和那些流浪汉在一起啊？

她吃了一碗西红柿鸡蛋面。她说，我不跑不行啊，我不跑就会被拉到一张桌子上，那儿站了一排怀了孕的妇女，一个等着一个。

他点点头。他没有对她的话语做评论。

那天晚上她就生了。

接生的是晚霞。她记得晚霞说，这是我接生的第三十六个娃。我给这世上带来了三十六个娃了。我都成了送子娘娘了。

晚霞跟自己生了孩子一样高兴。她醒来后，晚霞对她说，你这娃调皮啊，先出一只脚，吓死我了。血水流个不停。她就卡在门口不出来。她想害死她妈啊。老曹不信佛，都吓得跪在地上给菩萨磕头呢。

一天晚上，她正在给孩子喂奶，晚霞进来了。那天的晚霞似乎变了一个人。晚霞说，他们找到我了，我害怕啊，我是和政府作对啊。但我又不能看着孩子被扔进茅坑里。

那天晚霞把孩子抱在怀里不停地哭。晚霞说，这可能是我接生的最后一个孩子了。

干爸，干妈，你们给孩子取个名。临走的时候她说。

就叫新生吧。他把一个盒子交到她的手上说,这个你好好地保管着,有机会了,我和你干妈到柳镇来看你们吧。

她抱着新生在地上给他们磕了几个响头。

爸,你还认得我么?

她跪在他面前,抓着他手。他的手指像是蒙了一层皮的骨头。

你是谁?晚霞。啊,晚霞回来了,你咋才回来啊。这十几年你跑哪里去了?椅子上的人伸手去摸她的脸。

爸,我是秀琴啊。秀琴。你不记得秀琴了。十三年前逃难到你家的秀琴啊,她还在你家生了一个孩子。她差点难产死了。你给孩子取名叫新生啊。你看,这就是新生啊。女人拉过旁边怯生生的孩子说,新生,这就是我常给你讲的爷爷,你叫一声爷爷啊。

女孩在她身旁扭捏着说,我爷爷在家里啊,咋又凭空冒出一个爷爷。你看他,像个疯子,哪像我爷爷啊?

啪。女孩没有想到妈妈会打自己一个耳光。她捂着脸,听到自己委屈的哭声四散奔跑。

没有他,哪来的你?妈妈按着她说,跪下,给您爷叩头。

女孩被一股力量按在地,她听着自己的头在地板上产生了咚咚的声响。

爸,女人说,这是你的孙女新生,我们来看你了。

椅子上捆绑的人望着地上跪着的人说,晚霞,这十几年你跑哪里去了?你那天晚上被一个人叫出去就再也没有回来,你到哪里去了?

地上的人说,爸,我们回来看你来了。

椅子上的人扭头对店老板说,小福,你妈说啥啊,我咋一句都听不到,你问你妈这几年都到哪去了?

店老板踢了一脚地上的尿盆,盆里的污水泼到了地板上,他看着地板上扭曲的水流说,我给你说过多少遍了,我妈死了,都死了十几年了。

胡说哩。椅子上的人挣扎着身子,椅子在他的身下发出吱吱嘎嘎的呻唤,他说,胡说哩,我和你妈每天晚上在一起睡觉,她怎么就死了呢。你妈有三十六个娃呢。她昨天晚上还说这些娃都长大了,但都没有一个来看她。

她都死了十几年了。店老板踢了一脚地上的盆子说。

晚霞。椅子上的人抓着地上人的手说,你咋白天不在家,晚上才回来啊。我到处喊叫你,你也不答应。我到咱们经常买菜的菜市场,乘凉的大槐树,人家都说没有看见你。我坐在桥头上,看见你在水里冲我笑呢。我们经常在桥头上看水里的鱼。我跳下去你就不见了。我到咱们以前住的曹家巷去找你,可是曹家巷我无论如何都找不到了。那里明明有一棵大槐树,我经常在大槐树下给人们讲故事呢。一条巷的人都听我讲,那棵大槐树不见了。那条巷子的人都不见了。

晚霞,你那天晚上出去咋就再也不见回来呢。我要知道你找不到了路,我就跟在你的身后啊。叫你的那个人穿着一身制服。他把你带到哪去了?曹家巷没有了,难怪你找不到回家的路了。

晚霞,你回来了,咱们就一起到咱们的娃家去看看。三十多个娃呢,我当年都记在一个本子上。本子装在一个盒子里。那个本子不能丢了啊。咱们一家一家地找,反正咱们老了,权当是旅游了。当年你答应我的。

我陪你去。咱们一家一家地找,三十六个娃,总能找得到。跪在地上的女人突然哭了。

你说还能找得到么?我把本子丢了。椅子上的人摸着晚霞的脸说,你瘦了,下巴都变尖了。

当然能找得到。女人的脑袋搁在他的腿上说。

疯了,都疯了。店老板踢翻了盆子,冷冷地坐在沙发上。还三十六个娃呢，都不嫌丢人，太可笑了。他气咻咻地抽着烟。

女人拉着孩子站起来。她费力地解着绳子，曹德贵像一只绑在椅子上的粽子。绳子如同烟雾在身边一圈圈地散开，他身上的恶臭汹涌而至。

店老板捡起地上的绳子说，你干啥呢？他疯了你也疯了么？不绑着，他就到处乱跑，骚扰老太太和小姑娘，他现在连狗都不如。

你还是他的儿子么？女人问。

我不是他儿子你是他儿子。店老板嘲讽地笑着，绳子在他的手上舞动着如一条随时出击的蛇。

我们回家吧。女人搀扶着曹德贵，她的女儿拉着他的手。

晚霞，我们终于可以一起回家了。曹德贵笑得像一个孩子。他把桌子上的相框抱在怀里说，我们能找到家么？

女人说，能找到。

曹德贵在怀里摸索着说，可惜我的本子找不见了，上面有那些孩子的地址呢。我的本子呢，我的本子找不到了。他呜呜地哭起来。他的鼻涕泪水模糊了脸面。

女人从包里掏出了那个带着锁子的盒子。她说，在这里呢。曹德贵抢过盒子，哆嗦着抱在怀里说，晚霞，这回好了，我们能找到那些孩子了。是的，女人说，我们一家家找，每一家都住几天，让孩子给你捶背给你洗脚。

回家啦。曹德贵的脸贴着相框说，晚霞，我们回家啦。

他们都走到了门口，店老板突然叫道，你们到底是啥关系？

你猜。

女人回头笑了笑，店老板突然发现，她笑的神情和他妈一模一样。

原载《青年文学》2016年第10期

我不是你们想象中的那种人

金明被自己头脑里突然冒出来的念头惊得打了一个颤。该死的，怎会有这个想法。他握着拳头敲了敲太阳穴，咚，咚，咚，他看到血高兴地直往头顶跑，阳光哐当一声打在了脸上，金明揉了揉滚烫的脸，怎么会有这个念头，他问红艳艳的太阳，太阳不睬，兀自红着身子，啊，想了十几天，原来还有这么个好办法在等着自己呢。

听着金明妈在灶房哗哗啦啦洗碗的声音，金明突然给坐在对面的人说，爸，我刚才在街上看见桂兰姨了。啥？抽着烟的金明爸似被这个突兀的消息噎住了，他一连打了几个喷嚏，低着声说，啥，桂兰，桂兰在哪里？金明的眼睛铁钩子一样抓住了金明爸眼里迸射的亮光。他看了灶房一眼，像他爸一样压着嗓子说，桂兰姨向我打听你呢，问你胖了还是瘦了。问你是不是每天还早早地就在北街口卖梨。问你下雨了腰还疼不疼，问你现在一顿吃几碗饭，问你现在是抽旱烟叶子还是抽香烟。你咋说的？金明望着他爸迫不及待的样子，暧昧的笑就浮上脸，他对金明爸说，我对桂兰姨讲，我爸的身体棒得跟牛一样，每顿饭都比我吃得多，我爸做梦都想你呢。放屁，我啥时候想她了。金明爸深深地吸了一口烟，他现在抽着旱烟，旱烟太呛了，他咳了几口，低着声骂金明说，放屁，我啥时候想她了。

你想谁啊？金明妈摆着手上的水珠，走到了金明跟前。金明的目光从杨发财笑眯眯的脸上躲到了粉香的脸上，从粉香的脸上飘到了门前的梨树上，地里的梨树已经闹腾着开花了，一朵朵白云样地飘浮在门前，像一只只小羊交头接耳地堵在了门口。你想谁啊？粉香搓着手，目光顺着金明的目光，看到了门前灿烂得有点张狂的梨花。

金明从梨花身上收回了目光，拿眼睛看着杨发财，给粉香说，我想老婆了。粉香一屁股坐在椅子上，对门口的金明说，想老婆了你去找小琴啊。粉香突然像发现了某个惊天的秘密，叫道，哎呀，小琴有一阵没来了，她在忙啥啊？

小琴当然忙了。金明说，小琴忙着相亲呢，人家女孩子的时间就是金钱，能耽误得起吗？

小琴不是在和你谈吗？金明妈说，咋能脚踩两只船啊。

谈个屁，我有啥嘛，人家和我谈。我有房子吗？没有。我和爸妈挤在一个房子里。我有车子吗？没有，我有一辆脏得像乞丐一样的自行车。我有一份体面的工作吗？没有。我准备子承父业，到街上摆摊卖梨啊。

粉香赶紧看了一眼金明爸。金明爸的脸色像尿布，阴得能滴出水。粉香亮着声说，卖梨也不错啊，要是你不想在御花园当保安了，就跟着你爸去卖梨，你看今年梨花开得多繁。

金明一只脚扎在门里，一只脚插在门外，身子被光线切割得乱七八糟的。金明说，你到底是我妈啊。粉香在椅子里不安地扭着身子说，我不是你妈还是你爸啊。

金明在椅子夸张的呐喊声里走到梨树跟前，他的眼前腾起白胖胖的云，他的鼻子钻进花瓣里，一股妖娆的香味，香得如小琴的胴体，金明闭着眼去抓小琴，他抓住了梨树，梨树挣扎着一阵阵呻吟，雪片似的梨花纷纷往地上奔逃。粉香靠着门说，你好好跟小琴谈，都快结婚了，闹啥子闹啊，要是能要回来给小琴家的三万块钱，你就不谈了。金明抓住梨树的枝干，疯狂地撕扯着。他要和梨树打架么？一团白云摇摆，蜜蜂嗡嗡嗡地，梨树像被人扒了衣服，羞怯着光秃秃的。

金明像是没有抢到肉骨头的狗，带着忽长忽短的影子走入了白花花的梨园。

梨树光秃着身子，那一嘟噜一嘟噜的花脱离了枝桠，在地上躺着雪白的娇羞。杂种。杨发财骂着，似乎看见跌落了一地的梨，他的脚就青蛙一样跳进了门前脏污的泥水里。才下过雨，门前的路成了污浊的泥塘，噗嗤，噗嗤，他拖着两只脚，鞋里已灌满了泥浆，噗嗤，噗嗤，他跟着自己制造的声音，走上了312国道。一辆辆车尖叫着，逃也似的飞过他身边，他眯着眼看路边突然站立的广告牌。她们一个个眉飞色舞的。"新世界之都，撬动世界的引擎。未来城，下一个世界的中心。"哎呀，不得了，这里都成了世界的中心了。这里要是世界的中心，你把北京放哪里呢？巴黎怎么想呢，上海又会怎么看呢？泾河岸边的滩地倒很肥沃，那沿河的梨树，花开了，扬起漫天雪，泾河如镶了雪白的带子，花香铺满了岸，河上泊着船一样的鸭子，十几只，几百只，它们静静地凫在水上，伸长着脖子，似乎吃那空气里的香气。梨树摇晃着白灿灿的花。杨发财闭着眼张开耳朵。噗，一朵花开了。砰，一朵花开了。他钻进了花蕊里，他变成了一只蜜蜂。他满身都是毛茸茸的花粉。不久，泾河岸边又将是一树一树的梨呢。他似乎看见无数的梨小孩样在枝头闹着，吵着。他走在自家的梨园里，像是将军在巡视自己的领地。这三亩梨园是全家人的口粮呢。他像抚摸孩子一样，目光里全都是慈祥。看着，看着，他的心又被那林立的广告牌戳得乱糟糟的。听说这里要建新区，沿着泾河岸边搞开发，工业区、教育区、居住区、休闲区，这区那区的，唯独没有梨树区，那我的梨树在哪里长呢？消息传了好几年了。路边的广告牌说，明年年底建成新的城市功能区。梨树呢，那我的梨树在哪里长呢？他的心咚咚地跳。

杨发财像一只逃出了梨园的虫子，走着走着，就发现自己的脚走到了东新街的饮食市场。桂兰的凉皮摊前坐着几个人吧唧吧唧吃着凉皮，嘴里发出慌乱的声响。桂兰满腹心事地看着满是雾霾的天空，间或张着嘴，吐出一团慌慌张张的气体。来一个肉夹馍，戴草帽的人犹豫着走到了桂兰面前。他垂着头，目光从帽檐里往出飘。肥瘦还是纯瘦？桂兰从锅里捞出一块炖得稀烂的肉块。肥瘦，草帽说。好嘞。桂兰手里的菜刀在垫板上飞快地起落，那一块肉转眼间就成了碎末。桂兰把肉夹在饼里，又掺了一勺油汤。加一点肉汤好，香。桂兰说着把饼子递给草帽。桂兰的手指头肥胖胖的。草帽无意接触了她的皮肤，油腻腻的，似乎一块粗糙的猪皮。草帽站着，目光从帽檐下飘过去，看见她的脸上沾了一疙瘩肉末，几片油渍花一样妖冶。那一定是肥肉的味道。草帽抚摸着热乎乎的肉夹馍，心里想着，就听见桂兰说，要辣子吗？要。一个女人的声音。草帽捏着肉夹馍，油从纸袋里渗出来，满手掌的油。草帽走到市场的门口，听见身后的桂兰对每一个路过她摊子的人说，凉皮肉夹馍，凉皮肉夹馍。草帽就咬了一口，真肥啊，腻腻的，像是咀嚼着一块陈旧的棉絮，草帽的嘴巴机械地开阖着，他悲哀地说，桂兰不认得我了，桂兰竟然不认得我了。

他的腿拖着步子跟他往梨园走着。听见那落寞的脚步声苦苦地缠着自己。广告牌上那个裸着大腿的女人一直看他。他走到哪里,那个女人的目光就注射到哪里。好家伙,那女人的目光和那女人红得像肿了一样的嘴唇看他有着特别的意味。桂兰。他身上热热的。他看着她叫了一声桂兰啊。他站在广告牌下。女人的大腿叉在他的头顶。他把油乎乎的手擦在女人的大腿上。女人的大腿立即油亮亮的。他的手摸着她的大腿往上爬,快爬到那个他想着就发抖的地方了,他的手竟够不着了,他的胳膊拼命地往长长了长,实在长不长了。他掐了一把她的大腿,说,桂兰,你竟然不认得我了。

爸。提着裤子的金明突然从广告牌后闪出来。金明盯着他的手说,爸,你在摸啥啊?

杨发财被金明吓着了,他看见自己还摸着广告牌上的大腿。他慌忙把那个有些淫邪的手拿下来,在裤子上搓着说,怪了,我的手今天一直痒痒的,火辣辣的。

金明看着被杨发财摸得一截白一截黑的大腿,一脸的坏笑,他对往梨园走着的杨发财说,爸,你的手被蜂蜇了吧。现在是梨树扬花季节,蜜蜂多呢。

金明的声音嗡嗡着钻进了耳里,杨发财站在梨树下说,你不上班,跟着我干啥?我今晚不回家了,就住在梨园里。

金明扒拉着一枝的梨花说,梨还没挂果,你住在梨园干啥啊?现在又没人来摘果子。

住在梨园里踏实。杨发财说着就走进了草棚。金明走到棚子口,掀起了草帘,对着抽烟的杨发财说,梨园里晚上冷,你的身体又不好,你回家睡,我晚上在棚子里照看。杨发财疑惑地看了一眼金明,说,你晚上不值班了?不值班了,金明说着,闪进了棚子,坐在了钢丝床上。你回家睡吧,我睡在园子里踏实。杨发财眯眼看摇曳着白雪一样的梨花。我在这里你还不放心啊。金明说,泾河边就剩这一块梨园了。我在这里,看哪个狗日的敢来。杨发财看梨花的目光收回来,在金明的脸上打着旋说,你最近有些怪啊。你先前不是一直催着我赶紧把协议签了,现在咋又跟我一个腔调。金明说,这有啥怪的嘛,你是我爸啊,你死活不愿意,我就是一千个一万个愿意顶啥用啊。杨发财有些歉意地对儿子媚着笑说,我就是不愿意。你看这梨花开得多好,跟下了雪一样。你爷卖梨,我卖梨,咱们的梨在中国在世界上都是有名的。古代专门送给皇帝吃呢。为啥叫贡梨呢。它长在泾河边,吸收了泾河的灵气,其他地方的梨就没有咱这泾河梨好吃。金明不耐烦地说,我知道了,你都说了一万遍了。杨发财继续对儿子媚着脸说,你抽空给拆迁办的人说说,这是老祖宗留下来的遗产,拆不得啊。金明说,好哦,我有空给拆迁办的人说说,叫他们把你的梨园留下来。杨发财纠正说,不是我的梨园,是我们的梨园,将来我死了,就是你的梨园。金明踢了一脚地上的石头说,将来我死了,就是我儿子的梨园。咱们杨家一直这么传下去,一代一代地传下去。杨发财没有听到金明话语里的嘲讽,说,要是能一代一代地传下去,那最好了。传个屁。金明掀开草帘,指着广告牌说,你看,将来这里建成泾河新区,有休闲广场,有购物中心,有高楼大厦,你老了,可以在广场上打太极,我妈可以跳广场舞。多好啊。杨发财突然站起来,指头凌空捣着金明说,你咋跟拆迁办的一个腔调,我就是不同意,他们能把我球咬了。他们还敢来硬的啊。他们要来硬的,我就到政府去上吊。我不要命了,豁出这身老皮了。金明站起身,走到棚子门口说,爸,你咋一根筋呢。杨发财往地上吐着唾沫说,我就一根筋。金明说,爸,那你就好好地守着你的梨园吧。金明从怀里掏出一条烟扔到钢丝床上说,我桂兰姨买的,让我捎给你。杨发财抓着烟说,桂兰买的,桂兰咋给我买烟啊?金明脸上又是笑嘻嘻地,说,桂兰姨心疼你么,她说对不起你。杨发财盯着金明的眼睛说,她咋对不起我了，她没有对不起我啊。金明说，我桂兰姨说，当年她本来要嫁给你，只是她爸不愿意，害得你一辈子跟一个聋子生活在一起。杨发财睁大了眼睛说，她真的这么说的？金明的嗓子变细了，似乎他就是桂兰，他模仿着桂兰的声调说，我对不起你。我爸嫌弃你是一个拉着架子车街头卖梨的。你来找我，我爸还叫狗咬你。杨发财的声音水汪汪的，他说，桂兰真的是这么说的？金明说，真的，我不骗你。杨发财说，桂兰啊，你害得我苦了一辈子，跟一个聋子生活一辈子，我连个说话的人都没有。

　　金明走远了，杨发财把烟抱在怀里，嘴里咕咕哝哝地说话。他感觉怀里抱着一个人。这个感觉很奇妙，他坐在钢丝床上，眼睛眯了一条缝，看着屋外雪花一样招展的梨花，风偷情似的冒出来，很粗鲁，急不可耐地，没有一点绅士的模样，梨树被弄得只好迎合着，做着许多奇怪的姿势。杨发财看呆了，抱着烟走出草棚，梨树的枝条手指一样挑逗着他的肌肤，他感到痒痒地，就嘴贴着一朵张开的梨花，鼻子里塞入肌肤一样的幽香，他闭着眼，嘴像蜜蜂一样往花蕊的深处钻着，他说，桂兰啊，你咋就给我买烟了呢，桂兰，你在等我么。

　　嘴唇突然被一根刺蜇了，他睁开眼，一只蜜蜂生气地飞出了花蕊。蜜蜂在他的耳畔嗡嗡地喧叫着，他揉着有些肿胀的嘴巴，被自己的想法吓了一跳。桂兰的老公，好像当过某个局的局长，几年前，因为贪污和搞女人，被判刑了，开除了公职。哪一年的事情呢？记不得了。桂兰的老公喜欢给漂亮的女教师上课，他把女教师叫到自己的办公室，给女教师教怎么给学生做思想工作，教女教师教学生怎么尊敬老师。桂兰老公给女教师单独上课非常认真，敢于发扬一不怕死二不怕苦的大无畏精神。桂兰老公也是个好领导，喜欢记日记。他给每个女教师上课的情况都详细地记进了日记里。一人设立一个专门的章节。每个章节处夹着一根毛。这在当年的洛城可是大事呢。后来桂兰就在饮食市场卖凉皮肉夹馍。以前不敢想，人家桂兰是官太太，局长的夫人。心都死了，金明那个杂种一撩拨，心又像夏天的枯草着了火，哗哗地燃啦。桂兰还送我烟了，这么好的烟我咋舍得抽呢。桂兰送我烟了。桂兰，我去买肉夹馍，你咋不理睬我呢。哦，桂兰，你是怕人嚼舌头。你毕竟是当过领导夫人的人，不像我，一直是个拉着架子车卖梨的。那我今天晚上不睡梨园的草棚子了，我来看你吧。

给桂兰买个啥呢？买一条围巾，买一件衣服，买些水果，买些米面油，不好，太普通了，太庸俗了，我们毕竟好多年没有联系了。那时候桂兰才十八岁呀。十八岁的桂兰在我的心中一直活着啊。当年我送她的一个硬皮笔记本她还保留着么？笔记本的第一页，我写了一句话。赠桂兰：昔我来矣，雪雨霏霏。昔我往矣，杨柳依依。我当时根本不知道那是啥意思，感觉好，很上口，就抄上了。现在我也不懂那句话的意思。桂兰你懂的。

杨发财摸摸口袋，只有三块五毛钱。妈的，好歹是一家之主，但口袋里装的最多的钱不超过十块。粉香凶得像一只疯狗。卖梨回家，她就会掏空我的口袋。十几年都是如此。今天杨发财突然觉得自己的聋子老婆太太的可恶了。用可恶说她都是轻的，简直是可恨至极啊。十几年，她一个聋子，我一个五官健全的人，我哪里找人说话啊我。我过的日子简直不是人的日子。我能对着一个聋子诉说衷肠么？杨发财往回走着。他一边走，一边说。

给我二百块钱。杨发财对粉香伸出两个手指头。

粉香看着两个山峰一样立在自己面前的手指头，她看着杨发财的嘴，说，你手指头疼？蜂蛰的吧。我给你拿风油精。风油精一抹就好了。

两个手指坚决地摇摇，又倔强地竖在她面前。

粉香说，你赢了，你打麻将赢了。她经常看见电视里有人伸着两个手指头做这个V。

杨发财的食指在中指上不停地敲着,似乎在发密电码,又似乎在擂一面小鼓。

粉香随着杨发财晃动的手指不停地眨着眼睛,说,你赢了二百块钱,拿来。

粉香伸出了手,粉香的手掌展开,像一片梨树枯黄的叶子。

我没有打麻将。我哪有功夫打麻将。梨树开花的时候,要防虫,要喷药,要疏花。杨发财的两个手指头像一把张开的钳子,在粉香的面前不停地摇摆。

粉香抓住了杨发财的手指,像钳子一样夹住了杨发财张扬的手指,你把我晃晕了,粉香说。

粉香的声音震得杨发财的耳朵轰轰地响,他说,聋子。

粉香抓着他的手说,钱给我。二百块。

杨发财说,你妈的头,哪来的钱。

粉香松开了杨发财的手说,你骂我?

杨发财吓了一跳,粉香能听见骂她的话,他摆着被粉香抓的酸疼的手说,给——我——二——百——块——钱。他的口型很夸张,一字一顿地,眼睛瞪着粉香。

你要钱干啥?粉香瞥了他一眼。你在家里吃饭,不走亲戚,不打麻将,不买东西,你要钱干啥?

你这个聋子。杨发财缩在椅子里,感觉身子如一个没有发育好的梨。他抓了一把烟叶,摁进烟锅里,扑哧扑哧,抽得跟拉风箱一样。

金明掀起门帘,从房里钻出来。

原来他一直在偷听啊。这个金明最近神出鬼没的。他走到被烟雾包裹的杨发财跟前说,爸,你也该抽抽香烟了。旱烟都能把人熏死。杨发财嘴跟烟囱一样,噗噗地喷着烟,他说,我不知道香烟好啊，我愿意抽着旱烟啊，现在谁还抽旱烟啊。我抽不起啊。我挣的钱，中华都抽得起。

你能抽得起。金明说，你问我妈要钱干嘛用啊？

干啥用？我身上就不敢装个钱嘛。你看你妈。一天把我口袋搜得比脸还要干净。她不挣钱她管钱。我挣钱的，身上一分钱都不装。你说说，合理么？杨发财把烟锅在地上磕得咚咚响。

你看看你妈，这日子简直没法过了。杨发财把旱烟锅扔在桌子上。

金明把二百块钱塞到杨发财的手上。

杨发财说，我不要。

金明说，赶紧拿上，叫我妈见了，就给你没收了。

杨发财把钱紧紧捏在手心。

粉香从他面前经过，轻蔑地剜了他一眼。

给桂兰买啥呢？

杨发财踩着门前泥泞的土路，身子一高一低地晃动。走着走着，就走上了国道。汽车不知道累，路上多得数不清，屁股后拖着黑烟，像一条扭曲盘旋的带子。国道的旁边就是梨园，梨园边站着一块块大气磅礴的广告牌。那牌子上画着摩天大楼、汽车、咖啡、电影院、人群、会议厅、酒店及一些不同肤色的老外。那些不可一世的美女挺立着电线杆一样的长腿，她们手里端着咖啡，她们要去哪里呢？杨发财的梨园孤独地矗立在泾河边，河水不声不响地流着，河面上的鸭子凝固似的看着梨园旁长得越来越高的脚手架。

给桂兰买啥子呢？

杨发财沿着泾河边的国道，走上了东大街。国贸大厦、金恒商城、天地源。杨发财捏着二百块钱，这条大街，他常年拉着架子车在此卖梨。十几年的光景了。桂兰还是领导夫人的时候，在他这里经常买梨。他的梨在洛城数一数二的。单位去省城或是联谊啊，都拿他的梨当礼品。过节了，有的单位就几十箱成百箱地预定，他骄傲啊。一次桂兰买五斤梨，就给了他一百块钱啊。桂兰给多了，他要给桂兰找零时，她已经走远了。桂兰身上飘过的香，在他的鼻子里留了好长时间。给桂兰买五斤梨吧，可惜现在梨树正在开花，还没有挂果呢。走着走着，路灯就一个不让一个地亮了。杨发财停下脚，才发现自己已经站到了饮食市场的门口。他看见桂兰收了摊，用苫布盖着桌椅，拎着一个包，朝自己走来。杨发财躲到树影里，看着桂兰的身影摇晃在马路上。

桂兰的脚步声雨点一样飘浮在街面。她不停地回头，但是她没有看到窥探自己的身影。她走过北大街，穿过了二马路，汽车轰鸣的时候，她已经走在了梨园边的国道上。车辆从身边树叶或者影子一样飘过，巨大的阴影投射在一个个广告牌上，广告牌上的汽车高楼和女人的笑容变得虚幻而迷离。一年或者多年以后，这里会成为一个全球瞩目的热点，一个新型的工业园区，一半是传说一半是真实的人类幻景。真的是这样吗？广告牌雄心勃勃地叙述并强化着这个传说。霓虹灯也争先恐后地讲述着这个猛兽一样将要到来的传奇。泾河谷地的梨园将不复存在了，虽然它曾经伴随着泾河存活了上百年乃至上千年。但它也将随着新工业园区的崛起，成为一段淹没的历史。脚手架上那盏瞪着大眼的汽灯，张扬的光亮映照着泾河黯淡的水流。前天晚上，一个梨农把身子栽在挖掘机前，他的身后铺展着白妍妍的梨花。开时似雪，谢时似雪。这好像是描述梨花的美景的。可惜挖掘机并不懂古典诗词的奥秘。如果它懂。它会在挥舞钢铁巨螯前，细细品味泾河边那无际无涯的梨花。那沿着泾河边，一条雪白晶莹的带子，逶迤蔓延，一路的花香。可惜挖掘机是冰冷的机械，它挥动钢铁手臂向纤弱的梨花投去重重一击。梨农站在梨树前，当挖掘机的巨鳌刺向地面的时候，他扑了上去。他不记得自己是第几次阻挡这个入侵的怪物。前几次这个恶物都被他的肉体所惊退，这次当他再挺身而出的时候，那个怪物并没有惊惧，大铲向他拦腰斩去，他被携着飞向了高空，他看见了泾河的水呜呜咽咽，水面上的野鸟扑簌簌飞起来，梨花上的蜜蜂决了堤的洪水样遮天蔽日，他听到自己身体噗噗地往外冒着血，那一瞬间天空下起了雨，淅淅沥沥的，梨花被染得血红血红的，像一片燃烧的红树林。挖掘机那几天没有工作。梨园暂时安静了。但安静只是片刻的功夫，听说那个受伤的梨农给了一个阻碍公务的罪名，最后不知怎么了了，家属再也不敢阻拦，梨园墓地般一片死寂，挖掘机又喧嚣着，毒蜂一般，那片梨园转眼间消失了。泾河边就剩了最后一块梨园，杨发财誓死不同意征用。杨发财放出话说，大不了和前面人的人一样，当一回烈士。杨发财还制造舆论说，他要死就死在县政府新盖的门楼上，把自己挂在那个县上领导进进出出的门楼上，也好好风光一回。这个杨发财看来是疯了。风呜呜咽咽地，似乎听到了梨园里传来了阵阵哭声。桂兰停住脚步，听了听，哪来的哭声啊。她走了几步，哭声又如水地漫来，是婴儿战战兢兢的呜咽，是老人撕心裂肺的哀嚎，是女人淅淅沥沥的抽泣。桂兰的身子软软地靠着广告牌，两只手紧紧地抓着皮包。

　　桂兰狐狸一样迈开腿朝家里狂奔。她听到杂乱的脚步声追赶着自己。她喘息着关上门，就听到迫不及待的敲门声。她把装着营业款的包藏进衣柜里。她在卫生间洗了脸，水被洗得很脏。镜子里一张惊慌失措的脸。她在镜子前站着，镜子里的人头发白了，那脸上的皱纹刀割一般。桂兰看着镜子里的人，双手捂住脸。一些热热的液体从指缝间渗出来，扑簌簌地跌落在洗脸台上。

　　开了门，一个似曾相识的人，他手里提着一个袋子。

桂兰。那个人叫了一声。

桂兰似乎不认识自己了。我经常在你的摊子上吃凉皮呢你不认得我了我经常在你的摊子上买肉夹馍呢你不认得我了。你不是还叫金明给我捎了一条烟么,你孤儿寡母的一个人多不容易。

桂兰还是没有想起自己。她的手指头在衣服上搓着,似乎那里隐藏着答案。

我是发财。看我给你买了啥了。杨发财扬了扬手中的袋子。

杨发财?桂兰看他从袋子里掏出了几个梨。那些梨走出了袋子,在茶几上晃动着粉白的身子,一个个交头接耳。

我们还在一起上过学呢。你给我送过一条围巾,我给你送过一个笔记本。那个围巾我现在还保管着呢。杨发财的身子在沙发上不安地扭动着。

哦。时间太长了。我记不得了。桂兰看着杨发财鞋上黄糊糊的泥巴。

上初中到现在也就十几年,说长也不长啊。杨发财的手在口袋里摩挲着。他一直在摩挲着金明给他的二百块钱。

桂兰看着他鞋上的泥巴说,你还在务弄梨树。

杨发财跺着脚说,我刚从梨园过来。我喜欢梨树,我都务弄了十多年了。我看着梨树,比看着儿子还亲。

你的梨子就是好。桂兰似乎想起他了,突然表扬了杨发财。你的梨,就是比人家的梨甜、酥,水多。老李在位的时候,哪一年不是用你的梨去慰问啊。

是啊,是啊。杨发财听桂兰表扬自己,不安地在沙发里扭动着身子,说,那些年,李局长没少帮过我,每年都买我的梨,给的价钱也公道,我心里记着呢。我知道都是你在关心我,李局长哪里认识我啊。

桂兰看见杨发财的手一直放在口袋里,不知道他在摸索什么,便说,买谁的都是买,何况你的梨好。

杨发财的目光不敢乱看,他就看着桂兰的脚说,以后怕是吃不上梨了。泾河要建工业园,要征用那片梨园。张根根都被抓了,听说是啥妨碍公务。

桂兰说,张根根厉害,看着平时窝窝囊囊的,还有一些血性呢。

杨发财吃惊地说,你也说张根根厉害。

当然了。桂兰说,现在几个人有血性啊。好多人都是骗子。老李在位的时候,有些人恨不得吃老李拉的屎,老李进去了,有些人不停地往老李身上拉屎。

我不是那种人。杨发财在沙发上不安地扭动着身子。

我不是说你。桂兰的声音哽咽了,说,你的胆子跟老鼠一样小,你哪有张根根血性?

杨发财坐不住了,他站起来说,你说张根根有血性,我比他还有血性。我的梨子园也一直没有征。我不同意,他们谁敢来硬的。

桂兰说,那你还不征了算了。梨园变成了工业园,你也有钱了,有房子了。不像我,现在还住在平房。

杨发财说,我不想征,我和梨园有感情。

桂兰瞥了他一眼,嘴角似乎浮现了一丝的冷笑,杨发财听见桂兰说,你有那个血性,你就不是杨发财了。

杨发财说,他们要是来硬的,我就给他们丢丢脸。

杨发财说着说着声音就哽咽,几滴泪挂在了眼角。

你何必呢。桂兰长长地叹了一口气说,你又不是英雄,你能逗得了那个强。

杨发财觉得他呆不下去了。他说,家里有啥活要干的,你就叫我,我们毕竟是老同学么。杨发财擦了一把眼睛,看着桂兰头上刺眼的白发。

杨发财掏出二百块钱放在茶几上说,你需要啥就买个啥,不要弄得太辛苦了。我现在还攒了几个钱呢。这几年梨的价钱一直很好。一斤七八块呢。

你这是干啥吗？我又不缺钱花，你拿回去吧。桂兰看着茶几上被揉得扭曲着身子的钱，像看见了怪物。

杨发财大胆地看着桂兰，他觉得桂兰比年轻时好看多了。

他说，下雨的时候，你就不要去摆摊了，那多冷啊。

他说，你也不要每天都去摆摊，也给自己放放假，上班都还有礼拜天呢。

他说，你有啥苦难了就给我说，不要自己一个人扛着，现在李局长不在了，你一个人扛不住。

他说着说着，觉得自己很崇高，觉得自己代理了李局长。他妈的，李局长，他妈的。

呵呵。桂兰突然笑了。桂兰说，你看你，你就是一个卖梨的，你给我买啥围巾啊。你推个车子卖梨，被城管撵得到处乱跑，也够恓惶的。

围巾。我给你买了围巾？杨发财的目光在桂兰的脸上放肆地翻滚。

你让金明给我捎来了一条围巾。还给我买了一双鞋。买了一个发卡。桂兰低了头，脸上浮出了羞涩的表情。你不要买了，你的经济情况也不好，叫金明妈知道了，你一千张嘴也说不清。

好个金明啊。你这个龟儿子，都买围巾发卡了，你懂女人的心啊。你看桂兰的脸都红了，老了老了还红脸呢，你看桂兰手脚都没地方放了，像个早恋的小女生呢。你还给我买了烟呢。杨发财子心里激荡了一阵，嘴上突然说道，那个聋子婆娘害死我了，一辈子跟一个聋子生活在一起，想说个知心话都没有人。我有时候就给梨树说，就给梨说，总比给那个聋子婆娘说强啊。你说东，她说西，你说南，她说北，胡拉被子乱拖毡。你说说，我心里苦不苦啊。我又不是哑巴，我爸要给我找聋子婆娘。

半辈子了，你还嫌弃老婆了。桂兰说，粉香给你做牛做马的，也对得起你。

你知不知道啊。杨发财控诉道，她每天都搜我口袋，我口袋里比脸上还干净。

她还不是为了和你过好日子。桂兰看着显得非常生气的杨发财说。

屁啊。杨发财说，我要和这个聋子离婚，我要开始新的生活。

桂兰看着杨发财，说，老了老了，还要离婚，吃错药了吧。

杨发财的手心生了很稠的汗。他把二百块钱放在很显眼的位置，就很威武很骄傲很自豪地走出了桂兰的家。

桂兰在后面喊着，他没有回头，他朝身后摆着手说，天黑，回家去，回去。

杨发财已经学会了做凉皮。他从家里出来，说我去给梨树捉虫啊。他走着走着，就走到了桂兰家。他在桂兰的厨房里做凉皮，他做的凉皮一点也不比桂兰差。桂兰说，你好聪明，学啥像啥。他笑笑，感到血在血管里突突地奔流着，浑身的力气。他卖梨的车子上推着凉皮。凉皮上似乎躺着桂兰。他把一筐筐子凉皮抱到桂兰的摊位上。桂兰对他笑笑。桂兰递给他一个肉夹馍。他就看着桂兰笑。他看了一阵桂兰，就满心喜悦地去了梨园。

他对梨树说，梨树啊，我感到现在才开始活呢啊。我身上好像有用不完的劲。

他嗅着梨花说，花啊，我现在也开花了呢，你开花了结果，我开花了，会结果么。

梨花释放着一股一股的香气，似乎说了一大堆的话，遗憾杨发财听不懂梨花的话。

杨发财抱着梨树说，树啊，我现在解放了，我在那个家里，感到自己就是李局长。李局长你知道是干吗的吗？经常在主席台上作报告的人啊。我成了李局长。桂兰的男人啊。我还拉过桂兰的手，好有感觉啊。

梨树摇晃着身子，往杨发财身上簌簌地洒着露水。

当晚从桂兰家出来，一个人突然拉住了杨发财。

爸，那个人在暗黄的灯光下叫他。

见是金明，他扑腾腾的心放平稳了。他说，你叫魂啊，差点把你爸魂叫没了，你跟着我干啥？

金明冷笑着说，你不是说每天都在梨园吗？原来你跑到别人家去了。看你这段时间，神魂颠倒的。

我就是帮你桂兰姨干点杂活，她一个女人不容易。杨发财靠着墙根，点了一根烟，他深深地吸了一口，腿抖得厉害。

做杂活？金明盯着他的脸说，做啥杂活啊，她一个寡妇有啥子杂活叫你可做。

杂种，你想啥啊。杨发财骂道，我可不像你，谈个对象，三两天就上床，我和桂兰只是普通朋友。

爸，都是大男人，何必遮遮掩掩的。金明一脸的坏笑。

杨发财靠着墙说，我没有。

金明说，今天拆迁办又找我了，说咱那梨园再不签协议，就叫挖掘机推土机上啊。

那就让他们来么。杨发财靠着墙的身子，跟枝头的树叶一样颤抖。

他们说，早签协议，早得实惠。给咱们补偿一套一百多平米的大房子，将来在泾河工业园的裕丰大厦上住。你看看，住在十五层，那是个啥感觉啊。

小琴这几天每天都来家里呢。她好勤快，帮我妈做饭。给我连内裤都洗了。爸,你快当爷爷了。

杨发财拖着身子,看着自己的影子在脚下一长一短的。

金明说,你把户口本和梨园的地契给我,我代你签。早签早受惠。你愿意你的孙子,在那个破房子里受罪啊。

金明踩着杨发财的影子,你不签,还准备和张根根一样啊。张根根白死了,你不知道啊。

杨发财看着地上跳动的影子,金明踩着了自己的头。杨发财趔着身子,金明还是踩着他影子的头,你都跟我桂兰姨好了一个多月了,我妈要是知道了,你好日子就到头了,她会撕了你的脸皮,她会寻死呢。

我要做第二个张根根。杨发财突然说。

金明像是没有听见他的话,挡住他说,你把那些资料给我,我去签协议,你和桂兰姨继续好吧。你也不容易啊,我妈毕竟是聋子。

杨发财的目光钉在金明的笑吟吟的脸上。

你要是不愿意,我妈能放过你?她和你闹,你这大半辈子的脸就丢尽了。金明拿出手机,一张张翻着照片,杨发财看见自己的脸跟桂兰的脸贴着,他们坐在床边,他们拉着手,他们走在梨树林里,他们站在泾河边,他们光着脚,水花扑闪着打在他们的身上。

桂兰姨的皮肤真的很好。金明看着照片说,你们在一起很般配呢。

杨发财的目光噼里啪啦地打在金明坑坑洼洼的脸上,他似乎不认识这个一脸坏笑的人了。

桂兰家锁着门。

邻居说,桂兰离开了洛城,和一个男人去了西安。

杨发财不吃不喝地躺到了床上。

五天后,杨发财衰弱得像是一株剥了皮的梨树。他一个人走到河边。跋扈的机械把泾河蹂躏得乌烟瘴气。一堆堆梨树被工人们浇上汽油点燃了。凶猛的火焰里,梨树扭曲着身子,发出阵阵呼喊。他听见梨树在叫自己。杨发财,一棵棵梨树都在喊。哎,杨发财听进自己真的答应了。我来了,杨发财说。他看见梨树呼啸着火焰向他扑来,轰地一声,梨树炸出了巨大的轰鸣,他看见梨树生出了无数的舌头,真温暖啊,它们一个个抱住了自己,啪啪的声响炸在泾河的上空。

小琴挺着大肚子。

金明和小琴看见院子里、房顶上站满了梨树。他们赶到医院的时候,梨子腐烂的气味很快围攻了他们。金明掀开白色的被褥,看到床上躺着的那个人对自己眨了眨眼睛,金明也很快地眨了眨眼睛,就看见那个赤黑的人慢慢变绿,最后床上长了一株挂满果实的梨树,金明听到了果实在枝头愤怒地啸叫。

原载《雪莲》2016年第1期

最后的仪式

后来王小看到父亲像被抛到了岸上的鱼张了张嘴，努力着但无法制造出任何声响，父亲三根枯瘦的手指如鱼的尾巴在昏黄的灯光里摆动着，像是要完成某个重大的使命，最终，父亲的手掌无力地飘过王小悬着泪水的脸，吧嗒一声摔在了床沿上。

王小抓着父亲的手，那三根手指仍然坚决地指示着某个方向。墙上挂着熏黑的腊肉，一滴油摇摇欲坠。面目模糊的墙壁上贴满了王小的奖状。从小学到初中，霸占了满满的一面墙。烟尘把奖状熏染得苍老不堪，但还能看到那些印章红红地在暗处努力地发着光。王小抓着父亲的手指头，听说父亲苦苦地等着自己，临终前那个在空中摇晃的手指头，究竟意味着什么。

哭声在父亲的床前蹦蹦跳跳。陶盆里焚烧的火纸被风吹起，不知名的形状在房内飞舞。几个人已经在给父亲穿衣服了。大哥说赶紧穿，再晚一些就穿不上了。王小的父亲被几个人摆弄着，很听话的样子，不一会父亲就穿好了里外三层。暗红色的绸缎外套上一朵朵红褐色的花。那些红花招摇在漆黑色的底子上，王小的父亲整个人就显得红彤彤的，像是一张被涂抹得颜色过重的画像。父亲的头上戴了一顶圆帽子。父亲生前从来不戴这种帽子的，走了走了却戴了一顶花帽子。被装扮得花花绿绿的父亲貌似很庄重,他是要去赶赴某个重大的仪式？王小想着,听到自己狼狈的哭声混在一群四处奔走的哭声里,显得格外地尖锐而不知所措。

　　王小像一棵树跪在父亲的床前。父亲睁着眼,呆滞的目光停驻在飘满纸灰的房顶。父亲怎么不看我啊？王小不断往陶盆里烧着火纸,不断有人挤开人群,头在落了一地的烟头上咚咚地磕着。纸钱趁机飞到空中,在人们的头顶做着各种奇怪的嘴脸。王小被人挤到了墙角。他身子紧张地靠着墙。墙上贴着他上学得来的各种奖状。父亲把他的奖状整整齐齐地贴在墙上。来了人,父亲总是引导人们参观这面长满了荣誉的墙壁。父亲的手指在奖状上骄傲地巡游,那个时候,他是一个多么出色的导游啊。奖状黑乎乎地,看不见了年月。

　　王小的泪水接连不断地填着地上的坑坑洼洼。王虎扯了扯他的衣领。王虎说,不要哭了,让你姑你姐她们哭。王小爬起来,地上蔓延的哭声似乎遭了故障。二姐拍打着他裤腿上的土说,不要哭了,看你都哭成啥了。坐在麦秸上的大姑抓了一把麦秸拍着他身上的灰尘说,我哥最喜欢老三了,可惜死前都没见上老三一眼。王小身上溅出蓬勃的灰尘,一把泪水又不争气地奋勇而出。大姐推了推他,说,不要哭了,有我们哭呢,大哥叫你商量事情呢。

　　王小跟着王虎进了父亲的卧室。屋内黯淡,王虎摸索着找到了灯绳,嘣地一个声响,灯绳断了。一道亮光嘎地打过王虎的脸,王小看到王虎缠着白布的头上笼着一层乱乱的灰尘。白色的孝帽不白了,像是一个花脸。王小摸摸自己头上缠的白布,听见王虎说,老二还没回来,都打了几次电话了。王小说,他离家这么近,咋还没有回来呢。人家是领导呢,忙啊,每天都有开不完的会。王虎手里玩弄着半截灯绳说,爸从医院回来就不行了,一直等你呢,我说你已经到县上了,他就一直睁着眼等你。王小摸了摸父亲床上的被褥，摸了摸枕头，枕头上几根瘦弱的蜷着身子的白发。王小摸了摸墙壁。墙壁上父亲经常靠着的地方一个很深的人形。王小的泪水又不听招呼地冒出来。你有三年没有回家了吧。王虎拉开抽屉，手爬进去摸摸索索。是三年。王小说。王虎的手成了一只老鼠，在抽屉里窸窸窣窣。针头、铜锁、合页、信封、半截蜡烛、生锈的铁钉、几只掉了嘴的烟。王虎的手像一只大老鼠。你找啥啊，王小说，爸的抽屉里都是这些小零碎。王小说，我记得爸最爱锁这个抽屉了，每天都锁着。王虎的手爬出来，在脱了漆面的桌子上磕着。王小不知道王虎想找啥呢么。爸的抽屉是个百宝箱。上面经常挂着一把老式的铜锁。钥匙吊在屁股上。爸经常一个人头伸在抽屉里，听得见窸窸窣窣的声响。王虎有时候不小心走进去，王虎爸会说，出去，看啥啊看。你里面有啥稀罕东西嘛。王虎作出不屑的样子。现在的抽屉就跟爸的嘴一样空洞地张开着，里面隐藏的东西裸露了本来的面目。王虎撇撇嘴说，就这，还经常锁着呢，防我跟防贼一样。王小看见王虎把灯绳扔到了墙角。王虎说，你看父亲的事情咋办，你们都在外面工作，一年四季不回家，看咋办？王小说，我是啥工作啊，我一个打工的。王小说，我不懂得老家风俗和规矩，你说咋办就咋办，你是老大么。王虎说，那就等老二回来再说，老二人家当官的么。

门外升起了喧哗。一辆黑色的轿车像一只大鸟泊在了对岸。王军和他的媳妇钻出车，后面相随的扛着纸箱，一群人牛马一样地卷过了河。闪进眼的是一疙瘩一疙瘩的白，像一群迷路的羔羊。人群破开一条路，王军感觉身子很猛地坠进了黑暗。他用力地眨巴眼，才看见床上躺着一个人。他不认识那个人了。那人戴着一顶帽子。他过去从不戴帽子呢。他的脸像一枚揉皱的纸团，那眼睁着，似乎在寻找啥呢。火盆里焚烧了一堆的纸钱。灰色的纸屑突然飞起来，一如飞着无数的蝴蝶。他跪在火盆前，点燃一百元一千元一亿元的纸钱，黑红的火焰舔着手，纸钱夸张而盲目地叫起来，绕着他的身子扑棱棱地飞着，最后都碎碎地落在了他的头上脸上。他看了一眼床上的人，看见那个人的三个手指头倔强地举着，像是举着一面旗帜，那不肯关闭的眼睛一直看他。他不敢迎接他的目光，就烧了大把的纸钱。说，我忙啊，每天开不完的会，就这，我还是请假从会场里逃出来的。他又瞥了他一眼。他眼还睁着，发白的眼珠锐锐地看着他。他又说，爸，我忙啊，今年形势紧张，我实在抽不开身，假实在不好请啊，我说我爸不在了，书记才准假，我连我的家都没有回，就赶紧回来了。他闭着眼，边说边烧纸钱。烧了一大推，他看他的眼睛依然盯着他，心里头便咚咚地猛跳。他接着说道，爸，爸，你放心，我会把你的后事办成全柳镇最好的，县上几大家的领导都给你送了花圈呢，书记送了，县长送了，各个局长都送了，我还请了县剧团的名角给你哭灵，请了峦庄最有名的阴师给你唱孝歌，你放心，都是最好的。他站起来，似乎看到爸的睫毛动了动，他伸出手，合上他的眼皮说，都是最好的，没人能超过你。

一些纸钱化成了纸灰，落在他说话的嘴上。听到王虎叫了他一声，他就被一群人迎到了隔壁的房子。

几双眼睛里的目光一起看他。王军的屁股重重放在床上，他扔给王虎一支烟，扔给王小一支烟。扔给王虎的烟王虎没有抓住，砸在了地上。王虎捡起来，看了看烟上的中华商标，吹了吹烟上的尘土，咬在了唇上。打火机迸射出亮亮的火花，映着王虎看不清表情的脸。王军看着王小从裤裆上拿烟的手，感觉那只手少了些什么。他吸了一口烟，吐出白白的烟雾，兄弟三人的面孔雾在昏暗的房间里。

你咋不早些给我打电话？王军对王虎说。

王虎吸了一口烟，说，给你打了，你的电话老是关机。最后一次，你说你正在开会，就挂了。

　　哦。王军"哦"了一声说，最近忙，县上不停开会，不准请假，开完总结会开动员会，开安全工作会议，开信访工作会议，开思想政治工作会议，开未成年人教育会议，开中华美德会议，开赡养老人会议，开养牛养猪会议，会多得开不完。王虎露出很羡慕的神态说，开会多好啊，不出力不流汗不动脑不动手，你看电视上开会的人，住高档宾馆，吃高档宴席，抽好烟喝好酒，还有娱乐活动，唱歌跳舞的，我还没有开过会呢，最大也就是开过家庭会议。王虎吐出一口烟雾说，你要是开会开烦了，让我代替你去开会，人都说咱俩长得像呢。王军拿目光在王虎脸上敲了敲，表达了对王虎的不屑，他觉得王虎的思想停留在幼儿园的水平，给他个面子也就是小学生的水准。开会能随随便便代替么？你是局长吗？你是主任吗？开会有那么简单么？笑话。王军拿鼻子对王虎哼了哼说，你都五十多岁的人了，你不知道人快死的光景啊，你不知道人快要死了的症状啊，你要早点给我打电话，我就赶回来了，不管咋地，守着他最后，看他最后一眼啊。

　　王虎被烟呛着了，一连咳了几声说，爸走的时候，没有啥痛苦，跟熟睡了一样。早上给煮了些豆浆，他喝了一大缸子，他说好喝得很。他靠在我身上，睡了一会。中途问我，小牛到哪了，小军到哪了。我说，都通知到了，都在路上，快到了。他就闭着眼睡了。睡了一会，他对我说，你都累了七八天了，每天晚上陪着我，没有合过眼，你睡会吧。我就在隔壁屋子眯了一会。小牛赶得是时候，他回来爸抓着他的手，嘴张了张，没有听清他说的啥，人就不行了，走。

　　王军叫着王小的乳名说，小牛，你在外面好几年了吧。你混得啥名堂嘛。几年不回家，爸走的时候你才回来，你好歹还见了一面，我连面都没有见上呢。

　　王军说着揉了揉眼睛。他感到自己的眼睛被一只手揉得水汪汪的,像一尾没穿衣服就赤裸裸跳上岸的鱼。他对王小说,爸好歹还见你了一面,爸临走跟你都说了啥?

王小认真地想了想说,爸没有说啥。我说爸我回来了。他对我笑笑。我说秀琴也回来了,家宝也回来了。爸张了张嘴,笑笑。爸笑得好慈爱啊。他还摸了摸家宝的头呢。家宝留着锅盖头,他抓着家宝的手一直不放,家宝不懂事挣脱了跑出去玩去了。爸张了张嘴,我没有听见他说啥。

王军独自点了一支烟,他没有给大哥王虎也没有给小弟王小。他吐了几口烟雾,似乎在主持重要会议,他说,你运气好啊,你们一家都见着爸最后一面了。

王小看着火星在王军的嘴上一闪一闪的,说,我和爸也没说上话。你忙得跟大领导一样,哪有时间接见爸啊,我一个打工的今天在这里明天在那里,都是瞎混呗。

现在打工最好了。王军突然说,打工自由啊,想去哪里就去哪里,高兴了干,不高兴了辞职。不像我,这个纪律那个制度的,把你制约得死死的,稍不小心,就是一个地雷一个陷阱。

王小觉得二哥说话还是作报告的口气,也像给下属谈话,便说道,当官是最好的职业了,不要啥技能,一点技术含量都没有,狗都会当。

哼。王军冷笑笑说,你讲得轻巧,狗要能当了还是狗嘛,给你一个干事你都不一定当好。

王小捂着脸,从指缝间的泪水里看着胖肥得像孕妇样的王军,想起自己毕业后,爸叫王军帮忙找工作,王军一直说快好了快好了,自己在家里等了一年多,王军仍是没有给自己找到工作。爸到县上去找王军,坐在王军家里等。王军便出差去了。爸骂了几天。王小便只身去了广州。这几年王小去的地方可真多啊,深圳镇江东莞南京武汉杭州西安包头内蒙,几乎纵横了大半个中国，跟没家的鸟一样。深圳所在的公司倒闭了，王小回到西安，在威武材料包装公司做电器修理。他在肖家村租了房子，和一个从湖北来西安打工的秀琴结了婚。嘎嘣，那个嘎嘣的声音像是子弹射入了自己的身体。周围惊起一群声响。王小看到三个血淋淋手指头在机台上跳跃。那是我的么？王小从回忆返回现实，看着自己残损的手。"我用残损的手掌，摸索这广大的土地；这一角已变成灰烬，那一角只是血和泥。"王小在疼痛中突然想起了戴望舒的诗。他说，"我把全部的力量运在手掌，贴在上面，寄与爱和一切希望，因为只有那里是太阳，是春，将驱逐阴暗，带来苏生，因为只有那里我们不像牲口一样活。"王小没有说完，就被疼痛驱使，摔倒在冰冷的机台。王小把三个断指埋在花盆里。花盆里养着仙人掌。那家伙的生命太顽强了。不喝水不吃饭能活许久的时间。断指埋在花盆里，王晓就感到自己的手掌是活着的。王小往花盆里浇水，仙人掌又长了一大截，那是我的手，王小在心里默念。王小第十次闯进老板办公室的时候，就接到了大哥的电话。那时，他的手刚伸进怀里，他听到大哥说，父亲快死了，他就嚎啕大哭，也许，父亲的死讯救了他，更救了那个该死的老板，他捂着怀里的匕首狂哭着逃离了老板的办公室。

　　王小摸着自己的断指，心里说，王军，你要是给在我县上找了工作，我哪里有机会走遍大半个中国啊。他站起身，刚迈出脚，听到王虎说，咱们弟兄三个要想逮住一个都在的时间太不容易了，爸的后事咋办，你们俩说说。

　　你是老大，你定。王军对王虎说。

　　你说吧，你是咱们家里最大的官，你定。王虎对王军笑着说。

　　我定个啥啊。你是老大。爸过世了，这个家里你就是老大了。你说。王军盯着王虎的脸。

　　你定吧。找人出力跑腿的活，我这里没有问题。粮食家里也都是现成的。猪也一直在圈里养着。关键看待客不待客。王虎说。

小牛,你说呢?王军征询王小的意见。

你们两个说咋办就咋办。我无条件服从。该出力就出力该出钱就出钱,给爸把事情办好。王小说着说着竟流出泪。

你哭啥嘛。王军的脸上有些愤懑的意思。他冲王虎说,你是老大,你说吧,咱柳庄死人的事情该咋办?

王虎读着王军的脸,这张脸上并没有明显的线索,他又拿目光很仔细辨认王小的脸,但王小的脸像膏药一样贴满了悲痛。两个兄弟的脸上都没有现成的答案,他就只好自己做主了。他说,一般地,最差的也要在家里停放七天,客人还是要待的,爸生前给人行了好多礼,谁家有事,不管是结婚生娃还是嫁女盖房,他都行礼。现在礼金都涨了,最差也一百,还要看亲戚辈分呢。你两个常年不在家,这个礼数还不能断了。我这几年在老家,撑着门面呢。谁家过事,我都行门户随礼,一年光行情送礼就一万多。

王军把烟头捻灭在地上说,那就待客吧,你准备酒席,柳庄的人你都熟,风俗你也懂,就按照惯例办,村上人和亲戚行的礼,都归你。城里机关单位来吊唁,随的份子就归我。我回县上要请人吃饭,要还礼,你们看行不行。

领导都发话了,岂有不行之理呢。王虎对王军王小说,爸过世,我来操办,那你两个是不是也该出个钱呢。

王军很诧异地盯了盯王虎的眼睛。但王虎偏不迎接他的目光。王军就把目光去对接王小。王小的眼睛哭得红肿肿的,像是一朵开得泛滥的花。王小说,我愿意。王军听着屋外连绵的哭号,踢了一脚地上厚厚的烟头说,你愿意干啥啊?王小说,我先出两千吧。我也没有多带钱,今年厂子效益不好,拖欠几个月工资了。大哥你先把账记上,不够了,我再补。王虎说,爸生前最疼你了,把你一个供上了大学。他临死前,一直在等你,把你等到了,才闭眼。王小猛地又哭了，他捂着脸，泪水挤出指缝，纷纷摔在地上，哭着哭着，王小的声音就很大很响了。王军又踢了一脚地上的烟头说，爸一直等你，你好大的福气，我回来，他就睁着眼走了。王小说，不是的。王军说，爸给你说啥了。王小说，爸都快不行了，人都在哭，他光张嘴，我没有听到他的话。王虎说，爸抓着你的手，指着屋顶，一直指着屋顶，他给你说啥了，这可是爸的最后遗言啊。王小说，没说啥，爸都快不行了，他能说啥。王虎推开窗子，望着屋外白哗哗的人说，爸太偏心了，我伺候了他七天，他给我啥知心话都不讲，就等着你，你回来了，就给你说话。王小说，真的没说啥啊，爸都快不行了，他能说啥啊。王军看着窗外树上翘着尾巴的鸟说，你不给大家说就先埋到你的心里吧，给老大出两千块钱就出两千块钱，但是一定要把事情办得漂漂亮亮的。酒席上要有鱼，有鸡，有肉，菜要丰盛。不能叫人笑话了。

三人达成了一致，王军王小掏出钱，点了数目，交到王虎的手上。

外屋突然传来了一阵阵喧哗。就有人锐着声喊，王虎，王虎。王虎跑到了父亲的身边，就又喊，王局长王局长，王军就跑到了父亲的身边，又听有人叫自己的名字，王小就奔出门，看见一群人围着父亲。

你们看。给父亲穿老衣的大姐举着一个纸包说。

在父亲的红线衣里。大姐说，想不到爸藏在胳肘窝里，有那么多的柜子箱子空着呢。

王小看见他爸的眼睛又睁开了，他努力睁得很大，像是一盏慵懒的灯泡，他看着漆黑的屋顶，看着墙壁上发黄的报纸，他的眼珠似乎动了动，看着团结在周围的儿女。王小看到他的身体树叶一样在床上抖了抖。爸呀。王小叫了一声。

王虎看着玉珍手里的纸包，寻思自己每晚上给他翻身，都不曾见过这宝贝。好家伙,一个大纸包,藏在胳肘窝里,十几天,藏的真严密。他不怕捂臭了吗不怕老鼠偷偷地跑出来把它当做美食吃了吗。好家伙,我问了几次,还有啥心事没有,他的嘴闭得紧紧的,像是一个闭紧的河蚌,他一直不说,好呀,原来还藏着这么一个炸弹。王虎拿眼睛的余光瞥了一眼床上那个泛着暗光的人。

纸包摊在另一间房子的床上。玉珍一张一张地数着。一百张五元的。五元面值上的图像是几个钢铁工人。他们戴着头盔,手上举着钢钎。一百张二十元的。五张一百元。一角的一百二十张。五角的二十张。五分的钢镚五十个。好家伙。还有五六年五八年的钱。这些钱早都不流通了。不知道银行还能不能兑换。好家伙,他咋就攒了这么多钱呢。保密工作做得多好。谁都不知道啊。一万五。几个人的目光盯着床上堆积的纸钞和硬币,一时间都没有说话。

一人五千。王军把沉默打烂了。他在手机上百度着。一九五六年的五元人民币已经在市场上悄然升值了。他看着搜索的网页。一人五千。他看着人民币升值的消息,嘴上说。

行。王虎咽了一口唾沫。

剩下的钱找个唱孝歌的,在县剧团找个哭灵的,剧团里的女人哭得好。王军又说。

床上剩下了一堆孤零零的钱,王小趴在钱上,他的泪水逃进了乱七八糟的钞票里,一股浸染得十分芜杂的气味包裹了他的身体。

父亲被几只手从床上搬起来,床上丢下一个人形的印迹,父亲就逃离束缚了他肉体的床,身子孤寂地浮在空中,地上是一群慌乱的脚,父亲在寒冷的空气里漂浮着,一个类似木头房子样的东西已等他了很久,盖子掀开了,盖子里隐藏的秘密四散逃开,父亲机械地躺进了那个木头组成的空间里。

王小跪在这个怪异的木头盒子跟前。墙角铺着厚厚的麦秸,大姐和远房的姐妹们哭起来了。大姐领头,哭得很有节奏。

你是孝子，跪在这里还礼。王军给王小说着，踢了一脚地上麦秸。

父亲已经躺在木头房子里了。王小跪在地上，一波一波的人来了。他们跪在棺材前，看着供桌上王小父亲的照片。王小父亲的脖子上系着领带，他也很严肃地看着他们。桌上摆着四样菜，猪头肉，一盘干瘪的苹果，一盘炒鸡蛋，一碟肉丸子。王小的父亲看着在他面前叩首行礼的人。他的目光很冷，像是眼里长出了两道冰柱子。他们赶紧燃香，把香插在盛满香灰的一个大碗里。碗里装了一满碗的麦子。香都快插不进去了。一使劲，香断了。王小的父亲冷冷地看着。来人紧跟着跪下，然后叩头，然后就作揖。王小跪在棺材畔，朝着来人磕头作揖。这是还礼。反反复复地，王小不知道爬起来跪下了多少回。期间，王虎偶尔也过来陪着，叩几个头，就匆匆地走了。他要招呼人啊。今天来的人太多了。铁丝上挂满了挽幛。花圈的队伍都排到河边了。花花绿绿的。王虎有些紧张。来的人太多了。他看着礼单上写的字。手心有些出汗。他望了望东厢房。老二似乎在做重要讲话。桌子上摊开了一个笔记本。县里来的客人到了东厢房。把一个个信封塞到了王军的手上。王军有时候象征性地抹着泪，陪来人抽烟喝茶，送来人上了汽车，招招手，看着汽车屁股冒着烟跑远了。王虎看着看着，手心的汗就干了就又生出了，他的手就捏成了一个僵硬的拳头。

王小看着王虎脸上的颜色变得像父亲灵前的烟火。他摸着头上隆起的包，不知道自己叩了多少头了。他感到自己像烟雾，软软的飘着曲线。家宝拉了他的手说，爸呀，你给谁叩头啊？王小说，爸是孝子啊，爸给你爷爷磕头。家宝也学着他的样子，双腿跪在地上，说，啥是孝子啊。王小张了张嘴，突然就回答不上来。家宝说，我将来是不是也得当孝子？王小说，是的。家宝说，那我啥时候当啊，当孝子要一直叩头作揖，跟电视剧里演戏一样。王小说，我死了，你就能当孝子了。家宝双手撑着地说，为啥你死了，我才能当孝子呢？王小又回答不上来了。

吊唁的人稀稀拉拉地，王小叩头作揖就到了晚上。

王军派司机从峦庄接来了唱孝歌的阴师。他带着一个哑巴徒弟。哑巴徒弟虽然不会说话，可是锣敲得极好，能和上师傅的节奏。王军搀着阴师走进了那个地上落满了烟头的房子。王军在阴师面前落泪了。他给阴师点上烟，说，我爸可怜啊，辛苦了一辈子，临死我都没有见上面。我工作太忙了。你晓得今年的会就没完没了。作风整顿、思想教育、光盘行动、上级检查，我爸走了我都没有送。王军说着就情绪激动起来，阴师看到他的泪水沿着肥胖的脸，簌簌地动。王军把一个红包放在阴师面前，说，师傅，你要唱好啊，好好唱唱我爸的功德。阴师笑笑，王军看着他笑得很是神秘。王军知道阴师都是和鬼魂打交道的人，尤其在这个特殊的日子，阴师会随时化成死去的人说话。阴师竟然没有收王军的红包，说，我会唱好的，该收多少就收多少，不能收你们额外的钱。王军把红包塞到阴师的手上说，你辛苦，这是我另外对你的感谢。你懂的。阴师嘴里鼻孔里喷出一股股烟雾，王军看到笼罩在烟雾里的阴师越发显得鬼魅。王军到底还是不放心。阴师都是和鬼魂交往的人。阴师比鬼还鬼呢。王军说，师傅，现在搞你们这一行的越来越少了。你唱好了，我会给文化局的李局长说，把你唱孝歌的这个项目作为文化遗产列入保护，县上有专项的保护经费，你可以招收徒弟，可以每个月像干部一样，有工资的。王军说着，看到阴师脸上的肌肉动了动。阴师说，王局长，你放心，我们会唱好的。王军拍拍阴师的手说，你明白就好，一定要唱好，唱出水平，唱出格调。阴师走路有些飘，他穿着长袍，竟有些在空中飞翔的意思。王军把阴师请到了厨房，叫厨师给阴师做了一碗红烧肉。他知道阴师好这口。他说，王师傅，一个王字掰不开，五百年前是一家。你想吃啥，就叫厨房给你做啥。啥都有哩。阴师看着地上案上桌子上灶台上的萝卜青菜鸡鸭鱼肉说，现在都不缺吃的了。王军说，不缺吃也要叫客人吃好。王虎说，王师傅，你一定要给我爸唱好，这关系我们弟兄几个在柳镇的名声。你晓得我爸，可怜了一辈子。阴师说，你伺候你爸临终的。你是不是怨恨你爸把钱没有留给你，一直藏在胳肘窝里。王虎吓了一跳。自己只是心里这么想过，阴师怎么知道了呢。他真的鬼啊。王虎硬着脸说我没有想。阴师笑着不再说话。王虎说，我爸对你还不错吧。你每次来，他都和你下棋，招呼你吃饭，把自己舍不得穿的衣裳送你穿。阴师的泪水突然就多情起来。他说，老王叔一辈子可怜啊。阴师说着说着泪水就来了。王军王虎也跟着流了许多泪。阴师说老三呢。王虎说老三在灵前跪着呢。阴师说我记的老三小时候记性好，你爸一直想叫他跟我学说书呢。老三记性好，一本《封神榜》，听我说一遍，就记下了，就能说了。王虎说，老三没正当工作，给人打工呢。今天在这里明天不知道在哪里，还不如我一个当农民的。阴师摸摸下巴几根胡须说，老三要是跟着我学说书，现在起码也是数一数二的人物了。王虎说现在有电视谁还没事干了听说书啊，你都不是不说了，改行当阴师唱孝歌了么。阴师说，老三悟性好啊，要是做阴师也比我强啊。我想传给他，不知道他肯不肯学啊。王虎说先把我爸这个唱好了，我问问他，看他愿意不。阴师突然很激动说，老三是一个好苗子啊，他小时候，你爸一心想叫他跟我学说书呢。王虎说我爸对老三太偏心了，他临走前一直等着老三一直握着老三的手。阴师说你爸是不放心老三啊。

　　夜黑得难看极了，房屋上空生出白亮亮的光。几个大灯泡挂在树枝上，耀出了光明里的黑暗。

　　鸡和狗关进了笼里，各处的房门都开着，人都聚在了堂屋，时间静得能挤出水来。阴师开始唱孝歌了。他先唱了开路歌。唱曰：

"打扫堂前地,金炉满上香。众位亲朋都请坐,待我请五方。一请东方甲乙木,二请南方丙丁火,三请西方庚辛金,四请北方壬癸水,五请中央戊己土。我把五方都请过,回头再请十大神:一请日月三光,二请中天玉皇,三请西天佛祖,四请四海龙王,五请雷公电母,六请风雹雨师,七请齐天大圣,八请八大金刚,九请九天玄女,十请十殿阎王。还要把本县城隍,判官小鬼一起请上,大神请上座,判官小鬼立在两旁,今日请你倒为何事?来为亡人添个风光。"

接着就唱到了行孝歌。阴师拉长了嗓子唱曰:

"来到门前朝里望,孝家住的好地方。住在盘龙山顶上,门前有棵摇钱树,屋后有个聚宝盆;摇钱树上摇钱用,聚宝盆中聚金银。一天不扫三寸厚,三天不扫九寸深;再过三天不来扫,斗大元宝滚进门。骡子驮金马驮银,荣华富贵万年春。走进门,抬头望,孝家住的好屋场,青砖铺地白粉墙,油漆家具放毫光,玉石栏杆一行行,金狮白象立两旁;麒麟送子到府上,五龙奉圣坐朝堂。一进屋来抬头望,一副棺材当堂放。鲁班造的好式样,棺材本是六块板,四块长来两块短,四块长的站四方,两块短的两头镶,长刨推来短刨光,上边推出鱼脊梁,前边推出罗汉肚,后面推出狮子堂;亡人装在棺材里,好似睡佛入梦乡。"

在阴师的歌唱里,王虎打着招魂幡,身后跟着王军王小及十几个穿着白衣服的孝子。他们绕着棺材,矮着身子,像是一群绕树飞翔无枝可栖的鸟儿。在阴师哭哭哀哀的歌咏里，王小的泪水不停地打在脚面上，他看到地上溅起了一摊摊的灰尘，灰尘越来越大，迷迷蒙蒙的，形成了一片昏蒙的雾海，棺材漂了起来，形若一艘面目模糊的大船，一家人坐到了船上，父亲并不说话，他高大的身材突然佝偻着，指着远方不知道说着什么，王小看到他的嘴喇叭一样张开着，可惜这个喇叭并没有发声，人都不说话，他们像凝固的雕像，矗立在大船上，风在船上跑来跑去，吹得船呼啦啦地响，船就不由自主了，在水面上打着旋。昏黄的水淹上船，父亲喊叫一家人的名字，王小看到父亲赤裸的身子布满了疤痕。蛇一样的疤痕。眼睛一样的疤痕。树桩一样的疤痕。一个刀口般的疤痕在流血。血并非红色。血呈着黑色。黑得比黑夜还黑啊。那个疤痕突然胀大，裂开了，父亲的内脏纷纷从那个洞口逃出，父亲的肠子萎缩如蚯蚓，它爬到地上，被一只满身黑羽的鸟叼走了，父亲的心脏还带着些微的颤动，但它不是鲜红色，它干渴得若一团龌龊的木炭，它逃出身体的洞口，吧唧就摔在尘埃里，一只狗撵过来，它的嘴拱了拱海绵状的黑球，呜呜咽咽地垂着尾巴走掉了。而肺走出来的时候，着实让王小惊骇。那是怎样的肺啊。一团干燥的纤维，一把揉皱的废纸，一个被堵住了眼的气球。大地烟尘弥漫，它用力鼓动着，但那些机体无法获得命令，已然不能工作，它在落地的瞬间，突兀一只乌鸦飞来，它驮着肺，闪着翅，尖叫着刺入了黑黑的夜空。父亲的胳膊，父亲的腿，纷纷离开了他们赖以生存的躯体，都走了各自的路，有的变成一株树，有的变成一杆玉米，有的化成一只斑斓的麻雀。一些花花绿绿的鸟站立在枣树干硬的枝柯上。一棵是枣树，另一棵还是枣树。树上挂着几颗枯瘦的果实。鸟儿们集体沉默着。那是父亲大腿化身的树。王小和父亲栽过很多树。房前屋后。核桃树、枣树、柿子树、杨树、杉树、松树、漆树、苹果树、梨树。树木上挂满了父亲身体的汁液。鸟儿们开始说话了，咿咿呀呀，王小并不曾听得懂鸟的话语。他接着看到了父亲的阳物。父亲的阳物像一只耗尽了精气的小兽，耷拉着脑袋，一副冻僵萎顿的模样。他曾经是多么蓬勃锐利势不可挡啊。王小见过一次父亲的。他和父亲在地里撒尿。他无意中看到了。他摇了摇自己。父亲说，你以后也会长得很大，比我的还大。那是父亲和他最和善最幽默的一次了。而今，它猥琐得像是一只死亡的幼虫。在鸟的说唱里，它渐渐长满了金色的羽毛，一只似乎披着战甲的大鸟，它扑闪着硕大的翅膀，一声长戾，领着一群鸟儿飞入了群山之巅。最后，王小最后看见父亲就剩一个脑袋了，那颗脑袋漂在水上，眼睛眨巴着，似乎在叫喊王小。王小张嘴应了一声，身子晃荡着，醉酒了似的，头就撞向了一面褐色的墙壁，很响亮的声音，咚，像是炸开了一个洞。王小听到了人群里惊呼，他听见有人说，流血了。阴师寂寥的歌声飘到了遥远，王小被人扶着坐在了门边的椅子上。他摸着头，那里烂了一个洞，洞里往出鼓涌着红红的血。王小坐在门口，看见阴师的歌声变成了一股洪水，棺材如一艘大船浮游在水上。王小看到父亲在房子里逡巡一番，而后坐在棺材的顶上，像一个匪气的孩子，他抽了一支烟，看着一群人在脚底下蚂蚁般匍匐而行，人群里有自己的儿子孙子，周围拥着一群看热闹的人。父亲似乎看了看逶迤如蛇的花圈，一百五十个，父亲数出了声，接着父亲点了点人数，都是些老弱病残的，一些人他并不认得，谢谢你们啊，父亲拱着手说，他的目光在人群里寻找，最后他看见王小坐在了门口。王小的头上流着红艳艳的血呢。父亲的脸阴阴的，飘离了棺木，他离开堂屋时，最后看了一眼满屋子哭泣的人。父亲走过王小的身边，摸了摸他的头说，你做事要小心啊。王小睁开眼，阴师已经唱到了"哭五更"了。

"我劝亡者莫走东，东边甲乙木，去了一场空；我劝亡者莫走南，南方丙丁火，有个火焰山；我劝亡者莫走西，西方庚辛金，佛祖占了位；我劝亡者莫走北，北方壬癸水，寒冷去不得。我劝亡者走中央，五云托你上天堂。"

阴师左手摇着铜铃，右手从门口向屋外接连不断地抛洒着五谷。阴师边洒边唱。那歌词听得不甚清晰，只是显得无端地神秘。夜空寂静异常，王小注视着门外，就看见父亲的身影一闪，门前一只色彩斑斓的长尾鸟一掠而过。

父亲变成了一只锦鸡。坐在门口的王小说。

阴师停止了歌唱，他站在洞开的门边，望着黑白难辨的夜空。

你爸是鸡命啊，一辈子苦啊。阴师对着夜空说，王老先生，你一路走好啊。

王小对聚在门口的人说，我看见爸变成了一只鸟，一只全身长了鲜艳的羽毛的鸟。

王虎说，就你一个人看见了，王军你看见了么？

王军说，火焰低的人才能看见死人变的样子，我头顶的火焰高，死人怕我哩，躲得远远的。

王小说，咱爸变成了一只凤凰，一只金色的凤凰，我还听见了他的叫声呢。

王虎拿目光剜了一眼王小说，你有病了，身体不好，没有阳气，火焰低，鬼魂都来找你，回头让阴师给你画几张符咒，贴在额头上。

王小说，那是咱爸啊。

王虎拿目光射了射王小，说，你真的有病了。

王小就被人扶着放到了草铺上。

阴师又开始唱了。他击着磬，哑巴徒弟敲着小锣，后面跟着打着招魂幡的王虎及一众拄着三尺孝棒的后人。他们随着阴师的节奏，三步或五步一跪，围着棺材缓慢地转圈。阴师最后唱到：

"鼓打五更天已明，接着要送五方神。一送东方甲乙木，木高万丈叶归根，东方土地回东方，回到东方显威灵。二送南方丙丁火，火在炉中起霞云，南方土地回南方，回到南方显威灵。三送西方庚辛金，金银财宝满门厅，西方土地西方去，回到西方显威灵。四送北方壬癸水，水流东海龙显圣，北方土地北方去，回到北方显威灵；五送中方戊巳土，万物都在土中生，中方土地回中方，回到中方显威灵。送了五方神归位，再送十大神将归。一送日月三光，二送中天玉皇，三送西天佛祖，四送四海龙王，五送雷公电母，六送风雹雨师，七送齐天大圣，八送八大金刚，九送九天玄女，十送十殿阎王，十大神仙都送过，城隍判官小鬼一起送，各路神仙回天堂，各归各位显灵光，千处菩萨一炉香，一年四季保安康！日出东方天要明，回头再送锣鼓神……自从今日收歌后，四季太平万千秋！"

歌声飘渺，穿行在浩渺的夜空。

醒来的时候，王小看到身边围了一圈人。

王虎说，爸给你伸三个手指头啥意思啊。他这三间房子想给你。他有三千块钱三万块钱。他钱藏在哪里？

王军说，三个指头，他给你说了啥意思吗？他是来不及说了，就伸三个指头。

王小说，没有，爸从来就没有说钱的事。他伸了三个指头，也许是叫我们弟兄三个好好过日子，好好照顾妈。

王军说,你再好好想想。

王虎说,你再好好想想。

王军说,不要让爸的心思也埋进了土里,我看他手指头一直指着墙上。

王虎看了看钉着旧纸板的墙壁。旧纸板布满了灰尘。王虎敲了敲,墙壁发出空洞的声响。

空的。王虎说。

人的目光都砰砰地在聚集在那发出声响的墙壁上,似乎那声不是王虎拳头敲出的,而是目光集体的舞蹈。

撕开看看。王军说。

撕开看看。人都说。

旧纸板从墙上跌落,墙上显出了一个洞,众人的目光扑进洞里,洞里躺着一只风干的老鼠。

老鼠突然坠落于地。

王军踏了一脚,说,老鼠。

王虎踩了一脚,老鼠在他脚下被碾成了粉末,他的手在洞里摸了一把,放在鼻子跟前说,哦,老鼠。

王军看着老三说,三个指头到底是啥啊?

我是老三,爸是不是嫌我回来得迟了。王小看着自己仅剩两个手指的左手说。

王军给王小发了一支烟鼓励他说,你再想想。

王虎说,你好好想想,你都能看见爸变成了一只凤凰,一只鸡,一只鸟呢。我们都没看见。爸还是惦记着你呢。

王小嘴里吐了一口烟说,我头上的火焰低。

王军说,爸说不定会给你托梦,说他的东西藏在哪里呢。不管是啥,总是个物件呢,咱们兄弟姊妹几个都留个念想。

王虎说,你好好睡觉做个梦吧。

王小就被众人按倒在爸爸生前睡过的床上。王小闻着父亲的气息，很快就入睡了。当他睁开眼，看见黑子张着嘴，蹲在床前呜呜咽咽的。他把黑子抱上床，黑子的眼里涌动着闪亮的泪珠。昏暗的灯光被风吹得一闪一闪的，他把黑子搂进怀。黑子似乎在给他说话，嘴里呜呜咽咽的。黑子被父亲捡回来的时候，就剩下一口气了。父亲用米汤一匙一匙地喂着黑子。黑子活下来了。黑子长大了，摇着尾巴跟在父亲的身后，像是父亲的另一个儿子。王小脸贴着黑子的脸，他的泪水与黑子的泪水哗哗地交织在一起。

梦见了吧？天不亮，王军王虎就站在了父亲的床前。

真的梦见了呢。王小抱着黑子坐了起来。

梦见了啥？三千还是三万。

不是三千也不是三万。

那是多少。

父亲说是三百。我们一人一百。

在哪里呢？

王小指了指挂闹钟的地方，说，那后面有一个暗洞。

王军摘了闹钟，王虎砸了一拳，糊墙的纸板噗地一声脆响，一个暗洞出现了，那里真的躺着三百块钱。

一人分了一百。王军说，可怜这点钱，父亲还搞神秘，搞了一辈子神秘。

王小说，搞清了就好，不然，我们一辈子都不得安宁。

王小搂着黑子，黑子猩红的舌头舔着王小的三个断指，他寻思父亲举着的三个手指究竟是啥意思呢，是问我三个手指头哪里去了么，恍惚间就听见一阵杂乱的脚步响，是阴师的声音，阴师说，王小啊，你愿意给我当徒弟，学做阴阳么？

原载《延河》2016年第3期

一只蜜蜂飞过半个城市

我不停地刷牙。

我一个早上都在刷牙啊。我想把牙齿取下来泡在八四消毒液里。我试了试,牙齿尚是坚固,根本无法撼动。就让它们先在嘴里长着吧。这帮家伙太不称职了,貌似固若万里长城,怎么就挡不住他的进攻了呢?你闻闻,我口腔里都是些什么来路不明的气味啊?他夸耀他吃了鲍鱼吃了河蟹吃了天上飞的地上游的,而我的嘴怎么能经受得了呢,口腔里澎湃着一股腐朽的气味,好像身上的肉腐烂了。我呕吐得几乎要吐出自己的肠子和心肺。你看镜子里那张三十五岁的脸,一只手掌壁虎样地爬上去,手指如五朵枯萎的玫瑰,覆盖了那张不再青春的容颜,泪水从指缝间挣扎而出,一滴一滴地打在洗脸池上。

鬼知道他是第几个呢?我记不清了。第十个或是第十五个。数字并不重要。重要的是数字后隐藏的那一个个复杂的人。

想不到和我一见面他就问这个问题。他把烟摆在桌上,金黄色的烟盒像一块烙铁霸占了很重要的位置。他抽出一支烟。我认得那是叫南京一个局长丢掉官帽的烟。烟很霸道。烟雾从他的嘴里流出来就像他的目光一直在我的身上打转。他喝了一口咖啡。好像很干早,他又喝了一大口。我没见过这么喝咖啡的。我拿金色的小勺搅动着咖啡,苦涩的焦糊味冲动着我的鼻翼。我闭上了眼。他又扔了一句。他的话语夹杂着烟雾向我奔来。他太直接了,我们见面还没有十分钟啊。怎么说呢,这个问题该怎么没说呢?

　　陈里从来就没有问过这个问题。陈里租住在白庙村的民房。他住在六楼的最高层。那天我去的时候,他正在打电话。他对着手机说,周总,你想好了,如果本周五你还没有定,我就要发稿了。陈里见了站在门口的我,就说,我们老总催稿子呢,你早做决定。陈里挂了电话,迎我进了他的房间。我说你就住这里啊。陈里脸上挤出一丝尴尬的笑,说,这是我暂时的居所,我预计三年之内买房子,然后买车,然后结婚。我看着这个没有窗户的房子说,你和谁结婚啊。陈里把我的手抓到他的手上说,珍,当然和你啊,我们都认识三个月了。我看着墙壁上两个摇晃的影子说,三个月时间长吗,我对你一点也不了解。陈里拉我坐在床沿,他挨着我身边坐下,说,有认识一个周就结婚的呢,何况咱们都谈了三个月了。三个月了啊,你对我一点都不了解么?我说,我就知道你的网名叫清风明月,我就知道你的电话号码,其余的我对你一点也不了解。陈里往我身子贴了贴,说,我的身份证都叫你看了,就差没有带你到我的老家去,你放心,三年之内,我一定在西安买到房子。珍,我马上就能挣到三万。三万啊。吹牛呢,我说,钱是树叶子么,你一周就能挣三万?陈里拿过一张报纸,指着上面的名字说,你看见这个本报讯记者陈里了么,这就是金字招牌。你看我写了多少作品。陈里从床头抱来一摞报纸。每张报纸上都有他的作品。一个彩民中奖五百万。小偷入室盗窃,盗出一名贪官。

　　我看着这些发了霉的报纸说,你写的都是啥啊,太低俗了,你这也是记者啊。陈里把被我翻乱的报纸整理好,说,我当然是记者了。我说，那我看看你的记者证。这话戳到了陈里的痛处。我很仰慕记者，尤其想看看记者证长的啥模样。但陈里确实没有记者证。因为陈里是报社聘用的。聘用的记者是不发证的。陈里眼里闪过一道亮光，说，我早晚都会有记者证的，社里那些有记者证的，从来不写稿子。正说着，陈里的手机响了。他一看，神情变得庄重而肃穆，压制着兴奋，冲我摆摆手，就接听了电话。陈里说，三万一分都不能少，少了社里不会答应。周总你想想，如果这个稿子发了，消费者还会买你的产品么，你的损失何止三万呢？如果我们报纸发了稿，网络再跟着传播，那你这个产品基本就死了，你们公司也就完蛋了。电话那头的周总似乎下了决心，听见陈里说，那好，我们明天就在老树咖啡见面。

　　陈里亲了亲手机，就把手机扔到了床上。他摩挲着我的手。他的手很热。他身上往出喷着热气。他把身子像糨糊一样不停地往我身上抹。我该回家了。我起身，陈里突然摁住了我。我感到他身体上一个很生猛的动物。我推开他的嘴说，我要回家。陈里抓住我的手，嘴巴的样子很恐惧，像是浇灌了油的火，他想烧死我吗？他说，你都成年了，还你妈你妈的，感觉你像幼儿园的孩子。我躲着他急急忙忙的嘴，说，我就是幼儿园的孩子，没有妈妈管，会犯错误呢。陈里把我的手拧到了背后，嘴巴是一副穷凶极恶的样子，似乎饥饿了多少年。我的头来回摇摆着。陈里说，珍，我马上就挣到三万块钱了，我们不该庆祝一下么。有了三万块钱，你想买什么，我就给你买什么。陈里整个人成了一团火，红彤彤的。我的头转累了，趁我喘息的瞬间，陈里把我的头固定在了墙上。墙上一幅明星的海报。明星露着大胸，鼓起的红唇欲吃人的模样，妖媚的眼里射出一串串钩子。我摆动着脑袋，我不想吃明星辣椒一样的红唇。人家明星想清纯就清纯，想妖媚就妖媚，我一个广告公司的美术设计人员，能学得了人家的表演么？

我看到那明星的脸上星星点点地散布着一些可疑的污渍。那是什么呢？一条舌头趁机抢占了我的嘴，牙齿没来得及阻挡，他就沿着一个缝隙长驱直入。我像突然坠到了下水道。腐烂的肉上爬满了蛆虫。泔水。泔水携带着不知名的物体狂笑而来。我突然呕了一声，打跑了嘴里的软体动物。陈里的脸上落满了我的呕吐物。他的舌头像一块烂布慌乱地悬在嘴外。我软软地站起来，看了看墙上明星颇为讥诮的眼神，说，你去找别人吧。

陈里跟在我身后，犯了错误的狗一样，我走快，他就走快；我走慢，他就走慢。我站住了，说，不要跟着我，我要回家。陈里说，我送你吧。我踢了一脚地上瘦弱的影子说，我有腿，我认得路。陈里狗一样在我身边徘徊着说，我还没有去过你家呢，什么时候带我去你家啊。我上了公共汽车，我对车外的人群说，你等着吧。

车厢的后座上两个背着书包的初中生。他们头抵着头互相在阅读对方的脸。似乎那是一张艰深的试卷。两个头快要变成一个头了。后来我听到了奇怪的声音。我看到男孩嘴里爬出了一条舌头。女孩的唇绽开浅浅的缝。后来他们弄出了我听不懂的声响。汽车带着一车人行驶在午后的街道上。广告牌电线杆行道树，它们看不见车内的风景。车窗外一个女孩被一个高大的男生搂着。他们靠着站牌，脸粘在一起。我闭上眼。我不想看了。一阵花香随着风飘进了车内。广场上跪着一个抱着一束玫瑰花的男孩。他的面前用花摆着一行字，罗晓丽，我爱你。一个花做的心。那个叫做罗晓丽的女孩在哪里呢？花在阳光里一点一点失了颜色。那个花做的心跳得越来越慢了。我看到自己像一只蜜蜂飞到了别人的玫瑰上。

王珍你在哪里下车啊？

我看着车窗玻璃里上映着一张张的脸。一些人像鱼一样在车里游动。一个接一个的人挤过我的身体。谁和我说话。另外一个叫做王珍的人夸张地叫了一声。她和一个扎着马尾辫的人挤到了一起。王珍你在哪里下车啊？马尾辫的手搭在王珍的肩上。王珍的指甲上绣着鲜艳的玫瑰。五朵玫瑰绽放在发烫的扶手上。他的胳膊上文着一朵蓝色的玫瑰。他说王珍你越来漂亮了越来越性感了。于是王珍指甲上的玫瑰艳炸得似乎带着娇羞的露珠。他说，王珍我经常做梦梦到你呢，我梦见我变成了一条蛇，一条长长的蛇在你的身上爬来爬去，最后把你缠得跟粽子一样。王珍转过身，脸对着马尾辫。王珍说我最怕蛇呢不会梦个别的么？马尾辫的目光啪啪打在王珍的脸上。他盯着王珍两瓣艳红的唇说，我还梦见你变成了一朵荷花，我变成了一条鱼，我在荷花里游来游去，最后荷花吃了鱼。王珍抿抿艳红的唇，说你做的啥梦啊一会儿荷花一会儿蛇的。马尾辫的脸对着王珍的脸，从玻璃上能看到两张脸快长到一起了。车子在红灯前突然停住了，车身一晃，那两张脸贴到一起了，绿灯出来的时候，两张脸分离了。王珍的脸映在玻璃里，马尾辫的嘴贴着了她的耳朵。王珍说你好坏。马尾辫的身体就粘贴在王珍的后背上。汽车颠簸着，两个人随着汽车的颠簸摇曳得像点水的蜻蜓。安远门站到了，王珍几乎浮在了马尾辫的身上。王珍看着另一个王珍被马尾辫搂着，他们的身影被路边的快捷酒店一大口吞噬了。酒店门头上滚动着亮晶晶的字幕，钟点房，三个小时五十元。

  三小时五十元，便宜啊。王珍对那个王珍生出了无端的鄙夷。呸，你也配叫王珍。王珍抓着扶手，看到玻璃里的王珍身后又站着一个人。他很高大的样子，他辽阔的身子像一片硕大的树叶，紧紧地贴着自己。他看着玻璃里的王珍，间或也看街道上扑闪而过的楼群，钟点房，桑拿，足浴，东南亚风情指压，咖啡，茶秀。玻璃上映现着车厢里的景观，密密麻麻的人头，王珍就不看窗玻璃了。一对夫妻在马路上开仗了。男人的指头像啄木鸟一样指点着女人，一大堆脏话铺天盖地。女人把孩子扔在地上，跨上一辆摩的，扔下了一地的哭喊。男人指点着摩的愈去愈远的背影，一大堆有碍文明的话语挟裹着他爸他妈他姐他妹赤裸裸地从他嘴里抛出来。汽车很生气地抖动了身子，一个硬硬的东西戳到我的屁股上。

那个酷热的夏日他一直很硬，像一根硬邦邦的冰棍。他是我们部门主任介绍的。郭主任颇为怜悯地说，小王啊，你年龄也不小了，这个国兵啊很不错，各方面条件都很好，有三套房一辆车，他爸在市公安局工作，他妈在市教育局当处长，他条件太好了，都介绍了十几个对象了，但最后都没有成。你们见见面吧。

国兵将我们第二次见面的地点定在他的第三套房子里。三十六楼，电梯带着我们像是进入了幽深的时光隧道。那房子真的是一座空中楼阁。我怀疑晚上我会见到月亮里的伐树的吴刚。国兵指着像珊瑚状悬挂的吊灯说，这是王总送的，这盏灯可以根据主人的心情变化十几种不同的色彩。国兵摁了遥控器。客厅随即像一个炫目的舞台，灯光变换着不同的姿态，真的是仪态万方，光怪陆离。国兵把臃肿的身子放在餐厅的椅子上说，这是王局长买的真正的楠木呢，听我妈说，值好几万呢。国兵象领导一样带我视察了楼下的八个房间。他一手叉着腰，另一只肥手指着一个房说，这是我的居室，你看这床，遥控的，可以根据需要变化不同的姿势，带按摩和保健功能，尤其适合夫妻使用，有意思得很。他说着，暧昧地看我了一眼，用下巴示意，我发现那床突然淫荡地动了起来，忽而挤眉弄眼，忽而呐呐私语，忽而如鱼翔浅底，忽而是恶狗扑食。你看床上像不像躺着两个人。国兵用遥控器指挥着床的运动，用他富有艺术家的想象力牵引着我的遐想，你看，她忽凸起忽凹下忽平仄忽仄平，睡在她上面，谁还想着起来啊。国兵让床停在一个尺度极大的动作上，说，我爸特意让张总给我们定做的。我在床的运动下突然变成了国兵的"我们"，这让我很是惊讶，床突然又动了起来，像一张笑得变形的脸。床在那里独自运动着，国兵带我视察了卫生间。他将屁股安放在马桶上说，这个是进口的，带冲洗功能，太舒服了。你要试试吗？这是李科长从日本给我爸带回来的。

呵呵。呵呵。国兵看着窗子外浑浊而辽阔天空突然发出了尖利的笑声。你笑什么啊？我问坐在马桶上那尊弥勒佛样的身子。唉。这些东西你可能都没有见过也没有听过说吧。那尊肥胖的身子在马桶上不安地摇摆着，你的神态跟刘姥姥进了大观园一样。操。他还知道刘姥姥呢，好歹还是知道一点中华文化的。我不由得降低了对他的鄙视，说，你还知道刘姥姥，也真是很渊博了。那尊身子在马桶上挣扎着，似要排泄，但是他最终顽强地站了起来，他说，刘姥姥有什么奇怪的，我姥姥就姓刘，她第一次来参观，那个惊讶吃惊吃惊惊讶的神态和你一模一样啊。我操。我也学会说脏话了，我说，这有什么奇怪的。现在的科技太发达了，只有人们想不到，没有人们见不到。国兵的身子离开马桶，走到一面镜子前说，有些东西有些人永远都想不到，有些人也永远用不到。我看见镜子里的人变成了一尊变形金刚，他抖动着全身闪着金光的装备，扑腾着要跳出镜子的束缚。我朝镜子吐了一口口水，镜子里的人突然就燃烧起来，汹涌的烟雾过后，化为一堆粉末。国兵突然发现镜子里没了自己，他有些慌乱地看了看旋转的灯光，就跟跄跄着脚步，携带着大象般的身子走到了窗前。楼下的车辆像一只只艰难挪动的甲壳虫，一些人仰头向楼顶窥探，他们能看到高楼里隐藏的什么呢？我没有说话。我也许就是那个消失在镜子里的人。

国兵说，你咋不说话。我说我不知道我说啥。国兵就抽烟。他的烟手机打火机展览样地摆在茶几上。我说你抽的烟很贵吧。国兵吐了一口烟雾，说，不贵，一盒烟也就一百多块钱，我爸文件柜里多得是。你要来一口么？国兵接着说，你喜欢喝茶么。白茶金骏眉午子仙毫黄山毛尖，我爸储藏室的茶叶都发霉了。国兵停了停又说，你为啥不说话，张阿姨说你的口才很好，还得过演讲冠军呢。张姨说你喜欢情调喜欢文艺喜欢高雅，这些我都喜欢啊，你看我这房子装修得够高雅的吧。呵呵，张姨说你比我大两岁。大两岁好啊，我就喜欢大一点的，成熟啊，啥都懂，可以照顾我啊。不用我照顾她。我就喜欢有个人像妈一样照顾我。叫我起床哄我吃饭陪我睡觉陪我逛街陪我唱歌陪我玩乐我最不喜欢照顾人了。什么，你也不喜欢照顾人。那没事，慢慢你就会习惯的。张姨有没有跟你说，我一结婚就要生娃，要生四个娃。你说生那么多娃干啥，我爸这么多房子，我爸死了，谁来继承啊，捐给国家，那太傻了。生两个男孩两个女孩。前两个必须是男孩。你说罚款。罚款怕啥。他能罚多少？就当是掏钱买个娃。呵呵。你还这么保守，咱们都见两回了。来吧。我上个星期跟一个女孩见面，我们见面后十分钟那个女孩就爬上了我的身。就在那个进口的按摩床上。床能摆各种姿势。那个女孩太先锋了。但我觉得吧那个女孩太开放了。她说她都谈了十个了。比我还牛逼啊。女孩也叫王珍。说现在结婚也可以毕业了结婚呢也可以，但要在房产证上写上她的名字。要叫我爸给她找个工作。要给她买辆豪车。要叫生的娃跟她姓。凭什么啊？你和那个王珍相比就是太保守了，像是才出土的兵马俑。穿得保守思想也保守。来吧，我不相信你没有来过。你摸，他都饿了好几天了。早晚要来这一回，咱们到我的那个床上试试，那个床太好了，保证你会跟那个王珍一样彻底地喜欢上的。国兵喝了一罐红牛，就来抓我的手。我说，我不是王珍。国兵说，都不是未成年人了还用我教你么？我说我有我的底线。国兵突然掏出一沓子钞票说，给你钱还不行么？我说你把我看成什么人了？国兵突然又掏出一沓子钞票说，再加一千，总该可以了吧？我看着那一摞子钱在国兵手里发出呜呜的嘶鸣。国兵以为我被这些怪物震撼了，就把它们放在我的大腿上。我猛然跳了起来。钞票垃圾样落了一地。它们在地板上发出猖猖长吠。国兵说三千块呢三千块呢。我看着脚下奔跑的钞票说你把我当成什么人了？国兵说当成啥人不重要，重要的是要有钱要有亲爱的毛爷爷啊。他从冰箱里取出一条冷冻的鱼。鱼的眼睛冷冷地瞪着。他从鱼肚里取出了一个金佛。他亲了亲金佛说，这个给你，总该可以了吧。金佛的脸上摇曳着暧昧的笑容。我说不可以。国兵突然跪在了地上，说，你到底要啥啊。这些钱，可以睡几十个女人。我看着匍匐在地上的狗说，我不是妓女。狗仰起头说我们马上就可以结婚啊。妓女是用一次付一次费，老婆是一次付费，永久地使用，其结果都是一样的啊。我看着跪在地上的狗变成了一只癞蛤蟆。事后，张姨像错失了一个重大机遇，颇为遗憾，她说，王珍啊，国兵那么好的条件你都看不上，你到底想要找个啥样的啊。可惜姨老了，不然，我都一百个答应啊，姨要是有个女儿，无论如何，都要让她嫁给国兵，国兵的条件太好了，太好了啊。国兵说你像他的偶像，那个90后演员杨幂啊，花再多的钱他都愿意呢啊。

　　我才不做杨幂的替身呢。我突然感到屁股上蒸腾着热浪，一大片的潮湿袭击了我丰满的臀。我一摸，满手掌莫名其妙的气味。那个男人走到车门口目光还不舍地抚摸了我一眼。他在车窗外又用眼睛贪婪地摩擦我。车子到了龙首村，几个装扮成兔女郎的售楼小姐在发放世纪金源的宣传单。那一大片城中村已经消失了。陈里曾住在那里。不知道陈里现在住到了哪里了？他买到了房子么。最后一次和陈里见面在海底捞火锅店。那天他好像背着一包钱。珍，想吃什么就点什么，今天我有钱。他把菜单递给我。菜又涨价了。一份土豆片都涨到十五块，一份牛肉八十块。我把菜单递给陈里。陈里很果断地点了牛滑三文鱼澳洲肥牛。陈里拍着皮包说，珍，你猜猜，多少钱。三万啊，抵得过你挣一年的工资啊。我说，这个钱你拿得放心么？陈里说，放心啊，有啥不放心的呢，我还嫌他给得少呢。陈里说你算算一个周三万一个月多少一年又多少啊，买房买车是指日可待啊。我看着他迷狂的样子说喝酒吧。那天我喝了五瓶啤酒。我喝酒的时候，陈里一直在谈着他的宏伟的构想。他说我要买房子买车我要实现自己的伟大理想。那时陈里又接到了线人的电话。他兴奋地说，这回我要做个正义的化身。派出所长给浴场当保护伞，浴场其实挂羊头卖狗肉。我要去暗访。陈里已经在电话里和线人商量具体的行动方案了。我喝完了最后一瓶啤酒，和陈里挽着手，跌跌撞撞地走进了龙首村。再见陈里的时候，他让我保管一个优盘。他说，我暗访浴场的资料都在这个盘上，老板把价钱出到了五万。我想要十万。不给十万，我做一回社会的清道夫，把那帮子家伙全送进去。我在陈里的脸上发现了一个盘旋的幽灵。那个时候我还不知道那是死亡派遣的信使。我握着冰冷的优盘，感觉抱着一个悸动的心。我说，你不害怕吗？陈里说怕啊，但是想到我的宏伟的目标想到记者的神圣职责，我就一点儿不怕了，怕的应该是他们。你说，他们的钱来的合法么？那里各种服务都实行标准化规范化，不体验不知道啊，他们把人的感官充分给调动起来了，跟吸毒一样，会上瘾啊。我说，你亲自体验了么？陈里说花了一千八我心疼啊。但那还是最低端的。听说贵宾和金卡会员，服务更是登峰造极啊。你说我不体验，哪来的第一手的资料呢。我看着陈里瘦弱的身影被苍茫的人流一口一口地吞没。最后一次见陈里是在名典咖啡。陈里说，我有点紧张呢。我说你紧张啥啊。陈里说十五万，老板竟然答应给我十五万呢。老板要和我交朋友呢。他们就在点绛唇包厢等我呢，还有十分钟就到了约定的时间了。我说你考虑好了吗？陈里说我有证据我不怕他们，再说，你手上还有优盘呢。我主动吻了陈里。我说，晚上我去你那儿，我不回去了。陈里抓着我的手，我们的手交织一起不规则地抖动。我感觉他如烈士赶赴刑场。他的手抖着然后身体跟被电击了般颤栗，我说你不去了还来得及。陈里的牙齿叩击着，他口齿不清地说我不怕他们，他们才怕我呢。我的手被他捏疼了。陈里吻着我说，晚上我要好好爱你。我嘴里呜呜着。我忍着他口腔的异味，憋着气，几乎要死了。陈里最后说我该走了。他走到过道，又反过身抱着我说，等着我，我晚上要好好爱你。他的身子抖索得如一条狂风中的枝蔓，我吻着他说，我等你，你一定能成功。

我一直没有等到陈里回来。

陈里跟二府庄一样消失了，代之而起的是一幢幢大楼，一幢幢峡谷一样深不可测的高楼。公共汽车驶到世纪大道的时候，天突然下起了大雨，雨水很勇敢，奋不顾身地敲打着玻璃。一些人排着整齐的队伍站在区政府的门口。他们打着条幅。条幅上写着，反对拆迁，还我家园。他们不怕凶恶的雨水。他们在和猛兽一样的雨水斗争么？他们能打得过雨水么？雨真的很生猛，像坚硬的石头，看不到丝毫妥协的迹象。公共汽车在雨水里像是年迈的老牛，哼哧哼哧地吟诵着悲伤的歌谣。一些小汽车已经趴在雨水里了。那些人还是呈现着一个勇敢的姿势，把自己像蛇一样盘旋在区政府的门口。他们在干什么呢？森严的大铁门里走出一个穿着黑色夹克的人。他亲自打着一把黑伞。他的身后跟着一群黑色的夹克。他们长得多么像啊,像是一个模具,像是一条流水线上生产的产品。他面对着那群人。他挥舞着手,他的手势像雨地里导航的仪器。他也经常穿着黑夹克,头发整理得一丝不苟,都向着某个方向共同地努力。惜乎他头顶的中央过早地裸露了,只剩一缕长发忠实地盘旋在他脑壳的周围。但他并不骄傲。他说,小王啊,你要多看新闻联播,作为一个公民,怎么能不看新闻联播呢。我如果因为工作忙耽误了新闻联播,也要叫老婆及时地录上,有时间了慢慢看。新闻好看啊,比你们爱看的宫廷剧穿越剧强多了,那比故事精彩啊。小王,你要有政治意识啊。哦,你不要惊讶啊。我忘了给你说明了。我家领导都在医院住了一年三个月零五天了,宫颈癌。没治了也要治啊。咱一个干部还是要讲点道德的么。不过医生说她不会熬到年底了。张老师是你什么人。哦,你们老乡。好啊,老乡最亲了。张老师爱吃海鲜。我请张老师吃了好几次海鲜还给她送了几斤海参呢。小王啊,我很忙,虽然比不上国家领导人日理万机,但也够忙的啊。你想啊,我们要是不忙,社会不是乱套了么,社会能够有序运转各司其职,其实就是靠着我们忠心耿耿地工作啊。咱们暂时可以不办证。那只是一张纸么。咱们先试试。你咋这么保守啊。现在的女孩多么开放啊。你坐我身边来一点啊。我又不吃你呢么。你要是热了就去洗澡,这水好啊,温泉,对皮肤有好处。你的大腿好性感,我喜欢女人一双长长的细腿像是河边的鹭鸶。我喜欢女人穿着丝袜,我一看女人穿丝袜就特别有感觉啊。我女儿马上大学毕业了。将来你要给我女儿带孩子啊。你毕竟是阿姨呢么。来,坐我的腿上。怎么,你不坐?唉。坐我的腿上多么舒服呢,你还不坐。你傻啊。好多人想坐我还不让她坐呢。你太没有改革开放意识了,脱离了时代节奏了啊。你踢我干吗啊。你都三十五岁了。我不相信你是第一次啊。你打我干吗啊?你下手也太重了。你摸摸。求求你，你摸摸。我老婆到年底就挂了。还有六个月零五天。王医生说的。他可是权威啊。我们年底就正式结婚。结婚了你再给我生个娃。来吧。丝袜烂了怕啥啊，我再给你买十条一百条。你打我脸干吗啊？你这个婊子。

咚。几个人倒在了雨地里。一只手趁着拥挤捏了我屁股。他叫什么名字。不知道。我记不住他的名字了。他是第几个和你相亲的人，第十个，第五个，我真的记不清了。张姨说，小王啊，你太那个了，老王真的喜欢你呢，他说他老婆就是年底的事，你要愿意，现在就可住他家里。他家一百多平米呢，你嫁给老王你的新生活就开始了。你傻啊。我不想说话。我尤其不想和张阿姨王阿姨说话。

老王晚上经常给我发短信。亲，你睡了么，你喜欢什么睡姿。小王，你在床上么，你喜欢裸睡么？明天我请你吃饭，粤珍轩的鲍鱼特别好，吃了饭，我带你去世纪金花，你想买什么就买什么，我是你的钱包。珍，我一个人。你猜猜，我在干什么啊。我在床上呢。我梦到你了。你猜，我梦到我们在干什么。呸。这个老王跟疯了的狗一样。我索性将他放入了黑名单。又来电话了。我一看，是爸爸打来的。爸爸催我回老家相亲。说你在西安漂着，西安的男人眼高的，哪个能看上你啊，你说你自己找，都找了七八年了，你的对象在哪里啊。和你一般大的女子，如西岭、晓梅、修琴、柳枝，娃都上初中了。你还一个人。都成老姑娘了。娃啊，爸给你讲，女娃越大也不值钱。你都三十多的人了，还想找个啥样的啊。柳镇中学的喜娃，你是知道的，师范毕业，老婆去年死了，眼下他一个人，喜娃愿意，虽然你比他三岁，女大三，抱金砖啊。你赶紧回来，我给喜娃他爸说，我和喜娃他爸那个关系好啊。喜娃在镇上盖有楼房，三层子呢，在柳镇也是数一数二的。现在教师的工资也高，跟公务员一样高。记着赶紧回来啊。想嫁给喜娃的多得很。现在女多男少啊。你嫁给喜娃了，喜娃说在镇小学给你给你找个代教，先教书，也很好啊。总比你在西安漂着强啊。爸的声音很大，总算说完了，满车的人似乎都在听爸说话。我说爸我找到了，正在谈呢，你就不要操心了。爸还欲说话，我怕他还说出什么不堪的话，就把爸爸的声音关在了电话里。听着爸在遥远的柳镇那一声"珍"，我的心就七上八下的，泪水忽地挂上了脸。

车在长青东路停了下来，前面发生了车祸。宝马闪着灯如一只虎视眈眈的猛虎蹲在路中央，一辆红色的电动车被撞得如零落的花瓣。一个女子坐在地上哭。宝马车主指着地上的女子，她的指头像一枚钉子，似乎要把女子钉在拥堵的路面。不远处散落着一个蓝色的女包。包里滚出一支眉笔，一包卫生纸和一本书。看不见那书的封面。不知道她在读什么书。她飘渺的目光间或望着红色的宝马。宝马趾高气扬抖动着身子，巨大的轰鸣震得大地阵阵颤栗。她注视着宝马身后一路的铁甲壳虫。甲壳虫的头顶上反射着无数的太阳，它们争相铺散着阳光的万道光芒。宝马车主手叉着腰，她红色的嘴唇粘在手机上。婊子。她突然说。碰瓷，想钱想疯了。她一只手抨击着地上的女子，一只手握着手机，嘴里说，我的一个刮痕也比你电动车贵。去，你也太不人道了，你宝马的刮痕就比人家电动车高贵么。我也骑过电动自行车。我也在这条繁忙的路上被飞奔的汽车撞飞过。我飞得很高，像麻雀一样从地上飞起来。我在灰蒙蒙的空中看到爸爸在地里种玉米。满地的玉米绿油油的。那个夜晚玉米被下山觅食的野猪发现了。它们在地里一顿大餐。它们吃饱后竟然在地里睡着了。醒来后它们才哼着幸福的小调优哉游哉爬上了山梁。我看见野猪回了家。它们一家在山洞里唱歌跳舞打扑克。爸爸给我打电话。爸爸在电话里哭了。我说谁还吃玉米啊我给你邮点钱，你就买面粉吃吧。爸爸抽泣着挂了电话。我的身体像水一样扑洒在地上，那辆肇事的宝马车已经飞走了。汽车都绕着我，它们绕着我行驶。我在地上睡着了。这几个月我一直失眠。这回有机会好好地在汽车的鸣叫中睡一觉了。在马路上睡觉太幸福了。你绝对没有想到马路上会是一个睡觉的好地方。我在睡觉的时候许诺，谁若是把我送进医院，我一定嫁给他。不管他是瘸子聋子还是瞎子。我一定做他的好妻子。他没有房子，我可以租房子。他没有工作，我可以开一个商店或是我上班养着他。他即使是一只猫一只狗或者一只麻雀，我都一百个愿意。太阳啊，你为我作证啊。满大街奔流的人群啊，你们为我作证吧。我要放心地入睡了。一条舌头来了，它竟然舔我的脸。我睁开一只糊着血迹的眼，看到一条颀长的舌头。舌头上滴着水。它长着一身的毛。我勉强坐了起来，它冲我叫了一声。它瘸着一条腿。它原来也没有家了。我领着它回家了。我把它养在家里。我想说话了，就搂着它，滔滔不绝，它静静地听着，从来不发表意见。我不知道它是认同或者反对。只要它听我说话，这就足够了。但现在你看到的和我遇到的绝对不是一个相似的场景。你看，那个宝马车主甩给了地上几张钞票，那也许就是钱吧，她用指头指着地，看见她的嘴张着，听不到她的话语。宝马喷了一屁股黑烟愤愤地走了。风卷走了地上的钞票，那个女孩蹒跚着追赶那张被风偷走的钱。车流像一河浑浊的水。我们乘坐的609路公共汽车又可以顺利地行驶了。

两个人站在我的身后。他们手挽着手，像是两株纠缠的藤蔓。我从玻璃的映射里看到这是两个漂亮得让我嫉妒的人。两只嘴巴如两朵盛开的玫瑰花。一只手摸着另张一张脸。捏捏耳垂。抚摸栗红色的头发。一张嘴巴间或贴在另一张脸上。讨厌。也许被捏疼了。一个人说。我的脑后飘荡着他们的香气。我不知道这是哪种香水的气味。我深吸一口气，突然有昏睡的欲望。两个头凑在一起看手机。他们的脑袋钻进了手机的屏幕。这款袜子你穿得好漂亮。真的吗？真的。我就喜欢你穿这种袜子。这个内内好，我送你，我给你在网上下单了。性感。是吗？我喜欢你穿这种内内。明天就能送货上门。你真好。我看着玻璃上映着的嘴又贴上了那张毛茸茸的脸。你该刮胡子了。昨天才刮的啊。你不是说喜欢我扎你吗？刮刮吧，毛刺刺的更好。两张嘴同时笑起来。我不知道他们笑什么。他们是女人还是男人？我想问问他们，但又怕他们说我孤陋寡闻，算了，他们是男人还是女人，关我何事呢，现在已经不分男女了。我们已经驶入了一个没有性别的时代了。车子在环城公园停下来，他们下了车，手拉手，走进了城墙根的男厕。他们去方便了么？他们迟迟没有从公厕出来，汽车就匆匆忙忙地奔赴下一站了。

这时，一条条信息进入了我的手机。

你多大？

我不知道他是问我的胸还是问我的年龄。

你是西安人么？

我不知道自己是哪里人。

你谈过几次恋爱？

记不清了。如果每次相亲都算的话，大概十七八次了。

你主张第一次见面做什么？

总不会是……

你结婚后很快会要孩子么？

你月薪多少？

你学历高么？

你有几套房子？

你介意婚前发生关系么？

我是世纪缘的会员，在网上发现了你的资料。你怎么不回我信息啊。你在忙么？你在相亲？发个视频，你长得漂亮么？或者发个语音。我喜欢声音性感的女孩。我今年28，男，有三套房子，当然都是我父母的，他们死后，他们的一切都是我的。我有一辆广汽本田车。我在政府机关上班。我身高178。身高有优势，将来后代就长得高。毕竟遗传基因很重要啊。你咋不回我信息啊。你要愿意，咱们见见，回龙观38号。暗号，一束玫瑰花。

汽车忽快忽慢的。我被摇晃得像是漂浮在水面上的一枚枯萎的花瓣。又一个人站在我的身后。他借助汽车的摇晃偶尔碰撞我的身体。他慢慢和我贴近。"初极狭，才通人，复行数十步，豁然开朗。"有病啊，这不是陶渊明的《桃花源记》么。初二那年，因为没有背过这篇课文，被老师惩罚从幼儿园给他接孩子，前后接了十几回。我拉着孩子的手，骂着陶渊明。好好的官不做，游山玩水的，还写文章做罪证，放在今天，早被纪委通报警告了，还写啥子文章害人啊。"少无适俗韵，性本爱丘山"。这家伙是个陶渊明的粉丝。"我很不喜欢陶渊明。"我好不容易给他回了一条。"蝶懒莺慵春过半，花落狂风小院残红满。"这是谁的词？莫非我邂逅了一个活在当下的词人。"花径不曾扫，蓬门今始为君开。"手机不停地鸣叫着，这家伙真背诵了不少古诗啊。他这么好的条件我能配得上他么？我懒得回他的信息了。我一点也不喜欢这些诗词。你是当午，我是锄禾。啥话吗？赤裸裸地勾引么？木心老人说，从前的人多认真，认真勾引，认真失身。连那个被中国作家顶礼膜拜的马尔克斯也曾说，心灵的爱情在腰部以上，肉体的爱情在腰部往下。呵呵，男人都是下半身动物。我抖抖索索地删掉了他发来的信息。"你他妈的婊子，装什么清高啊，咋不回信息啊。想男人想疯了吧。"杂种，竟然骂我了。你去死吧。地狱之门为你敞开着。我快意地把这个信息发出去，就果断地把他加入了电话黑名单。

汽车像行驶在地下隧道，路旁飞快地闪过一幢幢影子。我感到身后那个人身上散发着野火般的热。车厢里闪着昏黄的灯光。车玻璃上映着一张憔悴的脸。那张脸很老。头发垂下来挡住了满脸奔走喧嚣的皱纹。那是谁呢。一个苍老的面容。从二十岁到三十岁，十年间的岁月在玻璃上一页页地翻开，我闻到了枯枝败叶腐烂的气味。那个人站在镜子的虚空里，她目光空洞地望着我，望着我身后那个闭着眼的男子。陈里坐车的时候也爱闭着眼，他说车子颠颠簸簸地，闭眼遐想，也是一种难得的放松啊。他在遐想什么呢？陈里没有来得及实现自己的理想。也许他已经看见了理想的影子。当他被抓的时候，理想这个魔鬼逃走了。他提着三万块钱，三万块钱帮助他看到了理想迷人的身材和曼妙的笑容。他挥舞着钱袋向我奔来。珍，我们有钱了。他奔到了另一个人的怀抱。那个人抱住了他，另一个人扭住了他的胳膊，啪啪响着把他的胳膊扭到了脊背上。我听到了他骨头里发出啪啪的声响。他被两个人扔进了面包车。陈里说，珍，做完这笔我就不做了。记者的饭不好吃。我听着他仿佛来自夜空的呓语，说，你在哪里啊？陈里没有听到我说话，只见他随着一辆车驶入了黝黑的隧道。一个人突然从车里跳下来，后面疾驶的车从他身上碾过去，他像一摊泥水扑溅了一地，但他有着坚韧的意志和不死的精神，他在地上慢慢聚拢成形，迎着风站了起来，他已经不像陈里了。他是谁呢？他的牙齿伸出了嘴外，他的嘴像一个山洞，他的脸绿油油的，他的胳膊举到了高空，拍打着高楼上亮着灯光的窗户，玻璃都拍得粉碎了，万家灯火被他的大手弄得熄灭了，他的手向我探来，五个巨大的手指在玻璃上滑来滑去，那指缝间占满了人，有的我似乎认识，有的我分不清他们的面孔，他们都看见了我，他们一起呼喊我的名字，他们都是谁啊，哦，那只狗，那只我从马路上救回家的狗，我几天都没回家了，它饥饿的肚皮上可以看见崛起的骨骼，它看着我，泪水就哒哒地流，哦，那不是貌似老王吗，他说他的老婆快要死了，现在死了么，他对我招手，张大着嘴，嘴里的舌头变绿了，扭着柔软的身子，那个抽着帝王烟的人呢，他一见面就问我的那个问题，我现在就想告诉他。他们列着队走着，有的我记得，有的我连一点的痕迹都没有，甲乙丙丁，XYZ，路人甲路人乙，哎呦，他们都是我的相亲对象，他们也许都记不得我了，他们找到自己的另一半了么？

原载《山花》2016年第6期

白豆的远大理想

艰难地写毕最后一个字，白豆说，这是我最后一次考试了，再考我就变成猪。悲哀和愤懑像一只野狗在他心里狂吠。

考得怎么样呢？懒得去管它了。白豆觉得脸皮有针刺般的疼，摸了摸，扎扎的，一些胡子又强盗般的挣破了脸皮，蓬勃如野草般葳蕤。车辆如一只只虫子趴满了马路。一些人钻进了奥迪帕萨特或宝马。一些人仍发呆在花花绿绿的布告栏前。天啊，你们还在没完没了地讨论，你们还没有被该死的考试折磨得要死吗？白豆在树下孤寂地站着，想到明天要卖的猪肉还没有购进，白豆不敢再奢侈地发呆了，他和自己的身影一戳一戳地爬上了公交车。

金子正出神地看着货架上的土豆芹菜茄子西红柿。她看着看着，突然绽开红红的唇。她一笑，一个西红柿滚到了地上，胖嘟嘟地滚到白豆的脚前。白豆抓住了这个红胖胖家伙。她像金子的脸，白豆将她握在掌心，感到鲜嫩的汁浆在那红色的皮肤里的沸腾。金子的红唇绽出一朵微笑，算是对白豆的招呼了。白豆把那个逃走的西红柿安放到货架上，说，你妈呢？金子拿目光看白豆的嘴。白豆哦了一声，在她面前的纸上写道，怎么你一个人？纸和笔是金子的耳朵呢。金子看懂了白豆的话，说，我姥姥病重了，我妈回老家去了。白豆点点头，又在纸上说，把你要进的菜列个清单，我帮你进货。金子读了纸上的话，点点头说，你考的咋样？白豆这回没有在纸上写，自言自语地说，好得很。金子疑惑地看着白豆脸上奋勇奔逃的汗珠，挑了一个身体丰满的西红柿，拿毛巾擦了，递给白豆。白豆摇摇头。白豆悄声说一个柿子一块多钱呢。金子似乎看懂了白豆的话，手里的柿子坚决地呈现在白豆面前。白豆伸出手，触到了她的手指。手指相交，似乎不经意地邂逅。有人来买菜了。一个西红柿。两个土豆。一根葱。嘴上嘟嘟囔囔着，西红柿四块五，土豆三块五，一根葱都两块，还叫人活不，这些卖菜的，心太黑，过年到现在，菜价就没便宜过。金子脸上漾着淡淡的笑，在天平上称量了，把钱数按在计算器上。那人看着计算器上的数字，盯着金子的嘴，问，多少钱？金子扬了扬手中的计算器，阳光照在液晶屏上，一闪一闪的。金子收了钱，记在一个卷了皮的本子上。

　　白豆推着三轮车，经过金子的菜摊时，金子对他笑笑，他也回给她一个温暖的笑。出了菜市场，白豆的脚如是两个翅膀，驾着三轮车疯跑。夹杂在小轿车摩托车行人之间，搞不清就过去了三十里地。今天猪肉的批发价比昨天又涨了两毛钱，意味着成本又增加了五十多块钱。零售我能涨吗，岗家寨周边住的都是普通民众，他们对价钱的敏感，好比是雪花见了阳光，你涨一毛钱，比割掉他的一斤肉还难受啊。肉店的生意越来越不好做了。起初别人看白豆是大学生，内心里许是认为大学生做屠夫很有意思，似乎卖的肉都有了文化，生意火爆得一塌糊涂，远近几个街区的人都来眼镜肉店买肉。他们看白豆光着膀子，大刀上下飞舞，白刀子进去，红刀子出来，猪的肉体在他的屠戮下，被分割得惨不忍睹。白豆是屠猪大侠么。有的人就买五两肉，光要瘦的，不要一点肥的。有的人要三两，精瘦的，带些许的肥。还有的要猪肝，说自己的肝不好，要吃猪肝补补，但不要心尖，要取肝的中部，三分之二处，理论上讲这样的猪肝污染少。这个理论对不对呢？谁他妈的知道啊。白豆大学学的是经济学。根本没有学过猪肉学。有个变态的老男人特爱吃猪鞭，指定要童子猪的鞭，说那样的鞭阳气旺，好使。妈的，我哪里分得清哪头猪是处男哪头猪是配种猪呢，我又不是猪。眼镜，来一根猪鞭，要新鲜的。来人像孔乙己那样大叫。白豆把猪鞭扔进了他的袋子里，说，让你吃成阳痿，变成猪。孔乙己提着塑料袋道，你说啥？白豆说，这个鞭厉害得很。孔乙己看着旁边卖菜的的金子，一脸的淫邪。有人爱吃雄性动物的生殖器。白豆就从菜市场批发了猪鞭狗鞭羊鞭驴鞭牛鞭，更多的是在猪鞭上抹些牛肉精狗肉精驴肉精之类，把猪鞭装扮成狗鞭，无非是能多卖一点钱而已，我也是不得已而为之啊。有好事者就把白豆的形象发到了微博上，戴着眼镜，裸着上身，挥刀，案子上躺着猪白花花的肉体。那条微博转发了几万次了。有人骂白豆就是猪。我是人，怎么会是猪呢？这些骂人的人连猪的智商都不如啊。但白豆还是给母校丢了脸。师兄师弟骂白豆猪狗不如，做什么不好，你卖猪肉，你养猪也行啊，何必弄得斯文扫地满身的猪味呢。师兄师弟警告白豆，不许说自己是联合学院的，那样太影响他们的声誉了，一问，你是联合学院的，哦，那个卖猪肉的是你们校友，你听听，似乎我们都成了猪或是猪肉了。师兄师弟们给白豆限制了时间，必须于某时某刻承认自己不是联合学院的，并对自己猪一般的行为向天下道歉。白豆轻蔑地冷笑笑，师兄师弟们的智商也太猪了吧，我一旦承认了，岂不是此地无银三百两吗？岂不是给网友和媒体更大的爆炒空间了吗？白豆不想理睬，自己上网时间有限，有和他们在网上扯淡的时间，还不如多卖几斤猪肉呢！岂料，事情的发展出乎了白豆的意料。白豆的大学辅导员来了，见面地点就在他的眼镜肉铺前。

辅导员看到白豆和和猪肉在一起，很受刺激。说，白豆，你在学校里可是优秀的学生啊，怎么能堕落到卖猪肉呢？如果你喜欢卖猪肉，为什么千辛万苦地要考大学呢？考大学是为了卖猪肉吗？

白豆搓着满手的猪油说，卖猪肉也很好啊，大学生卖猪肉可以提高卖猪肉的整体水平啊。

白豆把几个驴鞭密封在袋子里说，我找了五六份工作，就是觉得卖猪肉好啊，自由自在的，和猪打交道，比和人打交道轻松多了。我一把刀，想砍哪里就砍哪里，想割哪里割哪里。世界上还有这么好的职业吗？

白豆抚摸着猪肉说，老师，你以为我愿意卖猪肉吗？我真的有崇高的理想啊。我一边卖猪肉一边考公务员，我都考了五次了。我他妈的都成了当代的范进了。第一次，我荣幸地进入了面试，但考官非常关注我耳垂边那个肉瘤子。他对这个肉肉的东西极感兴趣，用手指头搓搓，揉揉，踩躏毕，面试就结束了。结果我后面的人进了教育局。第二次，我公共课没有及格。第三次，我差0.02分就进入了面试。今年是第五次，也许我能考上呢！要是考上了，我就进入了干部的队伍了，有朝一日，我当了教育厅长，我要叫大学开设宰猪课，我亲自上课，找不到工作，可以卖猪肉啊，毕竟这专业啊。老师，你说说，我的理想难道不够宏伟崇高光明伟大悲壮吗，这和当年那个雄才大略的刘邦一样，不也是韬光养晦明修栈道暗度陈仓么？

白豆滔滔而不绝。这是他卖肉生涯里说得最多的话。

老师的一只眼看着白豆，另一眼看着案子上的猪头。猪的目光里映着一把白亮亮的刀。

白豆的目光躲闪着老师的眼睛，他的目光里有把刀子。

老师最后说，你有远大理想就好，祝福你这回能考上。

白豆说，老师，有了您的祝福，学生一定能考上的。

老师执意要买十斤猪肉。

白豆说,十斤太多了,你怎么能吃的完,你要是爱吃我的猪肉,我可以每天给您送。

老师把一张红彤彤的钞票拍在猪肉上,猪肉上的钞票像一面傲视寰宇的旗帜,呼啦啦地飘扬。

老师问了价钱,要便宜的五花肉。

白豆说,老师,五花肉太肥了,吃了不利于健康。

老师说,我有时候就想吃点肥的。

白豆说,老师,我送你一块猪后臀吧,后臀肉好。他把密封袋里的五条驴鞭和一块后臀肉用保鲜膜包好,连同老师的那张红艳艳的钞票装进了一个黑色的塑料袋。

老师往外走着,白豆小学生一样跟在他身后,走到菜市场门口,老师的目光掠过三轮车摩的和一群小商贩,飘向灰蒙蒙的高空。老师恳求说,白豆,卖肉是你自己的选择,也许你真的喜欢猪,为了你的学弟学妹,你还是把微博上关于你出身的内容删掉吧,现在全世界都知道联合学院有个学生毕业了卖猪肉呢。BBC、NHK、NBC都联系学校要来采访呢。你不为学校着想,也该为那些没有工作或者即将毕业的学生着想。校长给我下了死命令,叫你不能再说自己是联大的学生。老师说到最后,竟然话语哽咽,握着白豆的手充满了祈求。

白豆的心刹那间比猪肉还要柔软。

他删去了微博上关于自己出身的介绍。申明自己不是联合大学的学生,特意强调自己乃自学成才,专研杀猪术,为庖丁第十代传人,系镇关西亲传大弟子。一时间网友的议论排山倒海的,好在网上又揪出了一个有着十五块名表的官员。网友们每天忙着鉴表,把白豆这个可怜的卖肉人早早给抛弃了。

车上载着两扇猪肉和蔬菜。蔬菜是按金子列的清单购买的。车子很不听使唤，在马路上扭秧歌缠麻花出尽了洋相。车子进入北关涵洞时，光线突然变暗，耳朵里传来了猪的说话声。哪来的猪呢。修自行车的老头漫不经心地补着胎，马扎上坐着一个卖旧书的摊主，一地花花绿绿的书。涵洞口半明半暗处坐着一个老妪，她冷冷地看着把身子折成一张弓的白豆。她的面前放着一个纸牌，上面写着"预测前程，趋吉避凶"。黑漆漆的筒子里装满了高深莫测的竹签。白豆又听到了猪软绵绵的叫声，叫啥呢，又不是我杀了你们，叫啥啊叫？白豆摸了摸车上的猪肉，塑料布盖着，软软地还在，猪肉跑不了，猪肉变不成猪，白豆的心就舒坦了。

小伙子，你是卖肉的？老妪突然说。

白豆惊诧不已，我脸上没有写着猪字，又没有带着一群猪，她怎知我卖肉的身份。莫非这老妪真的有洞彻天地预知未来的本领？

白豆看她的脸上布满了神秘。

她摇晃着签筒，竹签跳着叫着，似乎一个个在呼喊着白豆。

她注视着白豆的眼睛，似乎要掏出白豆眼里的隐疾。

她右手大拇指在其余四指上捻算着，似乎在密读每个指头上写着的文字，她的目光沸水一样煮着白豆，沸腾一阵，一字一字地道，你今年要发生大事，一件很大的事。

她哗哗地摇响签筒。

竹签在签筒里高高低低地跳着跃着说着叫着。

我身上会发生大事？白豆疑惑着，把车子停在了旁边。

你面浮金光，祥云笼罩，命运已经给你了暗示，你要抓住这稍纵即逝的光。

签筒在老妪手里哗哗啦啦地唱着。竹签在签筒里争相跳着说着叫着。

我本不是相信命运的。在老妪签筒的鸣唱里，白豆想看看竹签上自己的命运。

白豆说,那就抽一签吧。

老妪盯着白豆说,抽签讲究心诚。心诚则签灵。你心中默念自己想要的东西,默念好了,就抽。

自己到底想要什么呢?白豆双手合十,眼观鼻,鼻观口,口观心,一个东西在心里扑腾腾地跳。

老妪盯着白豆,嘴里说着一些词语,竹签一个个活了,在签筒里跳着、叫着、唱着、喊着。

老妪突然说,抽吧。

白豆睁开眼,听见自己狂跳的心,他的手摸着一支支竹签,这些竹签奋勇着向他奔来,这支,不是,这支,还不是,也许黑暗里还有更好命运,白豆一支一支地摸着,想读出那上面隐藏的命运。

老妪终于不耐烦了,催促道,抽啊,抽啊。

白豆狠了心,就抽了一支。

他胆战心惊地把写着命运的竹签递给老妪。

老妪看了签上的编号,翻看一本皱巴巴的书。

她念道:锦瑟无端五十弦,一柱一弦思华年。春蚕到死丝方尽,蜡炬成灰泪始干。

白豆疑惑道,这不是李商隐的诗吗?

老妪说,啥李商隐啊,这是菩萨灵签,你要问的命运就在这四句话里。

白豆说,你给我解解吧,看我今年的运程怎样?

老妪闭着眼,似乎在和神仙对话,未几,她睁开眼言道,解签要再加五十块。

白豆飞快地算了算,我卖一天的猪肉也不一定能挣五十块钱的利润啊。

老妪见白豆犹豫,说道,你今年的运程很好,一定要解哟。

五十块钱买了未知的命运，要价也不算贵。白豆掏了一把零钞。钱上散着猪肉的气味。老妪一张一张地数着，捏捏吹吹揉揉，间或叹息一声。

　　这是上上签。大吉。老妪整理完了钱说。

　　我公务员能考上吗？

　　公务员是干啥的，打扫厕所的，打扫卫生的，你不是卖肉的吗？

　　公务员就是公家人，是干部，是当官的，是坐小车的，是一天到黑开会做报告讲话视察调研的领导。

　　你能考上。你有官相。你一定能当大官。老妪说。

　　大官是多大？

　　很大。

　　到底是多大？

　　想多大就多大。

　　白豆踏实了，扑腾腾跳跃着的心踏实了。

　　白豆说，奶奶，谢谢你。

　　奶奶说，能把你的猪肉给我便宜一点吗？我几个月都没有吃肉了。

　　白豆心情灿烂，给她切了一斤瘦肉，加了些肥肉，用袋子装好，放进她的手提袋里。

　　奶奶说，多少钱？

　　白豆说，不要钱，送你的。

　　奶奶乐得咧开只有两个门牙的嘴，一瘪一瘪地笑了。

　　说，你的命好，你不当官，谁当官，你这么好的一个人。

　　将猪肉放在案子上，白豆的心沸腾了，如水上漂着的油花。

　　他在手机上浏览网页，突然看到一个广告。世界上诞生了一个名叫"梦想成真"的药丸。服用了这个药丸，你就可以梦想成真了。你就可以实现你的梦想了。富贵、豪宅、名车、美女、金钱、官员、权力,人类所有梦想都可以帮你实现。只要你服用了这伟大的药物,你就可以开始你的圆梦之旅。惊心动魄,天翻地覆,鬼斧神工,沧海桑田,你还等待什么呢?人世间竟有这么神奇的药品。白豆感叹自己碰上了一个伟大的化腐朽为神奇的时代。他如第一次脱女人衣服一般,激动亢奋地打开这个网站。啊,这个网站真的太规范了,有工信部科技部安全部食品部药监部等十五个权威部门的批准文号,有公司地址、电话、专利号、公证号。有全球获得诺贝尔奖科学家的推荐语,有服用了这个药品真的就实现了梦想的成功案例。每一个案例都附上圆梦者的照片,照片上的他们显得出类拔萃超凡脱俗不可一世。白豆试着给湖北的一个圆梦者打了电话。电话竟然就接通了。一个女人操着夹生的普通话。她说,太神了,真的太神了,我吃了一个疗程,就实现了伟大的梦想。我现在当了明星。刚刚在"中国梦想秀"的舞台演出,我得了周冠军。我现在有好多好多的粉丝。这个药好啊。我刚订了两个疗程的药,我要当"中国梦想秀"的年度冠军。你想听我的歌么,就请按二号键。重听请按星号键。白豆挂断了电话,又给首都北京拨了一串号码。这回是标准的京腔。一个女孩鲜嫩的声调,她实现了学习的梦想。她现在是年级的第一名。她的钢琴舞蹈书法绘画都在各种大赛中获得了冠军。她还想再服用一个疗程,她要当全中国的年级第一。神啊,真的太神了,他妈的科技太发达了,人类这样可以实现梦想了。要是早十几年服用这个伟大的科技,我可以不用上小学中学大学,直接当个官员老板总裁明星之类的,想和哪个女明星合影就和哪个女明星合影,想叫哪个女人做老婆就叫哪个女人做老婆,想要几套房子就要几套房子。白豆听见自己的心儿一个劲儿往外蹿。发现得太迟了。事不宜迟。白豆赶忙给客服打电话。这么神奇的药品,要是脱销了,岂不是错失了实现梦想的重大机遇了吗?客服小姐的声音真的很好听，简直是如梦如幻的呻吟，她娇喘着说，恭喜先生找到了自己的梦想。我们会让你梦想成真。为了保证疗效，我们要签订治疗协议，每个客户都是量身定做的，梦想不同，收费也不同。第一个疗程三千块。最多不超过三个疗程，就可以帮助你实现伟大的梦想。要先付款，再订制。

白豆从网上银行转了三千块钱。其中一千五是金子让帮忙进货的钱。只要实现了伟大的梦想，金子那区区一千五算啥啊，一万五一百五十万都是轻如鸿毛，我要让金子开口说话，要让金子做我的老婆，让金子坐在宽敞明亮的家里，看书上网生儿育女，最起码金子不用卖菜了，那些买菜的没有一个好东西，眼睛恨不得吃了金子。白豆想着，就点了鼠标，看到自己账户上的钱哗哗地朝着梦想狂奔。

白豆在猪肉上铺了一张报纸，头枕着，软乎乎的，如枕着金子白亮亮的胸。新闻上说，今年报考公务员的人数比上年增长百分之三十呢，办公厅文秘招一人，就报了三千人。妈呀，比高考还难哩。白豆考的就是办公厅文秘。白豆觉得自己材料写得好，当一个领导的秘书绰绰有余。白豆常常研究官员简历，他发现大部分高官都有当秘书的经历。当领导的秘书多好啊，尤其是政府办公厅的秘书。跟在领导的屁股后面，狐假虎威的。即使是一只弱不禁风的狐狸，也是跟在老虎身边的狐狸，那也比啥子乌鸦麻雀野猪强啊。白豆抱着猪肉，把头深深地埋进肉里。他嗅着肉香，说，好好干啊，绝不能给领导丢脸。他想起了金子，不知道她黑夜里在干什么，他摸了摸猪的大腿，兴奋地给金子发了个信息。

金子，我找到一个实现梦想的妙药了。

白豆枕着猪肉，闻着猪肉的香味，梦想像个羞涩的姑娘，向他张开了隐秘的躯体。"嘀"的一声，金子回信息了，金子说，这个世界上真的有实现梦想的药方吗？如果有，请帮我买一个。

白豆说，现在的科技无所不能，人类都登上了月球了，克隆羊、转基因不是出现了么，放在几年前，你会相信吗？

金子说，能让我听到世界的声音吗？

白豆说，能，当然能。

白豆枕着猪肉，想象里是枕着金子温软的胸，白豆说，金子，金子。

物流太发达了快递你太伟大了啊。翌日午后白豆就收到了南方圆梦公司发来的药品。打开精美的纸盒，打开塑料盒子，打开铁皮盒子，打开木头盒子，撬开铁罐子，七十粒羊粪蛋一样晶莹剔透的珠子。

白豆按照说明书上的服用要求，净手，焚香，双手合十，心中冥想自己的梦想。说明书要求每日三次，每次一丸。超剂量服用会出现眩晕意识模糊神志不清精神失常等。不按规定服药出现意外，本公司概不负责。要七天才能服完一个疗程，一个疗程后才能触摸梦想的影子，这未免也太慢了吧。本人实在等不及了。我同学中那么多人都在初级阶段实现了自己的理想。李公当局长都三年了。王力已经是一个化妆品商铺的老总。巴顿的坐骑由桑塔纳换成了奔驰。最不济的小凯也买了三套住房生了一儿一女。这仅仅是五年的光景啊。而五年了，我还是一个光棍，每天提着自己的梦想孤独地枕着猪肉，看城市的灯火在梦里变成蛇，把我咬得遍体鳞伤。我把猪肉想象成女人的肉体，多少个夜晚，那些白昼所见的美女就在夜晚强行插入我的梦里，我成了她们的王，在她们身上纵横驰骋。实现理想的路途漫长而艰难，简直堪比新的万里长征啊。世界日新月异。我实在等不及了。人间七天就是七年啊。白豆把一周的药量倒在手心，它们亮晶晶地看着白豆。

白豆说，我吃了你们，让你们变成我的精魂，最后实现我的人生之梦。白豆把羊粪蛋样的颗粒放进嘴里，还没容喝水，这些精灵就迫不及待地钻进了我的肚里。哈。真的是神药，会自己下肚啊。屋外是灿烂得要命的阳光，白豆拉上窗帘，房内顿时陷入了夜一般的漆黑。手机突然响了，父亲在这个关键时刻发来了信息。讨厌的父亲说，城里混不下去就回家吧，老家还有几十亩荒山，种些矮化核桃、板栗，今年核桃十五块钱一斤呢。讨厌的父亲还说，给你介绍了一门亲事，大黄家的女子，你抽空回来看看。女子不错。

讨厌死了。滚。白豆脱了鞋，把鞋扔出去。听到"咚"的一声巨响，像是一个人的头撞在门上。白豆给金子发去了最后一条信息，我要圆梦去了。便删了父亲的短信，把手机调在静音上。

白豆把自己放在床上，看见一个人逃离了白豆的躯壳，烟雾一样袅袅而去。

白豆回来了。当了领导的白豆上班第一天就签发了十多份文件。他一般都签上"拟同意"，"上局务会议研究"、"送班子成员阅"或者仅仅签一个名字。他本不会签阅文件，但研究了诸如《二号首长》《一号》《掌局》等畅销的官场小说后，也签得像鱼儿回到了水中，有模有样的。

自己到底是哪个单位的领导，没有人能说得清。白豆几次想问，都不敢开口。现如今像白豆这样的干部多了去了，从省里降到市里或者县里或者乡里，大都担负着某个方面职责，夜以继日的，工作得很辛苦，再追究他们的来源，岂不是显得很不人道么？白豆重要的工作就是签发文件、开会、讲话。原先人多的时候讲话，白豆就很紧张，觉得嘴里像是卧了一条蛇。可自当了领导，白豆的舌头就比蛇还灵敏，他坐在主席台上，上下两瓣嘴唇张开，像河里发情的青蛙，那个聒噪漂满了河滩。白豆目光潦草地看着底下的人群，会议室里坐着父亲、母亲、哥哥、金子及一大帮子同学。白豆不晓得今天开什么会，讲什么话。天气灰蒙蒙的，每个人纠缠在雾霾里，看不清人脸。这是个啥会议啊？白豆大脑里飘荡着重重的雾霾。父亲母亲参加的会议该是农业会议，讲讲养猪养狗养猫，或者讲讲种瓜得瓜种豆得豆。但这些都不是白豆所擅长的。要是讲玉米小麦土豆，还不如叫父亲讲呢，毕竟父亲也当过十几年农民。但这个主席台不是任何人都可以上的。你懂，不一定会让你上，这就是生活的悖论。白豆擅长的是讲如何把猪肉卖个好价钱。大学学的是经济学。也可以讲讲房价，讲讲楼市，最不济也该讲讲人们如何才能挣到更多的钱。但这些都是父母亲之类的柳镇父老乡亲们不感兴趣的。如果讲种瓜种豆，柳镇任何一个人都会比主席台上人模人样的自己讲得精彩，他们和泥土打了一辈子交道，他们不知道玉米麦子的脾性吗？父亲的目光里透着焦灼，那如一道火焰，焚烧着台上的白豆。母亲坐在父亲的身边，脸上灿灿烂烂的，似乎儿子坐了主席台，比猪肉卖了大价钱还要高兴。白豆舔舔干裂的嘴唇。他张了张嘴。金子带头鼓了掌。那手像是两片嘴唇，开开合合的。父亲回头瞅了一眼金子，惊慌失措的，也跟着拍手，他拍手的姿势一点也不好看，像是挥舞着两个大蒲扇。沉闷的声音从父亲的双手间挤出来，粗鲁地扎进白豆的耳朵。白豆拿目光刺了一下父亲，你鼓掌的姿势和拍手的声音太丑陋了了，远没有你打我脸的潇洒和风度。啪。似乎一个耳光抽在了脸上。白豆捂着发烫的脸，父亲仍在乐呵呵地拍手。你为啥打我呢？不见我正在讲话吗？即使要打我，也要在没有人的地方啊。我卖猪肉咋了，你说我卖猪肉就和我断绝父子关系。你说我卖猪肉还上狗屁大学做甚。你说你没上大学杀猪卖肉还是柳镇一绝。你说我是叫猪油糊住了脑子叫猪屎蒙住了眼睛。好我的爸呀，我卖猪肉只是暂时的，你以为我愿意和猪肉生活在一起么？我爱猪肉，也许和你当了十几年的杀猪佬有关系。龙生龙凤生凤杀猪佬的儿子会卖肉，这也很符合达尔文的进化论啊。虽然你一个杀猪佬不晓得基因遗传的规律，拼着命想叫我当官。看看我周围的同学，张二当了村长，李三当了科长，王小当了局长，胡路当了主任，而我呢，整天和猪肉混在一起，简直不如一头猪啊。父亲还在拍手。会议室很小，就和我租住的房子一样大。父亲的掌声如同人群里突然有人放了一个响屁，显得刺激而又惊心动魄。金子的目光柔情地看着白豆的嘴，期待那个开合的洞里发出与众不同的响声。金子爱听啥啊，她希望我讲啥呢。我若讲猪的肉体，男人感兴趣，估计金子会倒胃口。金子的耳朵能听见我的讲话么。即使我讲得如天花乱坠，金子的耳朵只是个美丽的摆设。如若我用手语讲，金子能明白我的煞费苦心，柳镇的父老会听得懂吗？白豆的手抖起来，像是极为寒冷的样子，他扯了扯嘴唇，上下唇哆嗦着，根本无法讲出人的话语。狗日的会议。当官这么难，讲个话都讲不好，看来当官真是一门技术活。坐在马扎上的王小瞥了白豆一眼，他的手指在手机上，弹琴样的，一划一划的。这个狗日的，我在小学当班长的时候，还在他的头上尿过尿水呢，还让他钻过我的裤裆，还逼着他喊他爸的名字呢。

王小还在玩手机。白豆摸了摸脑壳，一阵晕眩，白豆看到人都倒立着走路，像是悬挂在地球上的麻雀。这个货都当了局长，他笑话我不会讲话呢。当领导就要会讲话，不会讲话，你当狗屁领导呀。白豆拿目光撩开粉尘弥漫的岁月，闻到了王小头上浓郁的尿骚味。王小，你的儿子不会叫王二小吧。白豆终于张嘴开始了他今天的讲话。麦克风把他的重要讲话塞进了每个人的耳里。王小的耳朵聋了，被猪毛塞了，他的手指还在手机屏上灵巧地滑动着，他叫手机吃了。金子的嘴张成一朵开放的花，她看白豆张开了嘴，知道他开始讲话了，虽然她听不到，但是她像兔子一样张开耳朵，听得比谁都认真。

白豆挥舞着手，在主席台上张牙舞爪。他望着满屋子的人，最后说，你们都是一群猪啊。白领导终于讲累了，主持人作最后的总结。主持人竟然是王小。王小高度评价了白领导的讲话，称其是最精彩的最重要的讲话，对今后及很长一段时间的工作，都有极其重要的指导意义。对猪的生长发育对猪肉的销售都有极强的针对性和指导性，尤其对玉米小麦土豆的发育，也有着重要的历史的意义。王小要求局机关及下属各部门都要召开会议，认真学习领会白领导的讲话精神，要求《重要动态》上全文刊登白领导的讲话，《柳镇日报》要头版头条刊登，立即马上在柳镇和全局掀起一个学习白领导讲话的热潮。

王小讲得真好。这个家伙。当年那泡尿真的是仙水，把他浇灵醒了。白豆闻到了尿骚味，铺天盖地。白豆摸了摸脑壳上的疤痕，说，这个王小，讲话讲得这么好，我要好好向他学习。

王小谦恭地请领导去宾馆休息。

白豆坐在沙发上，把腿很舒服地架在茶几上。不停地有人来看望他。有提着鸡鸭的，鸡鸭乱叫，不知道它们在吵嚷什么。几根鸡毛在白豆的头顶盘旋飞舞。有提着一只老鳖的，说是补身子，当了领导身子都不属于自己了，要好好补补。有提着野猪肉的。说是家猪和野猪杂交的，肉很好，有抗癌防癌提高性功能的特殊功效，镇上领导都吃呢。白豆很奇怪。自己虽然是半路出家卖猪肉的，但对猪的身体还是有着一定的研究的，曾在国家级的核心期刊上发表过论文。专门论述母猪和公猪性别的优势对猪的繁殖的特殊作用。但是家猪和野猪杂交，自己倒是没有认真研究过。陆陆续续有人上门，都是爸妈接待的。秘书呢？秘书躲到哪里去了？一点也不负责任，一点也不懂规矩。莫非悄悄去看公猪母猪的表演了？回头要好好收拾他。金子这个女子不错，知道给一些重要的客人沏茶。你看她脸上漾着兴奋的红晕，比她当了领导还要幸福呢啊。是啊，她知道我是喜欢她的。我都是领导了，还愁治不好她的耳病吗？我要带她去全国最顶尖的医院,让她恢复听力,让她的耳朵能听到千里之外情人的私语,听到花开的声音。呵呵,当官就是好啊。

白豆抓住了金子的手。

白豆把金子朝怀里拉。

金子袅袅娜娜地挣扎着。

又来客人了。来人是王小。

王小说自己都当了好几年的副科级了。当年自己的下属早当了局长处长了。自己还是一个小副科级。你瞧,还不到五十的人,头顶已经光了,不长毛了。

白豆已经会打官腔了。白豆说了些当今的局势,分析了经济形势,讲了若干内幕秘闻,晒了几条黄段子。他盯着王小头上几缕枯草一样的头发,吹了一口气,那几根草就不由自主地摇摆着惝惶的身子。你还写诗吗?白豆问。王小曾写过一首很有名的诗。黑夜给了我黑色的眼睛,我要用他偷盗光明。白豆梦幻般的吟诵着,王小的目光里尽是茫然和羞怯,他说,亏领导还记得,我早就不写诗了。

白豆看见几滴泪珠不经意间从王小的眼里仓皇地跌出。

白豆说,如今是最好的时代了,难道只有当官一条路吗?想发财了,就当老板,还能给市场经济做贡献呢。最不济,也可以卖肉啊,我卖肉卖得可好了。猪肉最好的部位你知道在哪里吗?是猪的后臀,你看那个健美性感啊,你们光知道吃肉不懂得欣赏啊。

王小耷拉着脑袋,像一株饱经摧残的向日葵。他说,白局长,你是高级领导了,帮帮我,咱们毕竟是老同学呢。啥最亲啊,同学啊。我实在等不及了,等我再上一个台阶,我再跟你学习卖肉,给你当研究生都行。

白豆不想看王小的猥琐,看金子性感的脸。

王小见白豆对自己没有兴趣,就把一个褐色的袋子放在茶几上。

白豆懒得去送这个蛇一样没有骨头的人。他把放在茶几上的脚摆了摆，算是和王小告别。

终于清净了。白豆拉扯着金子，把金子朝自己身上拉。

金子提起茶几上褐色的袋子，像是提着一串猪肉。

白豆打开袋子，一袋子钱。

金子手伸进去，摸了一沓子，又摸了一沓子，最终抓出一叠，她在嘴上嗅着，舔着，放到嘴里咬。

白豆看金子吻钱的样子太性感了，他说，那不能吃。又不是肉。

金子说，我就想吃，我想把这一袋子钱都吃下去。

金子说，我想把这些钱都吃下去，把它们变成屎。

金子说，钱害死人了，我想把它烧了，让这个世上没有钱。

白豆疑惑自己的耳朵，金子怎么突然就听见了自己的说话呢，他抓住金子的耳朵，把她那只饺子一样的耳朵拉到自己的嘴边，他往里吹着气说，金子，我想你。

金子茫然地看着他的嘴。

白豆大声说，金子，我想你啊。

金子说，这些钱要是咱们的那该多好啊。

白豆看见金子全身射着金灿灿的光。

白豆说，现在就是咱们的了。

金子把钱紧紧抱在胸前，想要抱到身体里去。那钱挤压着身体，就见她的胸被人抚摸般跌宕起伏。

白豆盯着金子气球一样膨胀的胸，就去拉扯她的手。金子扭怩着，床如无边无际的荒野，散落了树叶一般汹涌的钱。

当两人像鸟儿褪掉了羽毛急不可耐地爬上床时，白豆看见金子仍是把钱亲昵地搂在胸前，那红艳艳的钞票趴在胸上，胸被亲昵得春水泛滥，都是金钱惹的祸，一袋子来历不明的钱激起了两人生活的激情和对身体的渴望。在这个激动人心的历史关头，也许不做点有意思的事，就太辜负这个奇幻的伟大的时刻了。

那怎么说呢，白豆根本没有想到，就在他和金子做着各自想做的事情时，一些人破门而入。记者、警察或者是别的什么，一大群啊，像是落入雪夜的麻雀，黑乎乎的，照相机的闪光刺破了夜空，木棒、剔骨刀、猪腿、猪尾巴、铁锨、锄头，这些杂乱的器具被不同的人操在手上。白豆分明看见了警察手中闪亮的镣铐。

我们没有做。白豆捂着下身，蹲在地板上。

我们是男女朋友。我们在谈恋爱。白豆辩解。

谈恋爱？这个女的叫什么，哪个单位的，哪里的人，有什么喜好，身份证号是多少？警察问。

谈恋爱床上摆这么多钱干吗？看着钱刺激吗？这钱来路不明。杀猪刀在头顶闪着亮光，血水一滴一滴地跌在白豆颤抖弯曲的脊背上。

这好像是个当官的。我在电视里经常看到他。昨天好像还在镇上检查工作，叫家家户户养猪。我就不想养，听说他以前是个卖猪肉的。你这头蠢猪！白豆的屁股被踢了一脚，他抬起头，看到那个握着木棍的人盯着金子。

几个人把金子身上的钱抢走，金子的身体无耻地裸露出来。

一个人拉开拉链，对着床尿。尿水被床吸收了，现出一个湿漉漉的坑洼。

这是哪个杂种送的钱？狗日的这么多钱。一个人把一盆子猪血泼在白豆的身上。

交代还是不交代，如果被捅到单位，数十年的努力就会化为乌有，梦寐以求的这个官职就会变成屎尿，自己也会变成人们嘴里的猪狗不如。怎么办？怎么办？白豆遭遇到了人生最大的危机。

金子叫，白豆，救我！

白豆只看了一眼，就残酷地闭上了。两个人拉着金子的腿，金子的腿被拉成了一条直线。

金子喊，白豆，白豆！

白豆恨不得自己成了哑巴聋子，怎么办？我能救金子吗？怎么办？我怎么能逃出去？工作证身份证都在枕头下，他们知道了我该怎么办？怎么办呢？把钱全部给他们，把金子让给他们，他们会放我一条生路吗？

金子的声音渐渐变成了羊羔的喘息。

一个人拿手拨弄着白豆的脸，不说吧，那就到局里说。

一个人抽了白豆一巴掌，讲啊。

白豆一疼，完了，一切都完了。

我说，我说。

一个人又抽了他一巴掌。

他抬起头，金子和父亲坐在床前。

白豆从睡梦中醒来已是第四天的午后。

那个具有幻术的药瓶还在，里面囚禁了一只苍蝇，它望着玻璃外面的世界，无助地扇动着孱弱的翅翼。

头炸裂般的疼痛，白豆喝了一杯白开水，看见桌子上放着一张任命通知，落款盖着大红的公章。

这千真万确的，不是梦。莫非我真的当了官了当了领导了当了老板了当了百万富翁？莫非这个药丸真的可以使你梦想成真？白豆陷落在梦幻和现实的沼泽中，耳朵里恍然响着镣铐声木棒声点钞声和泣哭声。

一个人揪着白豆的耳朵说，你睡了四天四夜了。

白豆说，爸，你咋来啦？

白豆爸说，金子叫人给我打电话，我就来了。

金子呢？

金子给你买猪尾巴去了。你一直叫着要吃猪尾巴。

冰箱里放了六七个猪尾巴。还有几个猪鞭。

猪尾巴和猪鞭早都臭了，我扔给狗吃了。

爸，我终于当官了。白豆举着那个盖着红戳的任命书说。

豆，你以后想干啥就干啥，我再也不拦挡你了。想卖肉就卖肉，不管卖啥肉都行。白豆爸看着那张纸，泪水婆娑着。

我都当官了，还卖啥猪肉啊？爸，你到城里来，和我一块享福吧。你不知道当官有多舒服。白豆眯着眼，回忆曾经当官的自己。

金子推开门，她看到了惊心动魄的一幕，两个警察带走了白豆爸，而白豆被捆绑在床上。她赶到楼道说，你们怎么又抓人啊？

警察说，他伪造公文，我们一查，就查到这里了。

金子看着白豆爸。

白豆爸点点头。临走时，他恳求警察开恩，他在纸上给金子写道：

白豆疯了。我找了制假证的人，给他做了一份虚假的任命通知，他的病快好了。他在地上学猪叫，或者和领导一样作报告，你装作认真听就行了。偶尔可以鼓鼓掌叫叫好。他如果发病了，就给他念任命通知。他的病好了，你们就回到柳镇，我还给他留了几十亩荒山，种树养猪都可以，随你们了。

原载《中国作家》2014年第9期

奶奶在窗外站了一夜

你爷死的时候肚子胀得像一面鼓。爸爸指着我背靠的核桃树说，这棵树我八岁的时候跟你爷从河边移栽过来的，你看，这树长得多好啊。当时还是小树苗，现在每年都能打二百多斤核桃了。

我头往树后躲了躲，想要抚摸我脑袋的手掌落空了，手很不好意思地停了停，就朝树身摸去。这是你刻的？爸爸的手摸着树上的字问。他都问了好几遍了，还要问啊，跟审犯人似的，我避开他带刺的目光，把头转到树的另一边。那几个字像烙在树身上的伤疤，虽然伤口愈合了很久，但常常，会从深重的疤痕里渗漏一种发黄的液体。很臭。臭得我坐在门口吃饭觉得饭都是臭的。你为啥在树上刻字？爸爸的手读着树上的字，字也许已不像字了，他的手在树上发出刺啦刺啦的读音。为啥刻你爷的名字？他将质问的话语沉甸甸地撂到我头上。你以为这是你的作业本啊。爸爸的责问如树上的辣子虫哗哗地落在我头上。我不知道那是我爷的名字。胆怯地辩解着，我抓住了一片被虫子吃得布满了洞洞的树叶。爸爸的目光像辣子虫痒辣辣地蜇了我，他的身子就靠着树滑下去，屁股滑到了石凳上，很快嘴就叼了一支自己加工的纸烟，一绺绺烟雾从头顶爬到了树干上，叶子簌簌地落在他泊着烟雾的头上。核桃花有时候也喜欢赶场子,一绺一绺地落着,落得爸爸像是穿了一件花衣裳。看你身上都成了啥了?奶奶颠着小脚,远远地对爸爸说。爸爸身上披着树叶,树叶上爬了天牛辣子虫及许多叫不上名的虫子。你看你身上都成啥了?走路跟麻雀一样颠着的奶奶,一顿一顿地颠到了爸爸身边。爸爸的嘴里冒着烟,跟烟囱一样,鼻孔也冒烟,像两股纠缠的绳子,一扭一扭的。爸爸一直没有回答他妈妈的话,一只眼眯着,一只眼睁着,似乎他乘着烟雾爬上了树。奶奶手里的拐杖朝爸爸奔去,嘭,树身磕出一块皮,树上的乌鸦嘎嘎地骂着,飞到屋顶的上空久久盘旋。树身亮出一个青色的伤疤,白色的浆液掉落在爸爸头上。臭,我捂着鼻子夸张地说,好臭啊。拐杖朝树再次击打的时候,爸爸的身体不让了。嘭。奶奶的拐杖砸在爸爸的腿杆上。我怕爸爸的腿被铁拐杖打断了。爸,疼吗?我在树后伸出脑袋问。爸爸将嘴里的烟头喷出老远,恶着声说,你再在树上刻字,我就把字刻在你脸上。爸爸那一瞬的目光真像一把闪亮的刻刀。跟你死老子一样,奶奶抱着我的头说,你在娃的脸上刻一个字我看看。爸爸沉默着,愤怒得像一棵枝叶狂舞的核桃树。奶奶把我拉到了她的小屋子。吃糖,奶奶把一颗糖果塞给我的嘴。纸都没有剥呢,我从嘴上夺走糖果,剥掉它黏黏的外衣,糖果在嘴里甜甜地融化着。我积攒了好多糖果纸。我把它们一张张贴在本子上,制成了一本精彩的画册。这张糖果纸上画着一个长翅膀的小孩。啥时候我也长翅膀啊,我两只胳膊模仿着鸟飞翔的样子张开了,我的翅膀噗噗地扇动空气。你想飞啊?奶奶惊讶地瞪大眼,甜吧?奶奶张开嘴,那个时候她嘴里还长着玉米一样排成整齐队列的牙齿,没有想到几年后,她的牙齿会如枝头成熟的果实纷纷脱落。甜吗?奶奶嘴里的牙齿像一排金色的栅栏,它们发出的光泽照耀着我的脸。牙齿咀嚼着糖果,嘎嘣嘎嘣的,甜,甜得很,糖果急不可耐地融化着,一股甜蜜蜜的滋味。你爸为啥要在你脸上刻字?奶奶的手指捏着我的脸。他说我不该在树上刻字。我的脸躺在奶奶的掌心里,那一刻,我晕眩得想要睡去。刻了就刻了,那树又刻不死。我的头枕在她的肚子上,一股哗哗的响动。奶奶肚里似乎有人说话。我拿耳朵听了听,那奇怪的声音忽然消失了。奶奶很奇怪我在树上刻我爸爸的名字。我给她解释说,他打我,他打我好狠,把我往死里打。我是他亲生的吗?我拨开奶奶摸弄我鸡鸡的手。当然是亲生的,奶奶又伸进裤子里捏弄我的鸡鸡。我在树上一刀一刀地刻他的名字,我说,名字刻完了,我身上也不疼了。想尿尿了,我打开奶奶的手。奶奶撩起我的衣裳看了看说,你爸跟你爷爷一个性子,野蛮得跟畜生一样,你想刻就刻吧,你想刻啥字就刻啥字。我不敢了,我再刻他会把我的脸刻得稀巴烂。我说着,耳朵又听到了奶奶肚里咕咕的声响。他敢。奶奶按着我的脸,她的指甲深深陷入脸皮里。他要是再打你,你就叫我。奶奶朝我嘴里又喂了一颗糖。这次我没舍得把它咬碎,它刚进到嘴里,舌头就狡猾地把它抱在怀里,温柔得跟奶奶一样。你在树上再刻一行字,奶奶说,用劲刻,刻得深深的。我不敢,我摸着脸说,我爸说我要是再在树上刻字,他就在我的脸上刻字,脸上刻字多疼啊。我把脑袋藏进奶奶的衣服里,似乎爸爸派来了一把刀,刀要刻我的脸呢。他杂种敢。我的脸贴着奶奶布满褶皱的肚皮,奶奶的声音从外面响亮地钻进来。

"出来。"奶奶撩起衣襟,把我的脑袋从她肚皮上拉出来。把人痒死了。奶奶脸上的皱纹似乎都痒痒了,皱纹在她发笑的脸上一圈圈地荡漾着,她像门前的鸡冠花样不胜娇羞地晃着身子。你想在树上刻啥字?吃了奶奶的糖,满口腔里荡漾着甜丝丝的气味,周身被浓浓的糖果味包裹,我讨好地问奶奶,你想刻啥字?张大根,你在树上刻五十个张大根。我问奶奶张大根是谁啊?他是奶奶的仇人。奶奶说，他把我欺负狠了，有一次差点打死我了。你看——奶奶颤颤地撩起了衣裳。我看到奶奶的肚皮上满布着一个个瞪着眼睛一样的疤。这是旱烟锅烫的，奶奶说。乳房上也烙着几个深深的烟锅大小的疤。这也是烟锅烫的？我的话引出了奶奶眼里的泪，她像孤儿突然找到了亲人一样点点头。张大根太可恶了，他拿烟锅烫奶奶干啥啊？烟锅的温度很高，像是一个小铁炉，烙在皮肤上，嗞，一个大水泡。爸爸嘴里常叼着一个旱烟锅，像在嘴巴上装了一个小火炉。这是我爸留给我的念想，爸爸嘴里嗞嗞地吐着烟说，我爸可怜啊，走得那么早。爸爸有时候会愤怒地把烟锅磕在妈妈的头上，或者，嗞，烟锅烙在妈妈的胳膊上。烟锅制造的五个烫疤，在妈妈胳膊上形成了五个深浅不一的坑洼。我经常在睡梦中跌进那几个布满荆棘与污水的深坑里，惊醒时，见一个人影杵在暗黑里，一闪一闪的红火偶尔照亮他的脸。蚊子熏不死人都被你熏死了，妈妈翻过身说。睡你的，他说，也没把你熏死么，就将旱烟锅在凳子上咚咚地磕着。他瘦得像纸一样的身子贴着墙，形似一只伺机抓蚊的壁虎。你烦不烦？妈妈看着他贴在墙壁上的人和影子说，神经病，你经常听，听到啥了？隔壁的奶奶咳嗽了，一声撵着一声的，像一串子扔进了瓮里的响炮。爸爸就离开了墙壁，一个黑影闪出门，我听到狗疯狂地嚷起来。

　　我刻。我咬着牙齿对奶奶说。

　　奶奶又奖励了我一个糖果。我舍不得吃，装在口袋里。我已经刻了六个字了。"张大根大坏蛋。"坏蛋两个字不会写，我就刻了两个圆圈。累了，我把那个快要融化的糖送给了嘴巴和舌头，它们高兴了，我才有精神。那天傍晚我在核桃树上刻了好多字。那是我最快乐的时光。它们都跟张大根有关。张大根是个蛋。张大根不是好东西。张大根猪狗不如。才学会骂人的话，我都刻在了核桃树上。站得高才能看得远。我爬到了树顶上。乌鸦用树枝在高处做了几个窝。我听到几只小乌鸦在头顶呱呱乱叫。骑在树杈上，我几乎跟对面的山一样高了。人像一只只虫子，在地上爬来爬去。我在树上撒尿，像是下了毛毛雨。天下雨其实是天尿尿。我突然明白了这个道理。妈妈喊我吃饭的时候，我从树上溜下来。觉得自己突然矮小了许多，跟在地上忙忙碌碌的蚂蚁差不多。那几天爸爸不在家。妈妈说爸爸到县城卖笤帚去了。爸爸拉着架子车。车上装着他用高粱秆扎的笤帚。满满一车。他在路上要走一天一夜。他能一个人拉到县上吗？妈妈忧虑地望着远处说。县城好吗？我还没去过县城，不知道县城长得啥摸样。妈妈也没有去过。她每次帮爸爸把架子车拉到蟒岭。肩膀上的绳子深深地勒进爸爸的肉里，爸爸两手紧紧抓着车把，妈妈撅着屁股，肩膀在车后扛着。他们趁天亮把架子车拉上了蟒岭。三十里路一直是上坡，妈妈说，到了蟒岭，七十里一直是下坡，你爸他一个人行吗？妈妈看着门前那一条扭曲着爬行的路说，我也没有去过县城，你爸不让我去，说两个人开销大。爸爸不在多好啊。我在核桃树上刻了很多字。全都跟张大根有关系。奶奶经常来检查我的工作。我念给她听。她没有笑，我念一遍，她就重复一遍。奶奶不认得字。我说你拿手摸摸。奶奶的手摸着核桃树上的字。她摸得很认真。她的手会阅读呢。我又念了一遍。奶奶真的很聪明，我只教了一遍，她的手指头都会阅读了。她毕业了。她可以不让我教了。她的手指头读着，嘴里跟着念着，认真得像是我们村上给人看病把脉的查医生。奶奶又奖励了我三颗糖，还额外给我了两毛钱。

  你爸那个忤逆子。奶奶看着我的舌头舔着糖果纸，她拿拐棍敲着核桃树说，你爸这个忤逆子，从来就没有听过我的话。他不听我的话，你为啥要听他的话。他要再打你，你就给我说，我打他。

我不敢。我舌头舔着糖纸说，我爸打起人来能把人打死。

这个忤逆子。嘭，嘭，奶奶拐棍敲打着树干说，他再打你，你就喊叫我。

"奶，"我像被捕的蝉发出深长的嘶鸣，"奶啊。"

没有人来解救我。奶奶也许还在睡觉呢。

疼得实在忍不住了，爸爸打牛的荆条在我身上弹着难听的歌，我的皮没有牛皮厚实，奶啊，奶，我的呻唤纷纷向奶奶的窗户扑去。

荆条在腿上胳膊上脊背上辟出一道道血红的线条，衣服很快就露了破绽，布片一绺绺的，恍若闪电的血痕瞬间爬满了我瘦弱的长年没有洗澡的身体。

"谁让你在树上刻字咒你爷爷的？你这个忤逆子。"爸爸手里的荆条蘸上了我的血水，噼噼啪啪的，他像舞着一条蛇。你打吧，还能把我打死么，我咋知道张大根是我爷爷的名字，你从来就没有给说过我爷爷的名字，我连你的名字都不知道，还是别人叫着你的名字骂我的时候知道的，你说我爷爷长得高高大大的，总爱走路背着手，几乎从不下地。他是干部啊他不下地？那谁干活呢？你奶奶啊。你奶奶虽然是小脚，可地里的活干得麻利得很。点洋芋，种苞谷，锄草，收麦子，放羊，都是她带着几个子女在地里忙活。你爷爷从不下地。身上连一点泥巴星子都不沾。你爷爱吃捞面。你奶奶从地里回来，手都来不及洗，就忙着给你爷爷做捞面。你爷爷躺在树阴下的躺椅里，左腿架着右腿，手摇着扇子，身旁放着一罐头瓶子浓茶，像一个压迫长工的地主。你爸也想过你爷那样的生活，身不动，膀不摇，可惜你爸没那样的命。妈妈适时插了一句话。你小叔还没有出生你爷就死了。你爷死的时候肚子胀得像一面鼓。你爷临死前，交给我了一个账本。总共欠了别人一千八百五十二。你爷把账本交给我叮嘱说，父债子还，天经地义，做人要讲信用，这些账你一定要还清。他要死了，却让我讲信用。你爷临死还交代了第二件事，照顾好你兄弟。你爷爷说，就当是你儿子，长兄如父。那时你小叔在你奶肚子里都长了八个月了。你小叔一出生，就和你抢奶吃。他既吃你妈的奶，也吃你奶的奶。你爷爷最后还安排了最重要的一件事。那是一桩什么事呢，我的父亲一直不肯说。

"你这个忤逆子。"奶奶的身体罩住了我。奶奶像一只老母鸡从她的黑房里飞出来，她手里的拐棍指点着父亲说，"你这个忤逆子，狼心狗肺，你想把娃打死啊。在树上刻个字算啥，张大根的名字就不敢刻了？他是皇帝老子啊。你比你那个狼心狗肺的爸还狠么？你爸舍得打过你没有。每天把你背在背上，东家逛，西家游，把你当少爷一样供着。一番不是你娃啊。没见过你这么狠毒的爸。"

"娘。"我父亲软软地叫了一声，他的目光拐了一个弯，像一只毒蜂狠狠地蜇在我身上。"这个杂种被你惯得不像样子了。我爸的名讳他都敢刻在树上。你看看，他都刻的啥啊？"

"你爸是皇上啊。"奶奶拿拐棍指点着我父亲说，"娃在树上刻个字，娃觉得好玩，刻了就刻了，那有啥，你爸死了十几年了，你还拿你爸压娃啊。你嫌那个老鬼压榨我还不够啊。他拿烟锅烫我的时候，咋不见你给你娘说几句公道话？他逼我喝他的洗脚水，你咋不给你娘说一句公道话？他抽大烟赌博，把家败光了，留了一堆烂账，咋不见你给娘说句公道话？"

"娘啊。"我父亲扔了手里的荆条说，"我爸都死了十几年了，你还提那些事情干啥哩。你让他死也不安生啊。你看他坟头上的树都长大了。你看这棵我们一起栽的核桃树，每年都能收几百斤核桃了。"

"你把核桃树当你爸了。"奶奶的拐棍在地上捣得嗵嗵响，

"我死了不要把我和那个老鬼葬在一起。"拐棍指点教育着父亲的脸说,"这是我交代给你的最后一件事。你不要光记着老鬼,忘了还有老娘。只要不跟那个老鬼葬一起,随便把我扔在哪里都行。席子卷了,埋在庄稼地里都行。"

娘啊。父亲的眼泪水奔出来了,我第一次看见他哭呢,他哭得难看死了,像是声音被人捂住了。他哽咽着说,我本来不想说,你逼得我要说。你老在村里说我是忤逆子,说我不孝顺,你放心,娘,你百年之后,我会把你的事情办得风风光光的。停灵七天,杀猪三头,唱七天大戏,给你风风光光的。

忤逆子,你盼着我死啊。奶奶拉着我的手,把我拉进了她的黑屋子。

一道道血痕渗出了一道道血水,衣裳粘在了皮肤上。奶奶用温水给我洗着说,你爸那个狼心狗肺的东西,比他爸还狠,他想把你打死啊。

我躺在奶奶的怀里,手摸着她干瘪的乳房说,张大根真的是我爷爷吗?我爸咋一直不给我说。

他不是你爷爷。奶奶抱着我道。

奶奶的乳房在我手里慢慢地鼓起来,像一个充了气的气球。奶奶把乳头喂进我的嘴,又给我嘴里塞了一颗糖。我吸吮着,听到奶奶嘴里发出模糊的声响。爷爷是坏人吗?我以为自己咬疼了奶奶,吐出她的乳头说,爷爷为啥老打你呢?那个老鬼死得好,他要是不死,我都被他打死了。奶奶说,那个老鬼就不是个东西,他活着的时候管我,死了还让你爸管我,要管我一辈子啊。死了怎么管呢。莫非爷爷会法术么?我想着,准备问奶奶,却迷迷糊糊地睡着了。我看到一个人走到了床边,他的胡子拖到了地上,嘴里叼着一个大烟锅,毛乎乎的嘴里吐着烟雾。他往我脸上喷着烟。房子里一会儿就烟雾缭绕,他在烟雾里嘎嘎地笑着。

鬼。我说。他揭开被子看了看奶奶的身体,爬上床,并不脱衣服,就躺在奶奶的身边。我喊叫着,但没听到一点声响,奶奶抓住了一只摸自己脸的手,狠狠地揪了一把,那个人笑笑,白胡子在嘴边绽开,像是一个毛茸茸的球,奶奶的手抓住了胡子,奶奶跟拔河一样和那个人的嘴巴撕扯着,奶奶到底力气大,手上抓了一大把胡子,那个人像拔了毛的鸡,嘴里哟哟地大叫着,他往出走的时候,背上背着一个人,那个人手里拿着一个纸飞机,那个人长得像我小叔,他们走路跟猫一样一点声音也没有,我轻手轻脚地跟在他们身后,他背上的人把纸飞机朝空中扔去,飞机起飞了,飞到了屋顶的上空,他在他的背上拍着手嗷嗷大叫。我想叫他给我叠飞机。我父亲给我叠的飞机像一只刚学习飞翔的鸟,才张开翅膀,就扑棱棱地撞在地上跌死了。他们走路跟飞一样呢。他们在屋后的核桃树前站住了。他似乎在读树上的字呢。那个人的白胡子被风吹散开,像是千万条金线。他冲我挥挥手,就爬上了树。他们坐在树顶上向我招手,树干像抹了油一样滑腻,我爬了好几次,都重重跌下来,在我绝望的时候,树顶上飞出一架纸飞机,它像大鸟一样悠然地飞着,打了一个旋儿,稳稳地降落在门前的空地上。

  窗台上真的停了一架纸飞机。不过,那是爸爸给小叔做的。这架飞机并不能飞得更远,它借助手给予的力量,在空中划了一道线,就被一股力量牵扯着垂头丧气地跌下来。有时候它的头碰歪了,小叔就拿着纸飞机,哭泣泣地去拉爸爸的手。我远远地看着那个人,感觉他更像爸爸的儿子。爸爸的脸上布满了慈祥,我给你重叠,爸爸摸着小叔的脑壳说。我梦见了爷爷。我不想看爸爸给小叔叠飞机。我去给奶奶讲我的梦,爷爷长了长长的胡子,胡子都拖到了地上,像一把大扫帚。你和他说话了吗?奶奶摸着我滚烫的额头。说了,他问我树上都刻了啥,叫我好好看着你。我的声音嘶哑,我觉得一股沸腾的火焰在我体内奔跑,那团火哗哗焚烧着我额头。你发烧了,奶奶说。我看见了我爷爷,我驱赶着那团火说,他背上背了一个小孩,那个小孩像我也像我爸爸还像我小叔。奶奶的手掌从额头上滑下来,像一片树叶盖住了我的眼。你看见的是鬼,奶奶说。她舀了一碗水,手里抓着四根筷子。奶奶的手指频频蘸着水,水从筷子的顶端哗哗往下淋,奶奶嘴里叽叽咕咕,像念咒语似的,筷子摇摇晃晃地,奶奶大喝一声,筷子突然在碗里站住了,像四个呆头呆脑的人。奶变了脸色,拿筷子蘸着水往我脸上洒。死鬼,奶奶说。我脸上的火焰闪了闪,似乎弱了些。死鬼,滚得远远地。在奶奶的叱骂中,四根筷子摇摆着,从碗里砰砰地摔在泥土上。死鬼滚蛋了。奶奶把碗里的水狠狠泼到门外。死鬼,连你的孙子你也害,死了死了还谋害人,看我叫人收拾你。奶奶一只脚跨出门,手里的拐杖挥舞着,似乎在和某个东西作战,滚得远远的,奶奶喊道。

身上的火焰并没有消退,我都听到了火焰呵呵的笑声,就像柴火在锅底燃烧时发出的声响。"家里要来客人了。"每每看到木柴燃烧时的笑声,妈妈总爱这么说。灶台里的火光照亮了她爬满皱纹的脸。

背着药箱子的查医生带来了一股草药味。他有好长时间没来了。他摸了摸我的额头。一股草药的气味覆盖了我的脸。"他梦到那个死鬼了。他还梦见那个死鬼把他背进了坟里。"奶奶给查医生说。

不怕。查医生的手抓着我额头的火焰。几天了,他问奶奶。都烧一个星期了,不吃不喝一个星期了。奶奶没有来得及说,爸爸抢着就说了。虽然体内的大火烧得我睁不开眼,但是我能听得到他们的对话。

有些邪气。查医生的手离开我的额头说,先吃些退烧药,我再到坟上看看，搞不好是冲撞了他爷爷。

父亲说，他从他爷爷坟头上捡了一个纸飞机。

他还在我父亲生前栽的核桃树上刻了我父亲的名字，刻了一树骂我父亲的话。父亲对查医生解释我生病的缘由。

都刻啥了？查医生打开棕色的药箱，一些莫名其妙的气味向我扑来。

都是咒我父亲的。我想不到他小小年纪那么恶毒。父亲摸了摸我滚烫的额头说。奶奶对我父亲投去幽深的一瞥，她对我父亲的说法很是反感，放屁，跟那有啥子关系，老鬼要找麻烦就冲我来，找他孙子还算啥爷爷。奶奶的拐杖在地上捣着，地上溅起一阵阵灰尘。

不要紧，查医生说，吃点药，打几天针就没事了。一个木条撬开了我咬紧的牙，一股苦涩的液体灌进了我的口腔。

查医生在我爷爷的坟头钉了一根三尺长的桃木橛。"他不会再从里面出来了。"查医生对站在坟前的父亲说。

父亲看了看门口张望的奶奶罕见地保持了沉默。给父亲的坟头钉一根桃木橛他会疼么？后来我的妈妈讲，你父亲当时矛盾极了，要是不钉，你高烧就不会退，搞不好还会烧成傻子；钉了，你爷爷就永远不能四处串门了。你爷爷是多么爱四处闲逛的一个人啊。一到了农忙，他就穿得整整齐齐，到阳坡，到峦庄，到柳树，他到处都有一大帮子朋友啊。农忙结束了，他就回来了。他的鼻子比狗还灵呢。

父亲在煎熬了几个晚上后悄悄地拔掉了爷爷坟头上的桃木橛。查医生到底是我们村上的神医，他给我打了几天针，我身上的大火就慢慢地熄灭了。我能够下地，只是还不能上学，我坐在椅子上，身子跟纸飞机一样，风一吹，似乎就会飞起来。

查医生每次来都要摸摸我的头。这聪明的娃，烧瓜了，四十多度,差点把大脑里的电线烧坏了。查医生吃着我奶奶给他做的荷包蛋说。

四个荷包蛋啊,我连睁开眼皮的力气都没有。奶奶养了一群鸡。我数不清这些鸡,有时候是八只,有时候是十只。但奶奶能数得清,她给那些鸡的羽毛上都涂抹了一层红色。每只鸡身上红艳艳地,满地上像是跑着一朵朵火焰。看你爸养的鸡,呸。奶奶指着那些脏兮兮的鸡说。

妈,把你鸡蛋借给我两个。妈妈拿着一只碗对手指头塞进鸡屁股的奶奶说。门前到处都是鸡屎。一点章法都没有。这些鸡很不讲卫生。

他爸胃疼,想吃煎鸡蛋,煎鸡蛋一吃就好了。妈妈手里的碗抖动着,似乎里面装了一碗圆滚滚的蛋。

最近鸡不下蛋,鸡都没得吃,鸡拿啥下蛋啊。奶奶的手指头在衣服上擦着。我的鸡蛋还要换油盐。人家不是嫌弃我的鸡吗,说我的鸡不讲卫生,到处都是臭烘烘的鸡屎。奶奶看着妈妈空荡荡的磕了一个疤的碗说。

妈,那你就借给我一个。我的鸡下了就给你还。还两个。他爸胃疼得要死了。我妈像乞丐一样把碗伸到奶面前。爸爸胃疼了,妈妈就在铲子上给他煎鸡蛋。那黄亮亮的鸡蛋在我眼前闪耀着金色的亮光。他是嘴馋想吃鸡蛋,他怕我们也要吃鸡蛋。看着父亲贪婪的样子,我经常在心里说。我要是也得胃病就好了。我咽着唾沫,恨不得自己也得胃病。我不知道胃是个啥东西,嘴里泛着唾液。你吃,父亲朝躲在门后的我递过了铲子。油汪汪的铲子上残留着一点鸡蛋末。我的舌头在铲子上舔着。铲子越舔越薄,简直比狗舌头还灵巧的舌头啊。

爸爸又想吃鸡蛋了。但是奶奶说,没有,最近鸡不下蛋。

借一个吧,妈妈说。她的腿打着颤。

说没有就没有,他吃我的鸡蛋还少吗?奶奶拄着拐杖,哚哚的声音跟着进了她独自居住的黑屋。

碎了一地。妈妈手里的瓷碗掉在地上。

娘,借你一个鸡蛋你都不借。二十年后,父亲依然为这件事愤愤不已。他对站在窗子跟前的奶奶说,娘,借你一个鸡蛋你都不借。我差点疼死了。借你一个鸡蛋你都不借。还是人家二妈给我了一个鸡蛋,救了我的命。

我真的没有。人都没得吃,鸡也没得吃,哪来的鸡蛋。奶奶从窗子前转过身,你又不是没吃过我的鸡蛋。她躲开我父亲的目光说,真的没有,要是有,我能不给你。

我知道你有。我的父亲说,你在柜子里锁着,你柜子里放着一个篓子,里面有好几个鸡蛋。

没有。奶奶的身子对着窗子,她的目光望着高低起伏的屋顶。五楼的光线很好,阳光洒满了奶奶的身子。奶奶被父亲从塬上的黑屋子接下来,当天下午,我的父亲就忍不住了,他把问题拉到了二十多年前。

娘,你还骗我,我穷,连你也看不起我。你怕我连一个鸡蛋都还不起了,你明明有十二个鸡蛋,有的鸡蛋都放臭了。我父亲似乎陷入了二十年前的泥潭里。

真的没有。奶奶抓着窗子,她虽然坚持着,但是她的声音很弱,像一只撞在玻璃上找不到出路的苍蝇。

娘你不要骗我了,我到你的黑屋里去过,你的柜子我也弄开了,你的鸡蛋都臭了你都舍不得借我一个。我的父亲抽着烟说,娘,你的鸡蛋都臭了,你都舍不得借我一个。查医生一来,你就给他吃荷包蛋,查医生放屁都是臭鸡蛋味。

忤逆子,奶奶突然说。她拄着拐杖,哚哚的声音在地板上叩击着,这个古怪叫声跟着她藏进了卫生间。

忤逆子。这是我父亲的代名词。我二十多年都没有从奶奶的嘴里听到过了。你爸就是个忤逆子。奶奶朝我嘴里塞糖果的时候，总要伴随着这句话。

十岁那年，我的牙齿被虫子吃得坑坑洼洼。可我依然无法拒绝糖果的诱惑。那棵核桃树上贴满了糖果纸，花花绿绿的，核桃树像穿了一身花衣裳。我常看见奶奶把洗锅的热水朝核桃树身上泼，核桃树似乎被烫得发抖了，树叶子扑簌簌地落。

我爸又要到县上去，我给奶奶报告说。我爸爸每年冬天都要到县上卖笤帚。一架子车笤帚要卖一个星期。晚上我父亲就睡在架子车上的笤帚里。卖完了笤帚，回家的时候，车上装着小麦或是苞谷。他会给我买一顶红五星帽子。给小叔买一双塑料凉鞋。给妈妈买一件蓝对襟褂子。给奶奶买的带松紧的黑裤子一直不见奶奶穿。我妈妈说，妈，咋不见你穿得文给你买的裤子啊？我身上的还没有穿烂呢，奶奶说，你们好好穿吧，我老了，穿的给谁看啊。我觉着奶奶的话语里充满着挖苦的意味。每次密探一样报告父亲的行踪，我总是能够得到奶奶意想不到的奖励。或是一颗糖，或是二分钱。我至今记得那年的冬天出奇地冷，尿出的尿转眼间就结成了冰。我回房的时候，看到奶奶站在我们的窗前。她是怕我找不到回家的路吗？我知道奶奶有坐在我们窗户下的习惯。我再次被尿憋醒的时候，听到了爸爸和妈妈的对话。他奶又在听窗子，妈妈小声说。我妈这一点一直改不掉，都多少年了，我又不好挑明了说。他奶三十多岁就守寡，妈妈说，也不容易。爸爸突然把妈妈揽到了怀里，我身上的被子就被扯走了，一阵风忽闪忽闪地。我看到窗外一个人影呆呆地矗立着，慢慢和黑夜成了一个颜色。爸爸天不亮就走了。给我把床底下的煤油提过来，奶奶打着喷嚏对我说，咱们烧火烤吧。我一点也想不到那场大火会在毫无征兆中烧起来。至今,一看到闪耀的火苗,我的脑壳就跟那棵燃烧的核桃树一样,哗啦啦地疼。我抱来一大捆麦秸,奶奶又架了些柴,浇了一壶煤油,火疯了,后来火爬满了树枝,烧了整整一夜。

树上的乌鸦惊慌失措地飞进了黑夜,嘎嘎的叫声搅乱了火红的天空。

核桃树烧死了。奶奶对几天后回家的父亲说,烧了一整夜,烧得老鸹都没地方呆了。

父亲看着那棵黑魆魆的树桩,恨恨地说,这回,你满意了吧,你满意了吧。

奶奶像老鸹一样嘎嘎地笑着,我满意啥了,树要死,你能挡得住啊。

父亲抽了我一耳光。你个吃里扒外的东西,父亲说,看糖果把你吃成啥了,叫你奶给你好好吃吧,她有钱买糖么,将来你牙齿叫虫子吃光了活该。

我不明白父亲缘何说我的嘴里会长虫子。虫子能吃得动坚硬的牙齿么?父亲简直是胡说么。当我是三岁的娃啊。我已经八岁了。我有自己的脑子。他无非是想吃糖,我奶奶不给他吃。我奶奶讨厌他,就跟他讨厌我一样。活该。我嘴里的糖果咬得嘎嘣嘎嘣响。现在我总算明白了,父亲的话还是有道理的。柔软的虫子确是能啃食坚硬的牙齿。十五岁后,我的牙齿像是秋天的落叶,不停地跌落。二十岁后,我的牙齿一个个抛弃了我嘴巴。它们或是留在了学校的花坛里,或是埋在了麦地里。我装了一口假牙。我说,奶奶,都是你害的。奶奶张着没牙齿的嘴说,我害的,谁让你爱吃糖啊,有的人想吃我还不给呢。她张大嘴笑着,褐色的牙床露出来,像是裸露着一条干涸的河床。

核桃树烧死的时候,奶奶也是这般仰着头,天空徘徊着躁动的乌鸦,奶奶嘎嘎地大笑着。她笑着,哭着,像乌鸦失去了巢穴的哀鸣。那天晚上她就病了。我父亲请来了查医生。你不该烧那棵树。我父亲出去后,查医生对我奶奶说。烧死了好。奶奶脸上的火焰腾地燃烧起来。那个老鬼管制了我一辈子,死了还要弄棵树管我。奶奶看着查医生说。毕竟每年还能打几百斤核桃么。查医生拿注射器吱吱地吸着药瓶里的药水说。你就是个核桃。奶奶闭着眼,叹息说。我蹲在地上捡瓶子,抬头的瞬间,看见我奶奶的手突然抓住了查医生拿针管的手。针尖悬着药水,他们的手像藤蔓一样交织一起。我们都老了,查医生盯着屋外说。手上抓着瓶子,我走到了门口,我要给奶奶放哨啊。父亲皱着眉头过来了,爸,奶奶发烧呢,我大声说。父亲瞪了我一眼,身子跨入了奶奶黑暗的屋子。

那天晚上我父亲和查医生喝他自酿的苞谷酒。查医生喝醉了。临走时,他摸了摸我奶奶的额头。要是再烧,用热毛巾敷敷,查医生说,我明早上再来。他背着药箱,药味和浓重的酒味撑着他,他像白纸一样在风中飘着。天亮的时候,有人看见查医生的头钻进了水里,半边身子在岸上,像一条迷路的鱼。

奶奶的身体日渐凋零,大半年时光与床度过。我父亲每每去看望,她就转过身,把瘦弱的脊背对着她日渐衰老的儿子。我爸爸又到县城去卖笤帚了。我给奶奶报告说。奶奶再也没有赏赐我糖果,她看着我慢慢长高的身子说,你爸那个忤逆子,跟那个死鬼一样,都不是好东西。

我们家已经搬到县城居住了十几年了,奶奶还一个人住在塬上的黑屋子里。妈,你跟我们到县上住吧,冬天有暖气,夏天有空调。父亲对奶奶说,我们也好照顾你。奶奶坚决地摇了摇头。她靠着门框,望着门前那个核桃树桩说,我哪也不去了,就死在这个黑屋子里了。

奶奶最近一次来我们家的时候，还是父亲强迫着，用小轿车把她接到了县城。娘，你也坐专车呢。我父亲说，塬上那些老太太，谁坐过小车啊，连摸都没有摸过呢。他要背奶奶上楼。奶奶跺着小脚跳开了，我还能走，叫你背啥啊。闲聊的时候，我的父亲说，娘，我们那个时候可怜，我胃都差点疼死了，借你一个鸡蛋你都不舍得给。你宁肯把鸡蛋坏了臭了。你光知道给查医生吃荷包蛋。查医生一来你就给他吃荷包蛋。奶奶起先还辩解，后来就默默地听着，她布满褶皱的脸上看不见表情。她就拄着拐杖藏进卫生间了。她蹲在马桶上。她蹲在马桶上不会大小便了。她就蹲在地上。

娘。我的父亲看着拉得满地的屎尿说，你连厕所都不会上了，你看你。

我该死了。奶奶说，我连狗都不如。

奶奶当晚就病了。

我到医院去看奶奶的时候，她认出我了，那个时候，她连我爸爸都不认得了。一番，奶奶叫道，你小时候奶奶最爱你了，每次给你吃糖，你爸骂我把你的牙齿糟蹋光了。

小时候奶奶最疼我了，我抓着奶奶干枯的手说，奶奶，我带你去西安看病，你好几次说要叫我带你去西安看看呢。

病好了我就去。奶奶抓着我的手说，你能给奶奶办一件事么？啥事？我问，只要奶奶说的，我一定给你办，小时候你对我最好了，要不是你的糖果，我都不知道咋活过来的。

不要给你爸说，那个忤逆子。奶奶一直称呼我的父亲为忤逆子。

我不给他说。我给奶奶保证。

奶奶从她一直携带的小包袱里取出了一个眼镜盒。在我的帮助下，她戴上了那副石头镜。像不像你们念大学的人？奶奶在镜片后瞪着眼睛问我。像，非常像。戴着眼镜的奶奶像极了五四时期的知识分子，她的脖子上要是再系一条围巾就更像了。

我要是死了，你把这个石头镜子放进奶奶的棺材里。奶奶说着，流出了泪。

我点着头。小时候见查医生经常戴着这副眼镜，后来，就不见他戴了，原来它跑到奶奶的包袱里了。

奶奶似乎看懂了我的心思，说，这是查医生的眼镜。我眼睛老是见风流眼泪，他就送我了。查医生一辈子没有子女，逢年过节，你给他坟上烧烧纸，给他说说话。

你能做到么？奶奶问我。

一定。我给奶奶发誓。

但是我对奶奶的许诺至今没有兑现。奶奶出院后，身体分外地好。她坚决地摆脱了我父亲的挽留，要回自个儿塬上的老屋。我开车送奶奶的时候，父亲一直站在楼下，他目睹着我们渐渐远去。

你爸再也不用监视我了。那个忤逆子，你爷死后，他就监督我，现在他也老了。奶奶朝车窗外吐了一口唾沫说。

爸，我爷给你交代的第三件事是啥啊？

从塬上回来的当天，我就向父亲抛出了这个纠缠了我二十多年的问题。但父亲望着相框里的爷爷，沉默得像一条躲进泥土里的蚯蚓。

原载《江南》2017年第3期

我们发现了另一个地球

庄稼一枝花,全凭粪当家。雨歇下来的时候,空气中荡漾着臭烘烘的牛粪味,父亲对头钻到书里的我说,光知道看书,书能当饭吃啊。我昂起了装满故事的脑袋,父亲说,捡牛粪去。我便在看过的地方夹了一片树叶,趁父亲走后叫书躲到褥子下。书都是从石头手上借的。石头家门口的空地上摆着方凳、椅子、风车。石头爸是有名的木匠,石头也跟着学会了做木活。石头送了我一架木头做的飞机,可惜不能飞。石头说,我将来一定要让它飞起来。石头手上常摆弄着凿子钻子,他烦躁得像一只屁股着火的狗不停地转着圈子。"归去来兮,田园将芜胡不归?既自以心为形役,奚惆怅而独悲?"呜哩哇啦,他嘴里跟念咒语放鞭炮似的。后来我才知道他背的是陶渊明的《归去来兮》。他左手拿着做好的飞机模型,右手拿书咚咚地拍着我的头说,你学狗叫我就借给你。汪汪汪,我便叫了三声。狗一直是我们家的主要成员,我不但会学狗叫,我还会和狗说话呢。为了书,学学狗叫也不是很丢人的事。再叫,石头像给狗炫耀肉骨头似的摆弄着手中的语文书。汪汪汪,我违心地叫着,我的声音在周边丑陋地游荡,我简直不好意思侮辱狗了。你再学几声母狗发情时的叫声。石头有些过分了,书在他手中哗哗地翻着,似乎在炫耀一个多情的肉骨头。我不会，我看着头顶哗哗翻动的书页说，我不知道母狗发情了咋叫。笨蛋，石头说，你家一直养狗，你就没见过狗发情的样子吗？石头拿书敲着我的脑袋说，你叫几声我就借给你了，我还可以送给你呢，我的书多得很。不借就算了，我准备放弃了，虽然我和母狗经常见面，但母狗发情的样子我真的不知道，以前借书他也刁难我，但无非让我给他削铅笔洗脚或者给他捶背，但今天他是怎么了，要听狗叫，还要听母狗发情的叫。石头把书在我面前来回招摇着说，我们都趴在地上学狗叫，这公平了吧。他突然就手脚并用地趴在了地上，像狗一样冲我汪汪地叫起来。他一个初中生都甘愿为犬，十岁的我又何必假充斯文呢？我也变成一只趴在地上的狗，朝着他汪汪地喊。你当母狗，石头的声音都变调了，我当公狗。石头嘴里发出呜呜的嘶鸣。石头一点也不像公狗。公狗叫起来声如霹雳，威猛得很。母狗就很缠绵，尤其伤了心，呜呜嘤嘤嘤。长期跟狗厮混，我对狗们还是颇有研究的。石头爬到我身上，他两只前腿抱住我的腰，嘴咬着我的头发，汪汪地说，王珍，你这个母狗。

我知道王珍不是母狗而是一个女生已经是几个月后了。

雨终于歇了，下了几十天，河边的草绿油油地，一摊摊牛粪像一个个才出笼的馒头，鼓胀胀地散落在岸边，水盛满了河床，水面上浮着一只狗的身体。狗肚子喝饱了水，圆溜溜的，它的眼睛朝天空投去轻蔑的一瞥。还好，大青石上堆着几摊尚冒着热气的牛粪，不知道牛是怎样爬上去的。我调动了很大的力气，爬上了这个山包一样的大石头。你们先晒一会太阳吧，等你们晾干了，我就把你们装到筐子里，最后我父亲会把你们埋到泥土里，让你们长成苞谷豆角和小麦。庄稼一枝花，全靠粪当家。我给这些牛粪讲述我从我父亲那里听来的话。新鲜的牛粪像煎饼一样摊在我脚下。牛粪不说话，默默地吐着热气。你们臭吗？我知道自己的粪就不臭。我肚子里装着野菜煮的汤水，走起路来，如拖着一个水袋子，咕咚咕咚响。你不知道牛粪的滋味,你得亲口尝一尝。真的。牛粪一点也不臭,它混合着青草和野菜的香气。车前子、狗尾巴草、马齿苋、鱼腥草、刺嫩芽、水芹、灰灰菜,牛这些家伙吃的多么丰盛啊,青草和野菜经过牛的生产加工,就可以吃了,先吃一点点,再吃一点点,慢慢你就能吃出草的滋味了。我的手指蘸了一点鲜嫩的牛粪,不,鲜嫩的野菜,舌尖上飘过草的芳香,我的目光忧伤地看着喧哗的河水。逝者如斯夫,不舍昼夜。那时,我已经从石头的书上读到了这段话。我知道那是几千年前一个名叫孔子的人说的。他站在奔腾的河边,不知道是否看到了如馒头一样散落在河边的牛粪。虽然他看到的是时间的逃窜,但时间就是野菜般芳香的牛粪啊。一个少年满腹心事地坐在河边的大青石上,他的粪筐里盛着一摞摞干瘪的牛屎。此刻,他也许想起了石头,想起了公狗般吐着舌头趴在自己身上的石头。下次我就当母狗好了,只要他肯借给我书,当一回母狗又算得了什么呢?书里夹了一封情书。那是石头写给王珍的。石头说,王珍啊,我的眼里都是你,没有你,我简直不知道活下去还有球意义。石头朝着天空喊,王珍啊,你再不给我回信,我就投河来找你。天空飘来空荡荡的回音。王珍把石头的情书退回去了。"你要找我,你就投河下来吧。"这是王珍写给石头唯一的一句话。王珍把一百多封情书退还给了石头。而这封躲在书里的信被我发现了。我鄙夷地说,石头,下次我替你写吧,我不把那个高傲的王珍感动哭,我就是一只狗。

河面上不停有书漂下来,像一群贪玩的鸭子迷路了。一本书漂到了石头边,它冲我妖妖娆娆地,你还勾引我呢,我用树枝把它捞上来。书的封面印着一个大红嘴唇。第一页讲接吻的技巧。我不知道接吻的意思,书告诉我接吻就是男人的嘴贴着女人的嘴。但古人的描述文明多了。石头借给我的《醒世恒言》上讲,两人情不自禁地就做了一个"吕"字。我要是和女人嘴对嘴,女人会不会闻着我嘴里的牛粪味,不,青草的香味。我吐了一口唾沫,闻到了一股臭烘烘的气味。我噗噗地吐着唾沫，觉得臭味越来越重。我拿书擦了擦嘴，看见那个火红的嘴唇变黑了，像是一枚烂辣椒。嘴唇上有字，王珍，我要日你。空白处歪歪扭扭地写着王石凹购于新华书店。王石凹的小名就是石头。石头也就是王石凹在重要的地方都用红笔划了一道线，那些红色的线条像一道道狂躁的闪电，我就重点阅读了石头放电的地方。读着读着我的身体就灼热了，像沸水咕嘟咕嘟地冒泡，身上一团火噼啪噼啪地叫。这是一本魔书啊。我不敢再看了。摊在石头上的牛粪已经干了，像一块块肥胖的烧饼，我把它们抄到粪筐里。我看到水里有个人长得和我一模一样，脸上红彤彤的，跟喝醉了酒一般，他的头发乱草般地在水里荡漾，他不怀好意地盯着我笑，我朝水里吐了一口唾沫，还学我呢，那个人的身子被波纹荡碎了。我用脏水洗了脸，就听到父亲在远远地喊叫我。

　　大半天才捡了半筐粪。父亲很生气，气得骂我的话语都不连贯了，杂种，他说这点粪，庄稼能长成一枝花么，想得美。父亲一脚踢翻了粪筐，吃屎的东西，光知道看书，书能当饭吃。牛粪里突然跳出了一本书。书上红亮亮的嘴唇在牛粪里闪着光。父亲也看到了嘴唇，他哗哗地翻着书，幸亏他不认识字，对书的感情远没有对牛粪的情感深。但封面上喇叭一样张开的火红的唇让他猜测这不是一个好嘴唇。里面讲的啥？父亲哗啦啦地翻着问。复习资料，我说，石头升学考试的复习资料。父亲轻蔑地笑了，石头要能考上中专，狗都考上了。考了三年，这回他还没考上。他经常晚上跑到王珍家门口，学狗叫学猫叫学乌鸦叫，王珍爸揍了他一顿，他还经常去学喜鹊叫，王珍哥揍了他一顿，把他扔到了河里。娃可能疯了。父亲讲着石头，交代我不要再去找石头了，跟他在一块，你也会变成茅坑里的石头的，父亲说着，一点也不嫌臭，亲自蹲下身，带头把撒在地上的牛粪朝筐里捡。庄稼一枝花全凭粪当家。后来父亲把牛粪像下饺子一样下到茅厕里。我不言语，听着那些我从河边路边捡来的牛粪，一个个叽叽呱呱地在粪水里发笑。噗，父亲把那本他认为还不如牛粪的书扔到了粪坑里。看书就要看好书，石头就是被书搞坏了。父亲拿着一个长木棍在粪坑里搅着说，要把牛粪化在粪水里，父亲说，牛粪只有跟人粪化一起，肥力才能显出来。臭味随着父亲的搅拌越来越狠，像一股子浓雾杀过来，我简直晕眩得要呕了，我捂着嘴，滚，父亲拄着长木棍喘息说，穷人生的娇贵命，还闻不得臭了。得了父亲的大赦，我捂着嘴，装作就要晕倒的样子，风一样跑了。

我忧伤地坐在河边的石头上。河面不停地有课本试卷铅笔漂过。它们像成群结队外出游玩的鸭子。我喜欢这些鸭子，我决心把这些可爱的鸭子收留了。我找了一根树枝，它延长了我的胳膊，我用树枝在水面向它们发出温柔的召唤，那些书似乎接受不了树枝无端的谄媚，它们跟着水翻滚着嬉闹到了远处。可恶的河水啊，你们不识字，你们不理解一个爱书人的心思，你们要把那些书带到哪里去？

树枝就是我长长的手臂，我用它寻找光明。河水哗哗地丰满起来，河床都盛不下它了。河面上走过一个影子，像是最爱在水里打捞的父亲。他挥舞着一根长竹棍，棍子的顶端安着一个弯钩。父亲用这个带钩子的手臂常常从河里为我们捞回一件褂子一条裤子一个西瓜一头死猪或者别的什么。笨得像头猪。我似乎又听到了父亲在河边的吼叫。猪。父亲说。父亲用钩子把那头死猪钩到我身边。猪虽然死了，但它的大眼睛仇恨地盯着我。又不是我把你淹死的，又不是我把你钩来的。我对那只翻着白眼的猪说。那头猪好像听懂了，一个水浪打来，它趁机逃走了。我去追它的时候，身子像牛粪一样扑腾进水里。我被水卷到了桥下，父亲费了很大劲才把我捞回来。猪逃走了，我差点淹死了。跟猪一样笨，父亲喘着气说。猪并不蠢笨啊，它们都学会了逃跑呢。我迷迷糊糊地听见父亲骂我。喝了几口脏水，我肚子鼓得跟那头水里逃走的猪一样。栽天麻吧，父亲说，下过雨，墒很好，栽天麻最好了。大姐背了四根菌棒，父亲扛着锨，我提了一袋天麻种。走到了半山腰，父亲将铁锨插进泥土里说，就在这里栽吧，去年栽了十窝，因为干旱，连天麻种都没收回来，我就不信今年还是收不回来。父亲一会儿就铲出了一个四四方方的坑。我提着装天麻种的塑料袋，看着一条条蚯蚓在泥土上爬来爬去。今年种二十窝，我就不信了。父亲往坑里摆弄着菌棒说。我站在坑边，看着父亲过早花白的头发，不知道他是对我说的，还是对着坑里的天麻种说的。一条斑斓的菜花蛇从腐烂的树叶里钻出来，它冷森森的眼光看着我，身子闪电样地爬过我的脚。妈呀。我惊叫着，一个踉跄，身子就跌入了大姐挖的那个深坑。我仰面躺在了坑里。手里的塑料袋抛到了高空，天麻种在空中发出阵阵惊呼，最后一个个像精灵样钻入了草丛。父亲从另一个坑里站直了身子，他似乎看到了漫天飞舞的种子。他伸着双手，没有一粒种子肯回到他的掌心。杂种。父亲看了一眼躺在坑里的我说，你是天麻啊，还金贵地躺在坑里。我的身下软绵绵的，我不知道那条蛇是否躺在我的身下。我觉得四肢都在弃我而去，那条蛇缠绕着我的身体，我听见了骨头啪啪地断裂着。父亲的嘴开开合合，我听不见他在说甚，但我知道他嘴里发出的是诅咒的话语。他挥起铁锨，一团泥土朝我扑来。大姐拽着我的手。她企图将我拽出深坑。父亲又是一锨，这回泥土盖住了我的脚。你把我埋了吧，我给你长出一坡的天麻。我闭着眼，突然疯狂地冲着天空喊。父亲又一铁锨泥土倒在我身上。几条蚯蚓爬上了我的腿。你埋了我吧，我给你长出满山坡的天麻。我说这话的时候，大姐已经抓住了我的手，她越使劲，我越朝地里钻，我的头越来越尖，像一个亮闪闪的钻子，我的手缩回了身体，我的全身滑溜落地，像一只大天麻，我努力地朝地下钻。我要到地下去。父亲说我们头顶上住着一群人，那是一些成了精怪的人，我们的脚底下还住着一群人，那是一些永远长不大的小人。我就要去小人国。我嘴里喊着,身子就往地下钻。我发现我的身下有另外一个地球。那个地球上长满了天麻,到了秋季,天麻开出了灿烂的花,它们顶着花朵,像一条条蛇,举着头,迎着风舞呢。

大姐的手劲儿太大了。虽然我发现了另一个地球,但是在她的作用力下,我从那个地球上逃回来了。父亲钻进草丛里寻找天麻。他趴在地上的姿势多像一只狗啊。每找到一粒天麻,他就高兴地叫几声。他贴着地面,荆棘毫不犹豫地刺着他的脸。他的身上扎满了刺,他拒绝了大姐要寻找种子的请求。你们回去吧,父亲的声音从一人高的蓬草中挤出来。

我提着竹筐到了河边。雨后的河水欢腾得像是捡到了五分钱的孩子,咆哮得要溢出了河床。牛粪吸饱了水,懒洋洋地撑开身子,几只虫子在上面仓皇地站着,喧嚷的河水让它们暗自忧伤。虫子瞭望的时候,河面上的书一本接一本地漂下来。书在河面的阵势那个大呀,像是溃败的士兵,在水花的拍打纠缠下,它们顽强地向岸边聚拢,几本书已经被水送到了我身边。连河水也知道我喜欢书么。虽然它们不知道书里到底有什么。我把那些溺水的书救出来,将它们晾晒在大石头上。《地理》《化学》《语文》,它们在石头上赤裸裸地晒着身子,虽然都湿了身,但都极清高,谁也懒得理睬谁。你们也逃课么,不在课堂上,跑到水里搞什么?嘴里念叨着,我满充同情地从水里救出一本本湿漉漉的书。

你在干啥啊?身后突然传来一人尖锐的声音。

我在给书救命。你看,书都跳河了。我没有朝身后看,我翻弄着被水打湿的书,书里躲着一只披着铠甲的虫儿。它朝我看了看,头就往书里钻,我要救你啊,我对虫儿说着,我的手指就去抓它被铠甲裹紧的身子,虫儿突然发出尖锐的啸叫,它屁股上的针狠狠地蛰进手指头,待指头上的血流出,它就一头扎进了水里。

虫儿乘着树枝漂向远方的时候,我看到它的翅膀扑棱棱地开合着，它不明白自己缘何突然就无法起飞了。这本驮着它来的书在阳光里缭绕着一缕缕蒸汽，在它看来硕大如陆地的书无疑是它生的希望，它乘着这本书，飘荡在无边无际的水上，虽然它不认得这本书，不知道这本书里有一个流浪的鲁滨逊，但这并不妨碍它对生的渴望。其实做个鲁滨逊多好，独自拥有整个荒岛，还陪伴着一个野人星期五，我看到我手指渗出的血在那本书上绘出了一条鲜红的路径。

十几本书在石头上晒太阳。女孩翻着一本晾干的书说，石头这个傻瓜疯子，书不要了，可以送给人啊，为啥要扔到水里呢？

为啥把这么多书扔到水里呢？我也不知道。我只知道书在水里的时候，它就没有了主人，谁捞上来就是谁的，这多好啊，我再也不用学狗叫了。又一本书游过来。我用手里的竹竿往回钩着，惜乎我的力气不够，那些水花也跟着捣乱，它们跟我争夺，把书往那个漩涡里拉。书旋转在翻腾着白色泡沫的漩涡里，它越旋越快，像一个高速旋转的陀螺，它已经晕眩了，我似乎听到了它一声接一声的呼喊。竹竿太短了，水浪发出嘲弄的声响，救救我吧，那本书在疯狂的漩涡里发出了身嘶力竭的呐喊。这呐喊也许只有我能听得到。真的。我听到鲁滨逊在荒岛上呼喊。我听见他和星期五在岸边窃窃私语。我看到他们一个个从书里走出来。他们站在石头上抽烟，呛人的烟味飘满了河面。树上的乌鸦不满地大叫。呱呱。那个在石头上翻书的女孩学了几声乌鸦叫。不知道她给乌鸦说了啥，这些丑八怪惊坏了，它们飞走的时候将几滴鸟粪洒在我头上。我又没有骂你们，为啥给我头上拉鸟粪。我的话乌鸦没理会，它们一伙子鼓捣着翅膀飞走了。我看到一群人从潮湿的书里爬出来。鲁智深大声咳着，骂道，这个鸟天，坏了洒家的好事，我要找俺二哥去。林冲的长枪在河水里漫无目的地搅着，河水被他搅得愤怒了，一个浪头接着一个浪头向他扑来，他嘴里吐着口水说，娘子，你为啥跟了高衙内啊，他不就是一个官二代么，本教头缺啥啊。我手指上的血流进河里，一片片红云样的血水，河上的人眨眼间都碎了，一河的红。

你在跟谁说话？石头上的女孩站起来，她站在石头上，像一株迎风飘扬的白杨树。

我在和书说话。我挽着裤子下了河。

书会说话么？风像一个好奇的孩子朝女孩衣服里钻，发辫在她身后一荡一荡地。好长的发辫啊，垂到了屁股上的大辫子会长虱子么？如果长了虱子，一串串的，像不像脑后垂着两个沉甸甸的谷穗？头皮上痒酥酥的，我饭都吃不跑，走路能听见肚子里的水咕咚咕咚叫，我头上的虱子倒长得白胖胖的，它们有何成长的奥秘呢？

书会说话么？女孩的辫子被风的手拆散了，我努力睁大着眼，没有发现她发辫上的虱子，也许，这么漂亮的女孩，虱子都不忍心在上面生长吧。想到此，我无端地生气了，往水里狠狠地走着。泥浆翻卷的河水迅速作了回应，它们啃噬着我的腿，呼啸着打湿了我的衣服。

书当然会说话。我的脚下滚动着石子，一些石块被水推动着划过我的大腿，那个被父亲抽打过地方突然作疼，我抵挡着河水一波波的侵袭，天空飘扬起大片的黑发，我对那片密密麻麻的黑发说，书当然会说话了，它们比人还会说话呢，有的轻声细语，像妈妈在哄你入睡，有的恶狠狠的，像猎人在呵斥猎物。"有的说话像你，让人想钻入你的怀里。"想了想，这句话我没有说。我还小呢，能说那样骚情的话么。我能想到的这些话，其实都不是我说的，是书说的，是书上的那些人说的啊。

书当然会说话了。只是你听不到而已。你听，它们在河里发出喁喁的哀鸣，一页页纸好似一张张嘴，你能听见它们发出拼命的号叫，纸上的字纷纷逃窜，抛下的空白被那一圈圈漩涡围剿，那一张张纸受不了水的杀伐，有些已逃脱了书的躯壳，独自成为一张纸，但自由只是一瞬的事，它还没来得及喘息，漩涡就携千军万马突然来袭，它根本没有机会呼叫，就被它们漩成纸浆，与污浊的水融为一体。我的脚往水深处走去。我要去救那些被漩涡带走的书。那房屋般大的石头下布满了漩涡，一个接着一个，那里慢慢就被水掏出了一个洞，洞一直往地下走，不知道有多深呢。小龙潭里住了一条龙，大人们恐吓我们说，龙最爱吃小孩了，整个人吞进去，连骨头都不剩。我们都相信大人的话，但石头不信。石头上初中了，石头懂得比大人多。那一年小龙潭瘦得没了水，潭底隐约露出了一个幽深的洞穴。石头像一条鱼，跳进了潭里。他往岸上扔着东西，一把镰刀，一个斧头，一件沉在水底包着石头的汗衫，有时候扔上一条气喘吁吁的鱼。我最见不得鱼在乱石上蹦跳了。它的嘴叽叽咕咕，似乎在骂我呢。我就把鱼扔到了水里。咚。鱼在水面发出欢快的呻吟，它向我摇着尾巴，忽而钻进那个黑乎乎的洞里。你有病啊。石头骂着又把一条鱼抛到了石头上。鱼张着嘴，泪汪汪的。啪。我又把鱼扔到了水里。你有病吧。石头骂着，往我身上扔来一条蛇。大半天功夫，岸边就堆满了石头捞上来的东西。打火机、碟子、洋瓷碗、淤满了泥沙的草鞋、挂着钥匙的铜锁、吸满了铁钉的磁铁、寄居着虫子的牛角。一头不知道死了几天的小猪。我们把小猪和这些东西装进一个尼龙袋里。猪不知道在水里呆了多少光景，身子裸着，白兮兮的。石头扛着袋子，水滴滴答答地响了一路。两个人像走街串巷的货郎。我手里拿着沾满了铁钉的磁铁，幻想着家家户户的铁家伙会跑到我手上来。那晚上猪在梦里朝我瞪着冤屈的大眼。又不是我害死你的。我在睡梦中屡屡惊醒。我都说了好几次了。猪就是不相信。我手里握着冰冷的磁铁，月光明晃晃地照着窗子。我给石头说了猪的事。石头冷笑着说，过几天它就不会给你托梦了。我知道石头胆子大。我把磁铁放在他心脏上，他一点也不怕我把他的心脏吸出来。他在滚烫的石板上晒身子。晒了正面晒反面。他一点也不怕人。他晒着晒着就摸自己的东西，摸得肿大了，就在石头上摇晃,像一杆旗,一摇一摇地。"我和王珍在这石头上晒过太阳。"石头看着他挺起来摇头晃脑的影子说。"我们两个脱得光溜溜的,在水里洗了澡,趴在热石头上晒太阳,舒服死了。"石头闭着眼睛说。我正在看石头的语文书。我觉得石头的语文书跟肉一样香。王珍也脱光了么,我说,她不羞啊。石头翻过身,肚子贴着石板说,"我们在水里玩累了,就抓鱼吃,鱼用树叶包着,埋在土里烧熟了,吃起来美死了。你想不到有多美啊。我们光溜溜地,有时候我还趴在王珍的光身上呢,像两只青蛙光着肚皮抱在一起。"我眼睛看着书,嘴里说,你好厉害啊。石头夺走了书说:"你都成了呆子了,光知道看书,看书有啥用嘛。"他手揉弄着书问我,王珍给我做老婆好不好。好啊,我说,只有王珍才能配得上你。那个时候我并不知道老婆的用途,我只知道只有让石头高兴了,他才会给我看他的书。趴在王珍身上舒服么,比在床上睡觉舒服吗?我想象不出一个人趴在另一人身上的滋味。"当然舒服了。那个时候我们才五岁。"石头闭着眼,似乎在回想他儿时的光景,"要是现在让我和王珍搂在一起,我就是被水淹死了都甘心。"十八岁的石头说,明天来我家吃猪肉吧,我送你一条猪尾巴。石头闭着眼,嘴里念叨着王珍的名字,我看到他两腿间的旗杆挺起来,影子在石头上飘来飘去。

石头家的香味流满了村庄,那个下午全村人都闻到了空气里摇曳的香味,人们狗一样起劲地翕动鼻子,企图从空气里吸收更多的养分,比人更为饥饿的鸟类,它们比人敏感多了,那只蹲于核桃树上的乌鸦张着嘴,它穿着一身黑衣裳,一缕缕香气钻入了它的嘴,而喜鹊就不那么低调了,它从来都是吉祥的象征呀,它冲着那携着香味的烟雾嚷起来。秃尾巴的狗已经开始了它嘴巴贴着地面的奔跑,它也是闻着了香味了啊,我毕竟是狗啊,我的嗅觉比你们鸟类灵敏何止百倍千倍,那是我们狗狗最爱的肉的香味啊,但那个为人进出的门紧关着,狗的嘴塞进门槛下的缝隙里,它使劲地嗅起来。好香啊,我简直是醉了,为什么不让我啃一点骨头呢,你们吃肉,我啃骨头,我的要求并不高啊,狗想到这里,愤怒极了,它哼了几声,见无人理睬,就冲着天空疯狂地嚎起来。那天除过那只生气的狗,我是在乌鸦喜鹊之后最先闻到了空气里飞扬的肉香的,石头毕竟允诺过我一条猪尾巴啊。做人不能不讲信用啊。越是艰难的时候,越要讲信用。穷人最大的资本就是守信了。这都是书教给我的道理。香气把我带到门前。门有些破烂了,我一敲,木屑就随着沉闷的声响哗哗脱落。房子里静悄悄的。但肉的香味会说话。我看到坐在灶台上的猪头冲我咧着大嘴。那只属于我的猪尾巴正在不安分地摆动呢。别摇了,我马上就要吃你了。我分明看见石头一家人围坐在大锅旁,他们连筷子都来不及用了,你一手我一手,他们吃的满脸的油满嘴的油,吃着肉,他们就变得不像人了,简直是一群猪嘛。哼哼唧唧的。咕噜咕噜的。骨头在他们嘴里发出噼里啪啦的声响。不知道有多少年没有吃肉了,有了肉,人都变成牲畜了。石头。我拍着门叫起来。狗也帮着腔,跟着大吼。石头,石头,我的猪尾巴呢,你们不要把我的猪尾巴吃掉了,那是属于我的。我怀里夹了一本书。那是我上周问石头借的。房子里静悄悄的,但肉的香味藏不住,一缕缕香气从门缝里朝外跑。他们越是不发声,我越是愤怒。我和狗终于推开了门。狗扑上去,从石头手上夺下了一块肉骨头。石头趴在地上,嘴角泛着白沫,他说,你的猪尾巴,我正要给你送去呢。那根瘦得像棍子的猪尾巴被塑料纸包着,在锅台上冲我笑呢。石头爸双手抓着半截猪耳朵,他那瘸着腿的妈妈手里握着一块骨头,他爷爷嘴里咬着一嘴的猪毛。狗从石头嘴里叼走了骨头,又从石头爸手里夺走了猪耳朵。狗东西不知道躲到哪里独自享用去了。那天过后,我就再也没有见过那只狗了。石头的爷爷在去医院的路上死掉了。他为什会死呢,石头没有告诉我。石头的爸爸妈妈洗了胃，肉从嘴里吐出来，一咕噜一咕噜的，像一窝窝小猪。你救了我一家人，石头擦着嘴角的污渍说，我会报答你的。

　　好日子说来就来了。眼下，我一步步向深潭跨进。那本书在漩涡里转得越来越快了，马上就要被漩涡吞噬了。"你去捞啊，快啊。"石头上的姑娘大叫着。脚底下陡然一松，河水掏空了潭底，潭的内部现着一个缸样的形状，我的脚摸索着，哪里像是有台阶，一直往下延伸着。我猜想这个迷宫样的水潭里还藏着诸多不知名的宝贝。那个能吸引铁钉的磁铁是我随身携带的法宝。我想若是它足够大，能够吸引来世界各地的书及天上的飞鸟就好了。它是我的宝贝。我期望我在这个深潭里能有所收获。"不要去小龙潭打江水（游泳）。"妈妈不厌其烦地说。"那个潭子就是一个魔怪，都淹死好几个人了。"妈妈皱着眉头叹息说。但石头常去潭里游泳，他一个猛子扎下去，就钻入水的深处。许久他才会露出头，手里举着一根红缨枪一个酒瓶或者一个大书包。那年夏天一个学生被漩涡吸进了水里。他是水性极好的大羊。大羊一个猛子扎入水，他没像往常那样很快就冒出头，我们坐在石头上，我们在石头上睡了一觉了，大羊最后漂上来，他的嘴里钻了一条鱼，头上裹着厚厚的青苔。我按着手上的磁铁，水慢慢地淹上来。那里要是有龙宫，我就到龙宫走一遭，问龙王借些书或者弄一个能治疗饥饿的宝贝。一些奇怪的鱼在我身边游来游去，我看到大羊在河底捡石头，他用石头盖了一座宫殿。他看见了我，懒洋洋地朝我笑着。我看见了一头猪，它的眼睛白亮亮地瞪着我，那条我喜欢的尾巴摇来摇去。"你给我再找一个大磁铁，我要把天上的飞机吸下来。"石头上的姑娘说。她的声音随着水流传到我的耳里，像是一面敲响的战鼓。我又看见了石头。他从我的头顶一下子就插到了水底。他变成了一条鱼，他让我骑到他身上。他驮着我，两个人往水深处游去。他对这片水域太熟悉了，如同到了自己家。他给我指指点点。这是青蛙，这是河虾，这是菜花蛇。我看见他两腿间有一条大鱼摆来摆去。"再给我找一个大磁铁,我要把天上的飞机吸下来。"我对石头说。"飞机吸下来了,你会开么?""我不会开,有人会开。""谁会开飞机啊?""王珍。"我突然说了王珍的名字,"让全村人都坐上飞机,我们带他们飞到一个一年四季都能吃肉的地方去。"石头捏了捏我的手说:"你想的跟我一样,这个想法太好了。"天突然明亮起来,太阳黄亮亮的,一点水都没有了,我们走到了水底下。水底下还有一个国家,小人国。我和石头边说边往前走着。这些房子都是我做的,石头指着一排排漂亮得像是画上去的房子说。那不是石头的爷爷么。他向我们招手,他说,你们不上学,又到哪里去害人啊?我看见了奶奶,她瘪着嘴说,石头,你又带着我孙子干啥坏事啊,一天不学好,偷鸡摸狗的。石头拉着我的手说,快走吧,叫他们缠住了,我们就完了。我感觉我们一直往下走,似乎走到了地球的深处。我们已经离开了地球,石头说。脚下的路宽阔得能让牛羊赛跑,路边的树上长满了白色的馒头,飘满了书。你还想回去么?石头问。这里有肉吃,有饱饭吃,想吃多少就吃多少,这里有看不完的书,你想看啥书就有啥书。你还想回去么?石头颇为认真地问我。真的么?我问石头。真的,这是另一个地球。石头指着他制作的一架大风车说。

坐在岸边的姑娘长久地看着水潭,漩涡如一台高速旋转的机器,那本书被吸入了它深邃的大嘴里,最后更多的东西从那个翻转着漩涡的嘴里吐出来,铅笔、书包、辫子、飞机模型,稀奇古怪的东西被那个大嘴源源不断吐着,最终她看见一人从水里浮上来,他的手里举着一块大磁铁,而另一人将那个人托到了水边,这时,天空飞过了一架白色的飞机,那个人站在水边,举着手里的磁铁喊,飞机,下来,飞机,下来。

原载《延河》2017年第4期

看　见

1

　　他似乎早就等着这一天了。但这一天真的降临时,他一点准备都没有。如果知道这注定是要被人们铭记的日子,他起码应该讲究些,头发上打点啫喱水,梳一个像样的发型,穿西装打领带,但现在想来,的确没有丝毫的迹象表明7月12日会载入冠冕堂皇的历史啊。

　　院子已经被浓重的烟雾填满了,他虽然捂着嘴,但还是抑制不住地干咳起来。蹲在墙角焚烧树叶的房东应和着咳了几声,青色的烟雾裹着她胖肥的躯体。"今天不上班啊?"房东问着,又往火堆上洒了些树叶。"上呢。"他看着房东臃肿的身子,想这里面不知道装了多少垃圾。"你啥时候交房费呢?"房东拧过头,把一张胖脸对着他,"你都欠了四个月的房费了,房客要是都像你,我们喝西北风啊。""我工资发了就交,一直交到年底。"他讨好地捡着地上零散的树叶将它们洒到滚着浓烟的火堆上。"我这个月奖金高,能把四个月的房费都清了。"他看着墙角和树绑在一起的自行车说,"我的车子押在这里,你放心,我跑不了。""你的破车子能值几个钱?"房东站起身,她的手上已经拿了一把扫帚,"卖破烂都没有人要。"扫帚奋力地扫着车顶上积攒的树叶。妈,富贵扣着皮带靠在厕所门口,拥着他出来的还有一股粪便的臭气,不让你拿笤帚扫,你偏要拿笤帚扫,你看把车漆刮成啥了。笤帚停止了动作,房东的嘴张着,好半天方说,你看叶子都把车盖住了,你看车上都是鸟屎,你看好好的车子锈成了铁疙瘩。不要你管,富贵夺了他妈手中的笤帚说,啰嗦死了,不就是一个破车吗,我早想换了。他好像骂了一句,把笤帚扔到火堆上。噼噼啪啪,不再劳动的笤帚被火簇拥着发出欢快的呻吟。好,他心里叫着,看房东像一截生了蘑菇的木头僵硬地靠在汽车旁。他抢着进了厕所,稀里哗啦地,一周的便秘终于解决了。吓了一跳,他看着那一堆自己身体里的排泄物,妈呀,这么多,有五六斤吧。给你们省省水,他缩回了拉水箱绳子的手,出了厕所,见房东像一只古怪的虫子倚着渗着褐色液体的大树。一片又一片,树叶不慌不忙不分昼夜地落着,一抬头,发臭的树叶,爬满虫子树叶,破烂的树叶,纷纷离开大树,在空中茫然地不知东南西北地飘落着。"这树,都快成秃了。"房东嘴里念叨,看他走到了尼桑旁。"这车买了没几年,富贵就不喜欢了。"房东看他捡起了车窗上一枚布满了虫洞的树叶。"尼桑也不错啊,日系车,省油么。"关于汽车的知识,来自他几个朋友在路上对车的评点。"你说这树为啥今年叶子落得这么厉害,会不会要死啊。这树它都五十多岁了。"房东把树叶在树底下团成了一个堆。"死不了,树叶也新陈代谢么,人老了还长新牙齿呢。"嘴上这么说,他其实希望这棵树早点死了,蚊子多得要吃人,更有许多不知名的鸟,一到晚上就在树上不停地吵吵。"死了好,早死了好。"他突然听见了自己狂躁的声音,他听着自己说的那句话恶狠狠地。"谁死了?"房东手里出现了一个打火机,她努力了许久,打火机都没有打出理想的火焰。"我来吧。"他像一朵火炬奔到了树叶前,点燃的树叶产出浓黑的烟,烟很快就吞没了他。"谁死了?"房东的声音随着烟雾飘来飘去。"不知道,反正死了很多人。"他随口说了,他不知道自己为何会这般说。"咋死的?"房东被死人的消息惊动了,她在烟雾里大咳着。"各种死法都有,有的被锤头打死,有的被人掐死,有的被人踏死的,有的被火烧死。"吓吓这个死老太婆。"报上咋没有报呢,我每天看报呢,报上咋不见报呢?"房东视报纸为权威的信息源,往往扫完院子,她会坐在门墩上认真地看报。"这种坏消息报纸上会登吗?"他咚咚地拍着轿车,地上一颤一颤的,房东不再言语,树叶哔哔啵啵地叫起来,火焰毫不掩饰地发笑着。富贵经过时胳膊肘猛地撞了他身子。他晃了晃,身子趴在了车上。干啥去啊你?房东嚷道,下午还要跟迁拆办谈判呢。谈屁啊,不给一百万,看他谁敢拆我的房子。富贵的身子已走到了门口,他的话语冷冷地象发笑的火焰。你干啥去啊?房东往门口赶了几步,听说这几天不太平,到处都死人。怕个屁,我买车去呀。富贵将狂傲的话语扔给他妈后,手里摇曳着一串叮叮作响的钥匙。

被烟雾熏死的虫子不声不响地落下来,他并不认识它们,就把它们像肉饼一样摊在尼桑的玻璃上。

2

"最近咋不见你上班呢?"卖菜的王小虎盯着他嘴上叼着的烟问。"休年假呢。"他的身子已经站在了菜摊前。王小虎往菜上喷着水,那水喷得欢实啊,西红柿身上悬挂着浑浊的水珠,腐烂的伤口流出了猩红的汁液。他摸了摸西红柿。"要吗?给你算便宜。"王小虎丢了喷水的可乐瓶,他注意到瓶里的水像是一团浑浊的尿液。那该不是他尿的吧?他心里想着,听见王小虎说这天热死人了，早上五点从批发市场发菜，要蹬两个小时的三轮车。

"菜蔫巴巴得像被人搞了样，水流光了。"王小虎似被他精彩的比喻惊到了，冲他咧开嘴露出被烟熏黑的牙。"还有好西红柿呢，夏天多吃西红柿好，补微量元素呢。"王小虎的目光停滞在他手里的西红柿上。"补那么多微量元素干啥，球也不顶。"手里黏糊糊的，莫名其妙的液体在手心里奔流。"多补补什么，挣不到钱，身体好才是最重要的。"王小虎抽着他发的烟，也学着他的样子把过滤嘴咬在嘴角，眯着眼，一副心思重重的模样。"身体好顶球用，没有钱，再好的身体也不顶球用。"王小虎猛吸一口烟，看见他的目光已被两个穿短裙的黏住了，光溜溜的长腿大白萝卜一样，那两人穿着高跟鞋，踩高跷般笃笃地走过这一溜的菜摊。"一冰，漂亮吧？"王小虎手指头戳了戳他屁股，脸上浮起淫邪的笑。"漂亮顶球用，又不是你老婆。"直到看不见了那两个舞动着的屁股，他才拧过头。"她们在西巷的发廊里。"王小虎给一冰传递了他发现的情报。"可惜你做不了小姐，"一冰说，"你要是小姐，起码看在老乡的面上，能给我免费。""小姐不可能给客人免费。"王小虎似乎见识过真正的小姐，他偏过头，看着巷子口，似乎那里藏着很多叫做小姐的东西。"小姐最大给你打打折，才不会免费呢，这也是这一行的规矩。"一冰就耻笑王小虎，每天和洋芋白菜南瓜西红柿为伍，也有资格谈论小姐了，他哪里见识过真正的小姐啊？"你还欠我一个人情呢？"王小虎吞了一口唾沫。"我能欠你人情，我欠你一个洋芋。"一冰手里的西红柿已经出了严重的问题，血红的汁水一股一股朝外流。"你真的忘了。"王小虎又往菜上喷着脏水说，"那次我救了你，你说要请我去玩一次小姐的，你说话不算数。"

"你救了我？"一冰都准备走了，他的脚已经离开了王小虎的菜摊。王小虎说，你忘了吧，你好好想想，晚上回来我再告诉你。操。一冰吐了嘴里的烟蒂，连王小虎这个卖菜的也学会讲究了，还吊人胃口呢。"我晚上回来也不想听你讲，我这就找那个小姐去啊，你想去么？"一冰扔了那个遍体鳞伤的西红柿，抓了一个看着容颜娇美的，噗嗤就咬了一口，汁液猛烈地迸溅。王小虎惊叫着，一个一块钱呢，王小虎追赶着那个被一冰扔在地上奔跑的西红柿，嘴里呜呜啦啦地叫着。

3

面对着空阔的米粮大街，二环北路像一条狂舞的蛇从头顶越过，轰隆隆的车声里，感觉大地似乎被人驱赶着，一抖一抖的。呸。一冰身子矗立在巷子口，墙壁上几个赤红的"拆"字如一团火，蓬勃着似乎要把这绵延的墙点着。瞧瞧身后无人，一冰掏出了口袋里皱巴巴的报纸。招聘版有大量的用工信息，到处都急需人啊，我怎么会找不到工作呢？送水工，太累了，扛着水桶楼上楼下的，还不把人累死。送快递，骑着一辆三轮车，走街串巷的，永远有送不完的邮件，有时候还要爬几十层楼，不送，不送。保安，才不干保安呢，看门狗么，有啥好当的，谁再当保安谁就是蹲着撒尿的。招聘版被他当做课题都研究十几遍了，中意的岗位他用红笔打了钩。做了几番比较，他还是提不起勇气。就那么一瞬间，他看到一个人走到了身后，像一只偷偷摸摸的狗。

"你不卖菜了？"他研究着手上的报纸对那个已经走到身边的人说。

"今天生意不好。那些买菜的女人好像今天都约好了似的，没有一个来。我都喊出了今天八折，跳楼价，亏本卖，买一送一，还是没人买。"那个人伸长了脖子看一冰手里揉得发皱的报纸。

一冰见不得他跟鸭子一样伸长的脖子，把报纸胡乱叠了，塞进裤袋里说，不要跟着我，我约了人。

谁呀？那人紧跟着他的脚步说，你不是休假么，看招聘干啥，瞧你当保安多舒服么，大厦门口站得跟门神一样，想让谁进就让谁进，想不让谁进就不让谁进，这楼就像是你自己家的。

狗屁。一冰说，要是我家的就好了，我就把我妈接过来，你把你把妈也接过来，一人一层，想咋住就咋住，一个人睡三间房子，一晚上换四张床，上四个厕所，美死了。

不要说一层了。那人语气里露着甜蜜和向往说，要是在那个中央大厦有一间房子也好啊，住在民房里，每天到村口上公厕，排队都要排好长时间呢，大便小便拉进了公厕，还要掏钱，上一次一块，太贵了，我有时候进了公厕都不想出来，咱每天都在做赔本生意么。

你个小气鬼。一冰说，难怪你身上早晚都臭烘烘的，苍蝇围着你团团转。

你不懂。那人并不理睬一冰的嘲讽，厕所也是一所大学呢，我蹲在厕所里也学习呢。厕所门上有各种各样的信息，有人在上面作诗，有人在上面画画，有人在上面骂人，有人在上面贴广告，我待在里面都不想出来了。

王小虎，你好脏。一冰说。

画的人都不嫌脏，我看看就脏了。王小虎说，刚才那两个女子好看吧，像在校的大学生，其实，就是发廊的小鸡，她们经常在我这里买菜呢。

她们请你去了？一冰看着清冷的米粮大街。今天这条街上的车很少，不知道它们都到哪去了。

请我干啥啊？不过我知道她的名字，我还知道她的家在哪里呢。王小虎眯着眼，把目光朝头顶的立交桥上看。等了等，并不见一冰询问，他到底沉不住气了说，她经常在我这里买菜，我就少收她的零头，有时也她送几个品相不好的西红柿啊洋芋啊，我一问，她也是柳镇人呢，她叫柳小倩。

傻瓜。一冰显得颇有见识，她能给你说她的老家和她的名字吗，全都是假的。还小倩呢，消遣吧。

她的口音真的很像呢，方言说得跟我们一模一样。王小虎似乎想小倩了，一冰听见了他咕噜咕噜地吞咽着口水。

口音不会模仿啊？一冰说，连鹦鹉都会说几十种语言呢，何况一只鸡。

鸡咋了？王小虎最听不得一冰贬斥那些小姐了，无非是谋生的手段不同而已，我一个卖菜的，你一个当保安的，哪有资格嘲笑我们柳镇出来的姐妹。王小虎愤愤地说，你我就是没资格，我要是女人，我早做小姐了。

看你长得那个丑样。一冰盯着王小虎的脸，似乎在想小虎做了女人，会是何等的模样。

王小虎被一冰认真的样子惊着了，说，咱们去看看小倩吧，反正你休假呢，说不定你们还能谈个朋友呢。我觉得小倩不错，人长得漂漂亮亮，文文静静的，手里经常拿着一本书，我几次从发廊门口过，看见她在红红的灯光里看书呢。

你才找小姐做女朋友呢。一冰嘴上反驳着，脚朝巷子里走。

我要是没结婚，我真的愿意找小倩做女朋友，只要小倩能看上我，做牛做马都愿意呢。王小虎紧跟在一冰的身后，似乎一冰成了小倩，他在给小倩表白呢。

贱。一冰许久从嘴里跳出一个字。

小倩要是做了你女朋友，你妈肯定高兴，你不说，我不说，谁知道小倩做过小姐啊。王小虎似乎想给一冰做媒，他太想了。

快到发廊的时候一冰停了脚，他朝王小虎伸出手说，借我两张。

干啥啊？王小虎紧张了，紧张得连说话都颤抖了。你上个月借的二百还没有还呢，你一个做保安的，吃饭公司管，工资比我高，还不停朝我借钱，你啥意思嘛。

我很快就还你，工资一发就还。一冰扯住了王小虎的衣服。

我要进货呢，这几天菜贼贵呢，又不好卖，手头周转都困难了。娃要上补习班，老婆都打电话要了几次钱了，我还一直没给她打呢。王小虎挣脱了一冰的手，快步逃到了墙角。

你怕个屁呀。一冰冲他招着说，今天我请客。

吃啥啊，我可不想吃冒菜了，看见冒菜我就恶心。王小虎像一只可怜的狗，犹犹豫豫地朝一冰走来。

你是猪啊，就知道吃。一冰身子往前走着说，今天请你吃个大餐，你这一辈子都没吃过。

请我吃啥？王小虎紧跟着一冰，嘴角流出了涎水。

请你吃人肉。一冰轻佻地摸了一把王小虎油乎乎的脸。

吃人肉？王小虎嘴里嘀咕着，远远地看到发廊门口发红的灯光了。要不要给小倩买点东西，王小虎说，毕竟咱们第一次去看望老乡么？

做一次多少钱？一冰问。

我又没做过咋知道？王小虎盯着发廊门口流荡的红光说。

装。一冰道。

听说一次一百。王小虎不好意思说了价格。

把钱给我。一冰伸出手，说，今天我请客，让你和小倩圆梦。

不好吧。王小虎扭扭捏捏地说，我结过婚，有老婆，你和小倩好吧，一回生二回熟，以后就是你老婆了，永远免费。王小虎被自己的幽默感动得几乎流出了泪水。

他把钱递给一冰说，抓紧还我啊，下个月你发了工资就还，我娃在老家还要上补习班呢。

一冰抓过钱说，给你算利息行不行，今天就让小倩给你服务，你不是喜欢小倩么？

这样不好吧。王小虎盯着发廊门口旋转的灯柱说，小倩在幽梦发廊，村口那个灯光最亮的那一家。

一会你就知道好了。一冰冷笑着说。

毛玻璃门开着一条缝，暧昧的光忽闪忽闪的，影影绰绰地看到一条跷起来的腿。

你先进。一冰说。

你先进，我胆小。王小虎的目光钻到了那个虚掩的缝里。

操，胆小你还敢找小倩啊？一冰又从口袋里掏出了招聘广告。

两人磨磨唧唧地，最终商议一起进，谁都不能拉后腿，又不是去送死，怕啥啊，这种事情么，哪个男人不想啊？

进。王小虎说。

进。一冰叠好了手里的报纸。

等等。一冰低声说。

咋了。王小虎问。

富贵找你干啥啊，他在你摊子跟前站了好一会儿。

他想买车，叫我给他开回来，答应给我二百块。

他不是会开吗？

他不想开。他说他妈讨厌死了，把他的车子弄得脏兮兮的。

进。王小虎说。

进。一冰摸了摸裤袋里的报纸。

他们同时看到了毛玻璃门里一只向他们打招呼的手。王小虎被查一冰推了一把，他被门里的手接住，像一个迷途的孩子滚到那一团毛茸茸的红光里。

4

你好好玩吧。

一冰像狗一样狂奔起来。他掏出裤袋里的招聘报，看着那个被自己琢磨了多次的信息说，五百就五百吧，不就是定金么，应聘不上还退呢！男公关，管吃管住，保底工资不低于五千，这么好的工作以前怎么就没有发现呢。保安，说白了就是看门狗，很多人这样说，一些人虽然嘴巴上不说，但那眼神比看一只狗高贵不了多少。就说那个李秀丽吧，和自己都来自柳镇。她第一次来的时候，还满嘴的方言呢，许多人听不懂，只有他能听得懂。他有时候拿自己蹩脚的普通话给她当翻译。她在一楼的售楼部卖房子。每个人面前一张小圆桌，你往那一坐，就有人问你喝茶还是喝咖啡。一冰觉得中央大厦里的售楼部极像一个幻境，十五栋楼房的模型摩登风骚地立在沙盘上。游乐场，大型超市，星巴克，幼儿园，五星级名校，健身广场，绿地，业主俱乐部。两万块钱一平米，这哪里人居住的地方啊。一冰穿着黄色的保安服，腰上别着警棍，头上戴着大盖帽，手里拿着对讲机。这是中央大厦保安的标准配置。再说那个李秀丽吧。一月后她出现的时候，他简直不敢认了。她穿着蓝色的水兵服，嘴唇红艳艳的，胸鼓突突的，臀肥嘟嘟的，地板上映出她袅袅的身影，像一条裸泳的鱼。别看了，小心眼珠子掉到地上了。李队长嘴里的烟味扑到了他脸上。没见过女人啊，挺胸抬头。李队长踢了踢他的脚。好看吧，李队长看着他终于挺直的脊背说，这些女人就像博物馆的珍宝，多看一眼都是犯罪。她们是精怪啊，我们连看都不敢看，一冰讨好地给李队长发了一支烟。上班不抽烟，影响形象，李队长看着那压瘪的烟盒子说，那里面的女人比精怪的法术还大呢，你不是孙悟空，就不要招惹这些精怪。你不是精怪，就不要老想着长生不老吃人家老唐的肉。队长，你很幽默啊，对《西游记》有这么高深的研究。既然李队长嫌弃自己的烟不好，那肉麻的奉承他大抵是不会拒绝的。果然，李队长很受用，说，你看那个李秀丽，才来几天啊，土鸡就变凤凰了，她一周的业绩敌得过别人几个月。哦,一冰说,她是我同乡,我们两家隔着一座山,她在山那边,我在山这边,要是没有山,我们几乎抬头不见低头见。秀丽房子卖得好,一冰感到自己脸上很有光,似乎自己中了很大的彩头。哟,青梅竹马啊,李队长拍了拍一冰泛出油光的脸说,别癞蛤蟆想吃天鹅肉了,这里面的售楼小姐,哪一个不是从偏僻的农村出来的。到了大城市,就变成了娇娇、露丝、奈斯、米莉,回到那个偏僻的疙瘩,就都成了石头、臭臭、小芳、腊梅,你看她们,似乎她们是这中央公园的女主人。也是,也是,一冰虽然对李队长的判断有所保留,但也不好拂人家的面子,人家毕竟是队长么,人家毕竟上过老山前线么。那个时候你还没有出生呢,那子弹打得跟冰雹一样,噼噼啪啪往你身上扑,老子身上至今还有一颗子弹没取出来呢。取不出来算了,这也是老子的战功么。老子的这勋章谁有啊。说到腐败,老李痛恨得牙齿咬得吱吱响。几百万,几个亿,妈的,要多么钱干啥啊。要是在战场上,老子一枪毙了他。说到兴头上,老李就没完没了。当兵就不能爱钱,绝对不能爱钱。老李拍拍一冰的肩膀说,我的兵必须爱国,不然我们每天在广场上升国旗干啥啊,就是培养你们的爱国情怀嘛,国旗一升,我就感到自己上了战场,热血沸腾啊。队长,你的冲锋号吹得贼好了,你说说冲锋号的事。一冰又开始吹捧老李。当年我们号兵被打死了,班长就让我吹。我在老家跟着丧事学过吹唢呐。我唢呐吹得在方圆可是出了大名的。我正吹着,一颗子弹打在了号上,又从号上拐个了弯,打进了我的脑壳。如今,我成了无比精确的天气预报员,一下雨,我的头就疼。一冰瞪大眼睛观察老李那张饱经沧桑的脸,似乎要找出那粒子弹的隐身处。那里面的女人看看是可以的,但也不能多看。老李每次走到一冰跟前都要交代一番,似乎不交代,一冰的眼睛就会自动强暴售楼部里那几个水一样的女人。不会的,不会的,一冰只好一次次给老李保证。

咱就是爱国么，老李又走到了一冰的跟前，他纠正了一冰的站姿说，要保持形象，形象对于一个士兵来说太重要了，我们保安虽不是士兵，但也必须以士兵的标准要求自己。咱是正儿八经的爱国者。两人破例一起抽起了烟，两人的目光对进出大楼的美女格外认真，常常要多检查几眼，有时目光交会着弹射回来，两人都不由得一笑。

一冰隔着玻璃看到李秀丽和一个老板坐在售楼部里的圆桌前，他们面前的咖啡袅袅地飘着香气，区位啊、交通啊、配套啊、物业啊，李秀丽张着嘴，虽然听不见她的声音，但他知道这些售楼小姐都会这么说，这一套说辞他听了无数遍，都背过了，圆桌下的大腿白光光的，像从冰柜里取出的两根冒着热气的冰棍。他舔了舔干裂的嘴唇，看到桌子底下的两条白腿忽而张开，忽而交叠，而另一条腿已经靠近了那条白玉般的长腿。它贴在那里，贴得紧紧的，似乎那里有着无边的温暖。它在那条冰棍一样的长腿上摩擦，摩擦会起火的，他就看李秀丽，但作为那条长腿的所有者，李秀丽并不生气，她的嘴一开一合，脸上还带着欢迎的意味呢。

他张嘴想叫的时候，张总拍了拍他的肩膀。售楼小姐反映，有个保安的思想操守很有问题，老是盯着她们的胸部看，她们的胸无非是多露了些肉而已，有时候盯着人家的臀部，恨不得钻进去，还经常找了借口，进了售楼部就不想出来，他们又买不起房子，他们来售楼部看啥啊？有时候和客户谈得正欢，他们就提着警棍，在客户身边晃来晃去。穿着这身黄皮，到底有些煞风景，客户的目光就有些散漫了，那个买房的意向就忽然淡漠了许多。张总监督查一冰许久了，他都看不下去了。查一冰盯着李秀丽的目光像流着涎水的狗，你吃啥醋啊，人家李秀丽和大老板再黏糊也是工作啊，人家才来了三个月，就成了售楼部的销售状元了，你看人家，七八十万上百万的房子，就跟卖雪糕卖冰棍一样，哗哗地卖掉了，哗哗地卖掉了。嗯，嗯，张总故意咳了一声，虽然他的嗓子里并没有痰，但是他的嗓子痒痒的。"你不好好看着门口，老是盯着里面看啥呢？"张总的声音压得很低，他怕那个大客户听见了。一冰啪地敬了一个礼，挺直了身子汇报说："李队让我们密切注意大堂的动静。好几个售楼小姐的手机被偷了。""她们的手机比命都金贵，每时每刻抓在手上，能丢得了么？"张总又咳了一声，这回是真的咳了，似乎嗓子里钻进了一片羽毛，他足足咳了一分钟。"有的客户根本不买房，他们就是来看我们的售楼小姐。有人说我们的售楼小姐打扮得像空姐，有的说是像日本的女优。老板，女优是啥？"张总好容易咳完了，一冰立即表达了自己忧虑。"不管客户真正的意图是什么，只要他们进了我们的售楼部，哪怕他们真的对房子没有情趣，而仅仅对售楼小姐有兴趣，那么，这个兴趣是可以相互转化的，懂么？"张总嗓子咳过后，思维都跟着利索了很多，这个头脑僵化得跟石头一样的保安，观察可真是仔细，这个营销手段虽然低级，可是屡试不爽，不然，放那么多美女干啥啊？美女经济不就是这个意思么？但是查一冰理解不了老板的高级意图，他又看见那个客户的手伸到桌子底下，那只手趴在李秀丽冰糕一样的大腿上。李秀丽并不觉得，如纯情的小学生，大眼睛盯着客户，红艳艳的嘴唇粉嘟嘟地笑着。一冰叫道，张总，您看，那个男人摸李秀丽的大腿呢，都摸了好长时间了。他又指着另一边说，张总，你看，那个客户，抓着我们售楼小姐的手就是不放，都抓了十几分钟了。你再朝那个隔档看，那个客户好像在和我们售楼小姐谈对象，脸都贴到一起了。张总当然看见了，一个小保安能发现的秘密，张总怎么会发现不了呢。"你的心眼太多了，思想太龌龊。"张总说，"你只要维护好门外的治安就好了。销售上的事情你不要操心。眼睛多盯外面，小心坏人搞破坏，不要盯着里面看，影响我们的营销人员搞销售。""那要是客户污辱我们的售楼小姐，我们也要装作看不见吗？"一冰对张总的批评很不理解，他善于思考问题，便向张总提出了他担心了很久的问题。"你这个猪脑子。"张总不想再和这个无知的保安纠缠了，简直是头脑不发达四肢简单啊。"你把他好好教育教育，这个人的脑子有问题。"张总对赶到身边的李队指示说。"好的，他这个人一根筋，张总不要和他一般见识，我好好收拾他。"张总走后，李队批评一冰说："你这个娃就是脑子有问题，不是进水了，就是被门压了吧。你管人家客户摸不摸她们的腿，她们是你姐呀你妹呀。就是你姐你妹，你也管不着，人家的人身体人家想咋弄就咋弄。""你不是说要爱国么？"一冰辩解道，"这是公然调戏妇女啊，我们是保安，就要揭露，就要阻止啊。你给我们讲条例的时候不是这般要求的么？你说爱国就要爱这个国家的一切啊。""你这个猪脑子。"李队长叹息着强调说，"眼睛朝外看，不要朝里看。"李队每次见到一冰总要像模像样地交代一番。后来老李怕一冰惹麻烦，就让他上夜班。这样即使他的眼睛偷窥售楼部，但没有了那些鲜活的女人，你随便看啊，都是桌椅，只要看不到女人的大腿就好了。一个月后，一冰又被安排到了大厦入口处，近期安全形势严峻，有个人混到大楼里，身上挂着抗议的标语从楼顶跳下来，身子嘭地砸在楼下的车上。停车场里十几辆车的挡风玻璃全都砸碎了。售楼小姐这几日也低调了许多，已经有几个爱国青年闯过一回售楼部，他们朝那几个模仿日本女优穿着的小姐泼了几瓶黑墨汁，所幸他们没有进一步的行动，他们只是在大厦门口烧掉了那件颇为瑰丽的和服。作为一名曾经的军人，李队表现了高度的警觉，他派遣了极为负责的查一冰。这个一根筋适合在非常时期担此大任，李队长给张总请示说。一冰自然时时铭记李队的教导。那几个人是爱国者呀。他们虽然没有胸牌，也没有工卡，但因为他们是爱国的，一冰就让他们堂而皇之地进了大厦。如果知道他们是虚假的爱国者，无论如何我也不会让他们进去的。一冰事后给李队解释。李队觉得一根筋做得对,换作他,他当然也会支持这些爱国者的,谁能知道爱国者还有别的爱好啊。"没有一点大局观,"事后张总批评说,"那几个人进了大厦,砸了售楼部,还趁机猥亵了我们几个售楼小姐。那个李秀丽说是长得最像某个当红的日本女优,那几个人把她劫持到十六楼的露台上,你们都想象不到啊。这是爱国吗?这是犯罪,赤裸裸的犯罪。"张总在保安大会上宣布了开除查一冰的决定。同时被解除了职务的还有李队长,看在他曾是一名老兵的面子上,张总安排他做了一名传达室的收发员。"你重找个工作吧。"老李在和一冰最后一次喝酒的时候说,"李秀丽被侮辱了不能怪我们啊,虽然我们是中日合资公司,但也不能忘了自己是中国人啊。"

一冰已经喝了三瓶啤酒了,他不明白,中国人为何要装成日本人,侮辱了假日本人就是爱国么,那么李秀丽和客户在桌子底下搞摩擦又是啥呢?

5

再也不当保安了。

一冰又看着手里揉得皱巴巴的报纸。交五百块钱押金,就能当公关经理,这比当保安好多了。一冰望着巷子深处闪着红光的发廊,似乎看到王小虎和小倩已搞到一起了。你们好好搞吧,下次我请客。一冰有些歉意,似乎王小虎就站在他面前。

那一支队伍就浩浩荡荡地开过来了,如一条咆哮的大河扑上了路面。他的头脑里忽然闪现了另一幅画面。也是一支队伍,却如一条泛滥的溢出河道的水,灰色,褐色,土黄,酱紫,这些乱糟糟的颜色涌动着,比一大队的乌鸦或是一群的麻雀都难看。麻雀或者乌鸦总要说话的,它们舍不得放弃任何一个宏大的场面。但那天的乌鸦和麻雀缄默得如同一个哑巴，它们的嘴不再议论或抒情，高空低飞的它们，监视着这一支浑浊如水的队伍在路上哀伤地流淌。很快，在一个个抽泣的熏染下，那支队伍的哭声突然高涨，像解冻的冰河，淹没了枯瘦的村庄和村庄里瘦得跟影子一样的人。当时的他记得最清楚了。他问当民办教师的大哥，我们到哪里去啊？大哥的脸上挂满着悲痛，那源源不断的泪水噗噗地掉进飞荡的尘土里。到镇上去，大哥发出了悲痛的声音。又不过六一，到镇上干啥去啊？大人们哭得肆无忌惮，泪水跟雨点一样哗哗地打在行走的脚上或者迸溅的灰尘上。他看看周围的同学，已经有几个被老师或者大人揪着耳朵，教导着，说教着，诱骗着，慢慢地，慢慢地，似乎被一个巨大的梦想召唤着，就一个个泪水婆娑了。去镇上有白馍吃，他听到一个人带着哭声说。这么多人都去吃白馍吗？大哥不说话了。他的哭声亮起来，简直成了水做的。他还要问时，大哥踢了他一脚，问啥啊问，哭，哭。他说，我哭不出来，家里又没死人，哭啥啊哭。比家里死了人还严重呢，还可怕呢。天上的太阳落了，你说不可怕么。你说你能不哭么。大哥抹着眼泪说。谁死了？他惊慌地问。不要问了，哭，哭得声音越大越好。大哥一边哭一边抬头看天。我哭不出来，他说，哭得声音大，给的白馍多吗？大哥踢了他一脚，那一脚似乎踢断了他的骨头，他听到嘎嘣的脆响，他哎哟一声，张大嘴哇的哭了。

眼前这支队伍和那支队伍有着明显的区别。八岁那年的那支队伍乱得像一锅糊汤，他一路跟着人哭到了镇政府，那里有上千人集会。他捧着馒头，一边哭，一边吃，泪水鼻涕糊到馒头上。上千人集体哭了，在一个人的指挥下，起先静默，最后都张大嘴嗷嗷地哭起来。那是他第一次见识上千人一起大哭的场景。后来，他就再也没有参加过这样的大哭比赛了。有时候即使想哭，也一个人躲在某个昏暗的角落，或者藏进发臭的被窝里，偷偷地捂着嘴哭。

眼下这支队伍比八岁时那支队伍鲜艳多了。瞧，那女孩左右脸上各贴着一面鲜红的国旗，那赤裸的大腿上写着"还我钓鱼岛"，他瞪大眼睛，看到那姑娘的屁股上贴着两个字，左瓣屁股上一个红色的"日"字，右瓣屁股上一个黑色的"本"字。哦，屁股一扭一扭的，那两个打着红叉的字也跟着舞动。他还没有搞清，就有人塞给他一面国旗，就被人潮挟裹着加入了游行的队伍。一条长腿擦着了他屁股，一只手给他脸上贴了一面鲜红的国旗。屁股挤压着屁股，人叠加着人，他像一条盲目的鱼，不知道鱼群要把他带到哪里去。

直到抬头看见中央大厦插入云端的尖顶，才明晓队伍已经到了友谊东路。先头部队冲进了大厦，楼盘模型咖啡茶座都被砸倒了，稀里哗啦，它们在这勇猛的队伍前，软弱得像一只弱不经风的纸老虎。他听到了李队长的呐喊。李队长阻拦那个光头砸中央大厦的招牌。李队长不愧是老兵，他的手挥出去，那个胖得像大象一样的光头就原地打着盘旋，一头撞在了玻璃幕墙上。另一个冲上去。现在的胖子咋这么多啊。他的肚子先冲上去的。李队飞起一脚，那个肚子就跟皮球漏气一样，发出噗噗的放气声。李队长隐藏得可真深，原来是个高手啊。但是李队长的举动还是让队伍愤怒了。几根铁棍呼喊着一起奔来。李队长倒下了，人群从他身上流过。狗汉奸，有人叫道。狗汉奸，人人都这么叫。一冰想扶一把李队长，但是队伍太猛了，像溃坝的洪水，呼啦啦地就踩过去。

6

看见了那一辆尼桑车了吧。它老远就停了下来，像一只甲壳虫悄无声息地藏进车的洪流里。

滚出来。人们吆喝着,尼桑虽然躲着,但它终究无法逃离众人搜寻的目光。

滚出来。光头的手掌啪啪地拍打着挡风玻璃说,滚出来,滚出来。尼桑惶恐地摇了摇身子,阳光扑上挡风玻璃,无数亮闪闪的刺朝眼睛飞来,尼桑哼了哼,喷出一股污浊的黑烟。

出来。人群怒喝。人都在喊。眼里喷射出凛凛的光,阳光也微软了许多,眨眼间,它逃得无了影踪,尼桑在人群里抖颤着身子,它喘息得如被猎人追赶的兔,惊慌得没了尊严。

光头攀上了车顶,哗,他掏出家伙,朝挡风玻璃尿起来。

人们先是惊愕,忽而大叫,好,好。

屁股上贴着大红标语的女孩叫道,滚出来!

脸上贴着国旗的女孩挥舞着胳膊,滚出来,滚出来!

光头的脚在挡风玻璃上有节奏地跺着,尼桑发出了绵软的呻吟。

查一冰已经被人流推到了车边。他清楚地看到车屁股上的车贴,别给哥放电,嫂子有来电提示。帅哥,把那狗司机揪出来。脸上贴着国旗的女孩说,帅哥,你报效祖国的时候到了。查一冰看到那女孩的肚脐眼像一个多情的洞穴,朝他温柔地笑着。

车门忽地就被十几只手打开了。

司机抓着方向盘说,我是中国人,我不是汉奸。

司机似乎和方向盘焊在一起了。

十几只手钻进车内,司机被抓出来,扔到了地上。

司机说,我不是汉奸,我是中国人。

司机爬着,又爬到了车边。他抱着车门说,我不是汉奸,求求你们了,放我走吧,我给你们下跪。

砸!有人举着手中的铁棍说。

砸！有人摇着手中的国旗喊。

谁敢砸我的车？尼桑里又走出一个人。

一冰已经被人推着站到了挡风玻璃上，他的手上不知道何时多了一把钉锤。

砸！众人喊着，一冰手里的钉锤抖颤着，发出呜呜的嘶鸣。

众人的喊声像一朵朵浪花，把一冰抬得高高的。

司机跪在地上，他的头叩出咚咚的声响，他哭着说，不要砸啊，这还是一辆新车呢。

一冰突然鄙视起地上跪的人。

一点爱国心都没有你还配当中国人吗？一冰的钉锤和其他人的钉锤砸向了挡风玻璃。

噼噼啪啪，雪花样，玻璃雪花样沸沸扬扬，爆炸声一个接着一个。

你们这是犯罪。车主像一只蝉声嘶力竭地叫着。但是他挡不了愤怒的人潮，无数的脚踏上他软绵绵的身体，他的呼喊在狂躁的人群里无法激起一点涟漪。

一冰的钉锤砸下去。他不知道王小虎何时当了富贵的司机，更不理解王小虎与人群斗争时，他为何那么生气，你虽然是一个卖菜的，但不能连一点爱国心都没有啊。这是富贵的车，跟你一个卖菜的有啥关系嘛，人家有的是钱，拆迁赔偿三百多万呢，你卖几辈子菜也挣不到三百万。不要砸，一冰，损坏东西要赔。小虎抱住了他的腿。砸。众人呐喊着。闪开，一冰喝道。小虎摇晃着一冰的腿，头贴在他的腿上说，不要砸，砸坏东西要赔。钉锤砸下去的时候，一冰思想里掠过了李队的教导，爱国，任何时候，我们一定要爱国。

啪。他的钉锤砸下去。

啪。钉锤飞溅出缤纷的铁花。

后　记

　　通缉半年后，查一冰被抓获归案了。我去监狱采访时，查一冰抓着铁栏杆说，我何罪之有，那么多人，为啥只抓我一个人？我们都有罪么？

　　查一冰的大哥已经六十多岁了。他还记得三十年前带着八岁的一冰去镇上吃白面馒头的事。我们都哭，哭得天昏地暗，我们一直哭到镇政府。然后在那里开会，接着集体哭。一冰哭得最厉害了。他起初根本不哭。他不知道谁死了。给他说了他也不知道。他光知道吃。边哭边吃。吃了十几个馒头，差点撑死了。你看，这土房子值几个钱啊。坐了监牢还要赔钱，他是爱国的么，咋就成了犯罪了呢？一冰的大哥指着那快要垮塌的房子说。

　　王小虎像个木偶直挺挺地躺在老家的床上。他大脑里总是奔腾着一群挥舞铁棍举着钉锤摇旗呐喊的人。他常常沉浸在噩梦里。这群人在噩梦里追赶他驱逐他。我不是汉奸，我不是汉奸。他患肺结核的老婆看见他从噩梦中大汗淋漓地醒来。

　　一冰的房东已经搬到安置房去了。据说房东将获得二百多万的补偿。房东的儿子一直在床上躺着，他的脑壳上永远留下了钉锤的印记。最先把一冰定位于英雄的，源于现场一张珍贵的照片。那张定格一瞬，一冰高举钉锤的照片，就是出于摄影记者我的手中。后来，这张照片又成为一冰犯罪的罪证，当然，那是后话了。

原载《延河》下半月2017年第6期

隐匿者

　　看着大强从那个火红的门里走出来，二强和老水的步子都不会迈了，他们呆愣着，二强的泪水率先奔涌，都听得到砸到地上的声响了，他一只胳膊就去搂大强的肩膀，另一只胳膊去圈老水的腰，老水的身子早就软得没骨头似的，直往地上坠，老水哭啊，二强哭啊，不由得他们不哭，流了八年的泪水再次不加控制地冲出来，响得如涨水的河流，哗哗啦啦的。大强倒是冷静，他微微地拍着二强的脊背说，不哭，有啥好哭的，我不是好好的么。你是好好的，二强当然管不了自己的眼睛，泪水都冲出来了，你能轻易叫它回去么，八年，都八年了，八年把日本鬼子都赶回老家去了，你不让眼睛哭一会儿能说得过去么，积蓄了八年的泪水就你轻飘飘一句话，它就会乖乖地回去？二强环着大强的那只胳膊已被大强格开了，大强整了整自己的西装。大强说，不哭，有啥好哭的么，我不是好好的么。二强被大强隔开的那只胳膊孤零零地，它在身体边垂吊了一会发了一会怔，就去抱老水颤栗的腰，他的两只手在老水的腰部顺利地会师了，它们组成了一个环，二强抓着身体急速下坠的老水，呜呜，呜呜，二强哭得没有一点风度，他的泪水鼻涕都泼到了老水的身上。老水任二强抱着抓着箍着拥着，他的泪水也不争气地喷薄了，他原以为自己的泪水这八年的光景早就断流了，流尽了，没有源头了，殊不知，见了大强还有这么充足的水源。但现场的情景呢，似乎是二强和老水八年不见了，他们哭得认真着呢，连一旁等待的大强都看不过去了，他敲敲老水的肩膀说，爸，我回来了，你还哭啥啊，我又不是死了。他拍拍二强的头，那里的头发已经灰白，如落了一窝污脏的雪，不要哭了，他说，我不是回来了么，哭啥嘛，我不是好好的么，搞得跟死了人一样。

你说得轻松，二强看着大强在自己头顶摆动的手说，我们寻了你八年，你知道么，妈因为你都死了。

不会吧，大强双手交叉着抱在胸前说，我走的时候，妈不是好好的么，我还吃了她做的煎饼呢。她今年多大年纪了，咋就死了呢？

你妈死了五年了，老水终于哽咽着说话了。他已经哭不出来了。但说起死去的老婆，他的泪水又毫无节制地奔出来。

你妈说你魂丢了，找不到了回家路。她每天给你叫魂，喊叫你的名字，大强耶，你回家啊，不管走多远你都要回家啊，二强就接着你妈的声答应着，妈耶，我回来啦，我回来啦。老水望着演播厅里黑压压的人头说。你走的时候说是去领毕业证，毕业证一领，就是正儿八经的大学生了。你吃了你妈给你做的煎饼。你说大学毕业就能找到好工作了，就能扬眉吐气地做人了。我们把你送到路上等班车。班车来的时候，坐满了人。都是外出打工的人。车顶上架着他们的行李。像是架了一座山。车上的气味难闻死了。二强给你拎着皮箱。这车上只有你一个人有皮箱。这皮箱是你大学报到的时候二强给你买的，二强给人打了五天核桃挣了二百块钱给你从镇上买的，虽说不是全皮的，也比蛇皮袋子尼龙袋子体面多了。你说因为这个皮箱你在省城火车站还被小偷跟踪过。车上的气味确实难闻。晕车人吐得乱七八糟,比厕所还臭。你当时不想上车,嫌车上太脏了。一个妇女头伸出车窗呕吐,车里车外都是她吐的脏东西。但一天只有两趟班车。凌晨四点那一趟早就走了,人挤得跟钉楔子一样。收了庄稼,人就赶紧往城里跑,生怕城里的活叫人抢光了。每日车都紧张,哪有空闲的。不晓得哪来这么多的人。这最后一趟要是再不坐,今天就没车了。三个小时就到县上了,二强把皮箱放在车引擎盖边说。你说车上太臭了,太脏了,没办法坐。司机不耐烦了,喇叭按得叭叭地叫着说,嫌车不好就不要坐了,坐专车吧,我这车拉的都是农民工,你一个大学生坐了丢身份。我的老脸对司机赔着笑说,坐呢,咋不坐啊。你坐了靠着窗子的座位,这还是我央求司机给你调整出来的。你坐下,说,我以后一定要买车,进出都开自己的车。话没说完,你就趴着车窗子呕吐了,吐得车厢上都是你的东西。你把你妈给你做的好吃的都吐出来了。车开走了,我看到你的头伸出车窗,你哇哇地吐着,风把那些东西吹起来,好多东西都吹到了我脸上。

那是我们最后一次见你。二强接着说。爸一直担心你晕车,怕你会吐一路。爸说要知道晕车,提前到医生那里买些晕车药就好了。但你以前从不晕车,谁想到你会以晕车这种方式和我们做最后的告别呢。放寒假了,村里几个上大学的都回家了。他们带回了他们的同学,那些同学是城市人,第一次到山里来,看见我们门口的山,都亢奋地吵起来。说这个原生态的地方要是发展旅游业,那一定会成为旅游热点啊。说这里可以建成天然生态公园,可以搞农家乐啊。他们在河里抓螃蟹,抓了一大盆子。那些东西我们从来不吃,看着都恶心。可那些文明人竟然生吃了一盆螃蟹。他们掰着螃蟹腿吃得津津有味跟一辈子没吃过东西一样。说补钙,补各种天然维生素。生吃了螃蟹腿,然后把螃蟹壳放在清水里煮。说那比啥子大闸蟹还要有营养呢。他们抓河里的鱼。我们门前的河里长一种小黑鱼，黑乎乎的，但从来长不大，晚上会发出喳喳的叫声。小黑鱼从来没有人吃过，我们嫌腥，刺多，我们只吃地里长的东西。可那些学生每天在河里抓鱼吃。说比啥子清蒸鳜鱼好吃多了。他们抓蝌蚪，把蝌蚪装在一个透明的大玻璃瓶子了。更可笑的是，一个女生说，她要看着蝌蚪是怎么变成青蛙的。她要写一篇论文，说要在《自然》杂志上发表，轰动世界啊。你们上大学的人是不是最后脑子都有问题啊，都跟小娃一样幼稚啊，都成了野蛮人啊。我问他们你的大学咋没有放假啊。他们说早放了，其中一个和你还是同校呢，他说，早放了，学校都空了。我说那我哥咋没有回来呢。那个同学说，毕业生早就离校了，都忙着去找工作，有的都找到工作上班了。

到年底了都没有你的音讯。我们都慌了。那个时候我们村子还没有电话和手机呢。家里和你之间的联系都是靠写信。爸至今还保管着你上大学给家里写的一百多封信呢。爸用皮筋把这些信件捆成好几捆，锁在箱子里。有时候我实在想看了，就给爸爸提前打报告，爸爸很慎重，似乎信里藏着你的秘密，在爸爸的监督下，我才小心地阅读你的信。我对大学和城市的认识都来源于你的信件。我知道城市有长辫子的公共汽车，投一块钱，想坐到哪就坐到哪，城墙到了晚上就亮起了灯，亮闪闪的，跟古代的皇宫一样，钟楼现在已经不敲钟了，可是那一面大钟还在呢，敲一下五十块钱，嗡嗡的响声整个城市都能听得到，环城公园里的野兔胖乎乎的，见了人也不惊奇，它们躺在石头上睡大觉呢，到处都有麻雀，城里的麻雀胆子可大了，敢跟小孩抢汉堡吃呢。啥是汉堡？爸爸问读信的我。不知道，我摇摇头，继续读信。电车是啥样子，爸爸又问。我念着你信上写的说，电车头上拖着一根长长的辫子，辫子挂在电线上，像是一只爬行的怪兽。电车为啥还长辫子呢，它是女人吗？爸爸不理解了，车长辫子干啥啊，那么长的辫子谁给它梳呢。但你的信上没有讲，我没有见过，也不好乱回答。你上大二的时候就迫不及待地表达了你的志向。你说，爸，咱们柳庄太偏僻了太落后了太封建了，你一连用了三个太，我都听见了你千里之外斩钉截铁的咬牙声。你恨得要命啊，牙齿咬得吱吱响。我大学毕业后一定要争取资金，给柳庄修筑一条高速公路，你说，才五十公里，就走三个多小时，从柳庄到县城的路哪敢叫路嘛，有机会你们来省城看看人家的公路，单向四车道，辽阔宽阔光明得一望无际，那才叫路呢。我要引入资金，在山里开挖隧道，就是几十个隧道的事，但可以缩短柳庄与县城乃至西安的距离，隧道全线贯通，也就是十几分钟的车程，爸，你想想看，柳庄的变化会是怎么样的，咱们村子的变化又会是咋样呢。大三的时候，你的来信少多了，但是感觉你的志向更远大了，已经在与世界慢慢接轨。你说，柳庄的不发达关键是教育的落后，你想吸引资金在柳庄建一所封闭式学校，要有足球场、体育场，图书馆，游泳池，艺术室，要聘请名校的大学生来任教，让柳庄的孩子都能到这个设施一流的学校就读。全部免费啊。你郑重地给爸爸强调，似乎你就是校长，已经弄到了花不完的钱。大四的时候，你只给家写了一封信。说要考公务员，将来当一名政治家。只有当了政治家，才可能拯救这个世界。你说，只有政治家才能调动各方面的资源。那个时候，你给我们描绘说，柳庄就会成为一个适合人类居住的美丽的家园了。在柳庄修建高速公路，修建从柳庄直达世界各地的高铁乃至机场，柳庄将来要变成城市，起码是地级市，但不能叫柳庄市，柳庄市脱离不了泥土味乡村味，无法与日新月异的世界接轨，起码应该可以与东京巴黎上海北京对话啊，名字你都想好了，叫天上市，多宏伟大气的名称啊。我就是这个城市的第一任市长。爸你想当啥啊。你熟悉农业，就当个农业部长吧，我妈熟悉养猪养牛养羊，就做畜牧部部长吧，二强成绩不好，初中学历，虽说是因为供我上大学的原因，但也怪他自己缺乏积极的进取之心啊，天将降大任于斯人也，必先苦其心志，劳其筋骨，饿其体肤，空乏其身，曾益其所不能。古之成大事者，不惟有超世之才，亦必有坚韧不拔之志。二强就缺乏这个坚韧不拔之志啊。就让二强当天上市娱乐部部长吧，掌管全市文化娱乐事业。二强你也不要嫌这个职务小，文化娱乐事业的发展将来不可限量啊，这是一个国家软实力的重要体现啊。重任在肩，马虎不得啊。你瞧，大强大四的时候就表现得如此与众不同。这最后一封信内容很长，许多字我不认识，许多词语我不理解。大强使用了许多古文。什么呜呼兮，咦吁哉，长叹息。我在读的过程中，如嚼了一把沙子，我自作主张地把这些古怪拗口的词语都删减了。爸爸似懂非懂。我就按照我的理解给他传达了大强的意思。我当农业部长？爸爸疑惑的目光散落在信封上。是的，你当农业部长。我点点头表示了肯定。你妈当畜牧部长？嗯。你当娱乐部部长？嗯，我害羞地点点头，怕爸爸对大强封我的职位不满意。说实话大强寄托了我们全家的希望，他就是给我们家带来光亮与温暖的太阳，我和爸拼死拼活供他上学，还不是为了将来有个好的前景么？部长是个多大的官？爸爸又问我。起码比镇长大，我很肯定地说，应该比县长大，最差应该和省长的大小差不多吧。大强叫人灌了啥迷魂汤，爸爸眯眼看着远方说，这官是他想叫人当就能当的吗，他是个干啥的，不知天高地厚，尿泡尿照照自己。爸爸那个时候非常清醒。他不像别的老农，一听说儿子这么厉害，就被胜利冲昏了头脑，多年的人生风雨鞭挞着爸，爸知道疯狂的代价。他疑惑地说，大强该不是疯了吧，念书念疯的人多的是，不要学没念成，把自己念成了精神病。他是个干啥的，给人封官许愿，就是古代的大贪官都没有这么明目张胆地干的,他是皇上啊,又是炸山,又是修路,又是修飞机场,他是干啥的啊,他是省长啊。省长也不见得就敢炸山啊,这山一座连一座,无边无际,自从有了天地就有了这些山,山托着天,他能的把这些山都炸了,天不是塌了么,没了山,野兽在哪里生活?简直是疯了。爸很担心,好多晚上睡不着觉,让我以他的口气回一封信。爸不会写字。每次给大强回信,都是我执笔,他口述,我根据自己的理解,给大强写了一封封信。写完了,给他念一遍,有时候还要做多次修改。每封信的开头,我都会千篇一律地写道,大强我儿,来信收到,家里一切都好。我在信里以父亲的名义对大强说话,有时候写着写着,真的感觉自己成了大强的父亲。在大强失踪的那八年,这些霉迹斑斑的信件成了爸爸赖以生存的精神支柱,我控制着自己的厌倦和绝望,给他一遍遍读着那些信件,我似乎成了大强,和爸爸以信件为载体做着文字上的交流,我们不知疲倦兴致勃勃地对这些信件进行认真的分析和研究,后来我发现一个名叫杜鹃的女人不停地闪现在他的信件里。

大强那个时候好像恋爱了。从省城回柳庄的信件里飘荡着男性荷尔蒙的气味。通俗地说,我闻到了纸上蔓延的精液的气味。这种鱼腥味源自某天夜晚的一个梦,后来我就无师自通地觅到了快乐的源头。面对母牛开放圆润的臀部,你会想到什么?离开家乡的前一天,大强想不到我会问他这么匪夷所思的问题。青春年少的母牛望着他,他看到自己的影子毫无顾忌地爬上了母牛的身体。后来母牛转过丰腴的身子,将肥美的臀部恭敬地裸露给我们饥荒的眼睛,一时间我们可怜地沉默着,最后抬头看那满山的红杜鹃。

说吧,那个杜鹃后来怎么了。我以爸爸的口吻给大强写信的时候,忍不住常常塞进自己的私活。杜鹃花将那一面坡染得血红,盛开的花瓣像一个个张开的嘴唇,满腹心事的少女似乎爬满了山坡。她卖冰糖葫芦,大强在信里羞愧而自卑地说。她爱笑,人还没到,笑已经洒满了路。我暗自称呼她葫芦西施。她的糖葫芦极好吃,每天我都要到东门口买一个吃。空闲的时候我也帮她卖糖葫芦。后来呢?后来,杜鹃就从学校门口失踪了。关于杜鹃的事,大强讲的模模糊糊。他抛弃了诸多生动的细节,只描述了大概的轮廓。手抚信件,我眼前浮现出一个美妙的场景,黄昏的街道上,几只鸟在头顶且飞且唱,一个男孩奋力蹬着三轮车,车上坐着一个长辫子女孩,她手上拿着一串糖葫芦,男孩嘴里唱着歌,间或伸出舌头舔着伸到嘴边的糖葫芦,车上的女孩一手抓着辫子,一手往他嘴里喂着又酸又甜的糖葫芦。是这样吗?我在信上问大强。意外地大强没有回答。后来往返的信件里,我又多次询问杜鹃的情况,但是大强保持了令人惊讶的沉默。许久,在我已经遗忘的时候,大强又强迫我回到了往事,他咬牙切齿地说,鸡。一只瘟鸡。

啥意思?你哥想吃鸡了。西安还没有鸡吗?爸爸理解得很简单,他自作聪明地解释,大强没有钱,买不起鸡,想吃家里散养的鸡。给你哥寄几只鸡吃,爸爸给我下达任务。鸡是活的,要吃要喝要拉要尿,咋个给他寄啊?我专门去镇上邮局问了,人家说活物是不能邮寄的。我和爸爸再也想不出别的办法,只好作罢。我给哥哥回信说,爸爸讲了,先把鸡养着,养得肥肥的,等你放假回家了,既能吃鸡肉又能吃鸡蛋,炖汤吃肉都由你。大强没有回信,也许是对没有吃上鸡的一种反抗吧。后来在寻找大强断断续续的几年里,我和爸爸先后去了西安、长沙、广州、银川、宝鸡、天水、深圳、昆明等几十个城市,我们常常在车站、天桥、广场、涵洞、公园遇到拉客的女人,她们脸上涂抹着浓厚的脂粉,似乎戴着厚重的面具或铠甲,你几乎看不到她们的年龄。她们说，帅哥，玩一下嘛，就五十块。我恍然大悟，这难道就是大强所说的鸡吗？在西安寻找大强的时候，我和爸住进了白庙村的一个小旅店。大强的学校与白庙村只隔着一条马路。我跟随着那些学生混进了大学的校门。大学真的大啊，简直就是另外一个世界。无怪乎大强不愿意回柳镇呢。只有傻子才回去呢。我在图书馆前的广告栏上贴了一张寻人启事。我在每一棵梧桐树上都贴了寻人启事。（后来我到西安打工，第一份工作就是贴野广告。我把友谊东路上的梧桐树贴满了。城管抓住我，命我把一条路上的野广告全部撕下来，最后几个人如狼似虎地暴打了一顿才让我滚。）那当然是以后的事情了。眼下顶要紧的还是要寻找我的哥哥。我在大强的校园里遛达到了夜深，虽然是深夜，但比我们柳庄的白天还灿烂，我像那些大学生一样在绿油油的草坪上睡了一觉，在操场上跑了几圈，很多人被我扔到身后，我把鼻子伸到花朵上闻花香，我漫无目的地在校园里狂奔。保安觉得可疑，差点把我抓进了派出所。我一口气跑到村口，就看见几个女人，她们的裙子都盖不住屁股。我只看了一眼。她们就跟上来了。帅哥，玩一下。我吓得不敢回头。一个竟然拉住了我的手，帅哥，玩一下，不贵。那手软绵绵的，像是磁铁，我摆脱不了，我说，玩啥啊？她的嘴贴着我的耳朵说，玩我，玩女人啊。我看着她似乎喝了人血的嘴说，你是大学生么，你认识杜鹃吗？她身子贴上来说，我就是大学生啊，我有学生证。那你认识杜鹃么？我避开她的脸问。我就是杜鹃啊。她哈哈大笑着，朝我的裤裆里抓了一把，乡巴佬，穷鬼，她骂着，扭着屁股，身子走到了路灯下。我看她靠着电线杆抽烟，双腿悠然地岔开着，红红的烟头在她嘴上一闪一闪的，我的心中忽地隐隐作疼。大强当年的心情也许就是我这样吧。

每年我们收完了庄稼就外出寻找大强。苞谷、洋芋、小麦、大豆卖不上好价钱，留了足够一家人吃的口粮，我们拿着那点卖粮食的钱，就年复一年地外出找人。大强会不会是死了？我几次想问爸。但是看着他越来越衰老的模样，我都不敢问。大强是大学生，他怎么会死呢？爸爸的逻辑很奇怪，我也不好深问，那就继续寻找吧。那八年的时光里寻找大强成了我们唯一的目标。村上的人都看不惯了。说，大强该不会是死了吧，不然，他会找不到家？他不会写信么？他不会打电话吗？他又不是女人，又不会被人拐卖了，怎么就不回家呢？面对人们离奇古怪的猜测，我爸倔强地咬着牙。不是他们的娃，他们当然不心疼了。我们又一次出发了，爸爸在路上愤愤不平。他啃着硬得跟石头一样的馍说，不是自己的肉，说话不腰疼。我搀着他坐在一棵被风刮倒的树上说，只要大强还在世上，我们就一直找吧，我不相信找不到我哥。爸爸说，你这样子才是大强的好兄弟，我的好儿子，大强一定还在世上。我拿卫生纸擦着他的泪水说，大强肯定在，只是我们不知道他在哪里而已，我们一定能找到他。

你给我们念信吧。实在支撑不下去了，爸爸就叫我念大强写的信。我就一封信一封信地念着。我模仿着大强的口气，说着说着，爸和妈就睡着了。

妈是在寻找大强的路上染上肺结核的。她听一个从西安养猪场回来的人说，他见过大强，在秦岭山中的一个砖窑厂。大强被人限制了自由，每天在砖窑厂烧砖，顿顿稀饭馒头，头发长得比女人还要长。老乡夸张地说，厂子门口蹲着四只大藏獒，雄赳赳气昂昂，人根本跑不掉。妈便走了十几里路到了大坪那个人家，妈还给人家提了五六个鸡蛋。那人给妈详细描述了砖窑厂的情景，吃不饱饭，挨打，没报酬，没日没夜地干活，好多人的脑子都出了问题，不是打的，就是被藏獒咬的。那个人说，大强看样子也是脑子有问题，叫他他不应，光知道闷头干活，也不知道累,像一个机器人。妈当时就哭了。那个老乡留她吃洋芋糊汤。她实在吃不下去。那个人嗓子里像是放了一串鞭炮,噼里啪啦地咳,地上躺着一摊摊血。我妈也许就是在那个时候感染了肺结核。只是当时我们还不知道那叫肺结核。她问那个人要了地址,就抹着眼泪,一直哭了十几里路。

妈坚持要和我们一起去寻找大强。但是爸爸坚决不让她去。爸爸的意思是家里总得有个人看门,说不定大强哪一天就神不知鬼不觉地回来了。他要是回家看见这房子破破烂烂的,门还锁着,就以为家里真没人了呢,可能就永远也不回家了。再说了,每年找大强,我们家真的是穷得一贫如洗了。妈看着家,养些猪呀鸡呀,好歹还能补贴些家用,不至于我们都外出,让这个家越来越不像家了。我和爸按照那个人提供的地址,赶到了洛城,我们在那里守了七八天,哪里有大强的影子啊,后来才知道那个人就是在这个砖窑厂被打疯的。

那八年时间,我们走遍了方圆几十个城市。我们住城中村最便宜的小旅馆,一个人一晚上十五块钱。有的时候,我们拾破烂,打打零工。在一个城市呆久了,我们都不知道离开了。我说,爸呀,我们走吧。爸这几年已经很老了,背佝偻着,头发全白了。我的头发这几年也在变白。爸提着一袋子塑料瓶子,他的背伸不直了,他的手在垃圾箱里掏着说,走吧。他千恩万谢地接过路人递给他的矿泉水瓶,他喝了瓶底剩下的水,问我,二强,我们去哪里啊?我看着地图上密布的路线,看着被我画了红圈的城市,不知道该到哪里去。农闲了,我和爸就收拾行囊,农忙的时候再返回,我们就像两只鸟,年复一年地开辟着新的道路。有人说在宝鸡见过大强。我们在宝鸡找了一个星期,大强没有找见,我却差点成了宝鸡人了。我们钱花光了,连回家的路费都没有了。刚好是苹果成熟季节,我们给一户人家摘苹果。我第一次见到大得没边没沿的果园。

满园子的苹果，到处都飘着醉人的香气。红彤彤的苹果在枝头上嬉闹，一个个等着我们呢。天不亮就起床，晚上地里拉了电灯，没日没夜地摘。苹果一天一个行情，一定要抢在别人前头。长得像苹果的果农说。我摘苹果快极了，比熟手的妇女还要麻利。那果农很喜欢我。知道我的情况后，就有心不让走了。他家三个女儿，老三要招上门女婿。老哥。他给我爸叫老哥，你看，我有几十亩果园，每年都是八九万的收成。二强留下了，就是我的儿，我不会亏待他。你这样死心眼，带着老二找老大，都找了八年了，八年把日本鬼子都打败了，你连一个影子都没有找到，总不能毁了一个大儿子，再毁掉一个小儿子吧。老大是大学生，有知识，有文化，这么长时间不回家，说不定他早就出啥意外了。你听我一句劝，不要再闷着头找了，回家好好过日子吧。二强跟了我们，娃会享福的。果农的话惊醒了我爸。晚上我们睡的房子里堆满了苹果。满屋子缭绕着苹果的香气。爸爸晚上的话格外繁。他也想了很多。他说，二强，你就留下来吧，这个人家富裕，比我们柳镇强十几倍。你做了上门女婿，这日子就变了，你看人家有十几亩果园，还有这三层楼房，哪一样不比我们老家强啊。你不要再跟着我找大强了，和你年龄一样大的都结婚了，早都当爸了，你看我把你折磨成啥了啊。我爸一边啃苹果，一边说，说着说着他就哽咽了。没日没夜地摘苹果，身子疲乏得都不属于我了，听着，听着，我就在醉醺醺的香气里睡着了。梦中苹果噼噼啪啪地敲打我的头，睁开眼，我爸不见了。果农说，我爸天不亮就走了，他给了我爸一笔钱，但我爸多余的一分都没拿，只拿了他摘苹果应得的报酬。老汉是个好老汉啊，就是性子太偏，害了一大家人。果农叹息着评价我爸。他家三女子的确对我好，脸红得像一个熟透的大苹果，人长得也像圆鼓鼓的红富士。我和三女子在一棵树下摘苹果。三女子说我爸说苹果收完咱们就结婚，将来的娃跟我爸姓。我说跟谁姓都一样，不就是个姓么，只要是我的娃，跟猪姓都没关系。三女子扔过来一个苹果砸我，说我人看着老实，说话还夹枪带棒地骂人呢。晚上我还睡在堆苹果的房子里，老三钻进来了，她要和我一起睡。我说我们还没有结婚呢，叫你爸知道了还不把我腿打断啊。老三脸上的两坨红也跟着笑起来，她嘴里啃着苹果说，你个傻瓜。这话说的我心里一跳一跳的。老三已经撩起了上衣，她连胸罩都没戴。借口肚子疼，我逃进了厕所，看着老三映在窗上脱衣服的影子，感觉被疯狗咬了还难受。这么遥远的路，不知道我爸找到了家没有？要是把我爸再弄丢了，我就没法活了，我妈一个人在家里怎么办啊。我不敢再回屋，就拿了几个苹果，连工钱都不要了，悄悄离开了庄子。我身上一分钱也没有，连身份证都被老三收走了，身上只装了几个苹果。走到铁路边，那里停着一列运煤车，我爬上车，睡在煤炭上，这列货车就把我拉到了西安。晚上我就住在火车站广场，那里住了好多跟我一样无处可去的人。白天捡破烂。有时候喝别人扔的半瓶子饮料。有时候吃别人抛的半疙瘩馒头。在五路口的天桥下，一个小孩把肉夹馍咬了一口，就扔进了垃圾桶。我在垃圾桶跟前已守候多时了。当我将肉夹馍抓在手里的时候，另外一个乞丐抓住了我的手。他长得比我高大，能高两个头。他一脚就将我踢倒了，我被他踢得满地打滚。他吃一口肉夹馍，就踢我一脚。路人越围越多，有人吆喝着，有人给我们拍照。我捂着满脸的血，爬出了老远，他才骂骂咧咧地放了我。一个月后，我回到了柳庄。我爸那天正在喂猪，他把猪食往猪槽里倒着，当看见一个人拄着棍子瘸到家门口时，他都没有认出我。我叫了爸，叫了妈，爸和妈抱着我哭了。我在河里洗了一晚上，洗去了身上的污垢。我一边洗，一边听爸说话。他也跟我一样光身子泡在水里，他的脚丫子啪啪地击打着水。

我妈咳得越来越叫人害怕。一摊摊血从她嘴里喷出来。起初以为感冒了，吃了好多感冒药都不见效。在我的坚持下，就把妈妈送到了镇医院。医生一查，肺结核晚期了。半边肺烂光了，医生拿着片子说。我看不懂塑料片子上的图案，医生说，肺结核传染最快了，到了晚期，就是不可逆的。半边肺已经没有功能了。在医院输了几天液体，妈妈就不想住了。她是怕花钱。虽然新农合能报销，毕竟自己还要掏很多呢。妈妈每天吃治疗肺结核的利福平，她的呼吸越来越麻烦了。去厕所的几步路她都走得异常艰难，喘得像吱吱漏气的气球。听说吃老鸭子能治气喘，我就到镇上养鸭子的人家花五十多块钱买了一只老鸭子。天黑我才走到家。鸭子在布袋里嘎嘎地叫。家里黑着，没有亮灯。爸爸坐在妈妈的床边。妈好像睡着了，没有听到一声接一声的咳。我说，爸，鸭子买回来了。爸爸看了看我，没有吭声。我说，爸，鸭子是炖汤啊还是红烧啊。鸭子拍着翅膀嘎嘎地叫起来，似乎它反对我的话。爸爸说，你妈不吃了。我说，我妈睡着了吗？爸爸说，你妈走了。我好半天才明白过来，我扔了鸭子，扑在妈妈的身上，那个夜晚，鸭子叫了一夜。

办完了妈妈的丧事。爸爸说，你妈走的时候说大强一定还活着，叫我们一定要把大强找回来，不管他是呆了还是傻了，一定要把他找回来。找吧，我说，一定要把大强找回来。

但是到哪里去找大强呢？我们已经不间断地找了八年了。和我年龄相仿的人，孩子都上小学了，而我连生孩子的媳妇都没有。你看，我和父亲住的土坯房像柳庄的疮疤，孤零零地矗立在山脚下。靠山居住的十几户人家都搬迁到镇上了。他们住进了建筑风格统一的两层楼里。自己出五万块，其余政府补贴，这项新实施的移民搬迁工程，因为我们没钱，也享受不了政府的优惠。爸爸说，把房顶上的旧瓦换一换，还不是跟新房子一样，这房子是你爷爷手上盖的，传到我手上已经八十多年了。爷爷我没有见过，但常听爸爸讲起。我应该给你们兄弟俩盖新房娶媳妇，我没有尽到自己的责任啊。爸爸对着老房子不停地自责叹息。收完了地里的玉米,爸爸和我再次商量寻找大强的事。爸爸和妈妈一样坚信他们的儿子没有死。大强那么有文化有知识,怎么就会轻易死掉呢。他一定在世界的某个角落,等待我们去找他。爸爸总是这么固执。他精疲力竭的时候,就让我给他读大强的信。大强的信我都能背诵了。

直到有一天我接到了一个电话。

你为啥不跟我们联系呢?

你发生啥事了啊?

你找不到自己的老家吗?

妈因为你都死了你不知道吗?

面对我乒乒乓乓气急败坏的质问,大强的脸凝固着,凝固得像结了冰的河面。

后来,他冲我摆着手说,二强,不要说了,不要说了。

他整了整领带说,给你们说你们能懂么,你们能理解么?

他拍打着我的肩膀说,哭,哭有啥意思呢嘛,要是能哭,我的眼睛都哭瞎了。

大强跟我爸拥抱着,我爸很不习惯这个新式的打招呼的方式,从握手到拥抱,这个惊险的跨越对我爸而言,太不可理解太难以逾越了。但这八年来,我爸在寻找大强的过程中,历练了很多,他再也不是柳庄那个只会种苞谷小麦的老农了。他也拥抱了大强。他问,你为啥不回家呢,你连一封信都不写,连一个电话都不会打吗?大强松开了我爸的身子,说,写信能解决问题吗?打电话能说得清楚吗?我本身就不想和你跟二强见面,要不是老树,我还会在白庙村,你们谁也找不到我。

老树是省电视台"寻人"栏目的外景记者。老树说,我们收到二强的求助后，就去了大强所在的学校，联系了大强当年的同学。同学们提供了各种有利的线索，经多方寻找，我们在太平洋网吧找到了大强。

你在网吧呆了八年吗？

是的。

你每天泡在网上吗？

我起先在网吧学习。我发现自己虽然大学毕业了，但是凭这一点知识，根本在社会上无立足之地。我就继续复习，想考研究生。

考上了吗？

没有。

那你接着干啥子了，毕竟八年啊？

我吃住都在网吧。饿了吃泡面，醒来上网。我一直在网上寻找机遇。

你住在哪里？

我一直住在网吧。我当了网管，网吧好啊，冬天有暖气，夏天有冷气，比外面好多了。

你在网吧呆了八年，真叫人无法想象。

那是因为你对这个世界还没有深刻的认识。毕业后，找了近一年的工作，这些工作都不符合我的理想。我觉得社会太可怕了。我就进入了网吧。我想在网吧里修炼，直到我能适应这个社会，并能改造这个社会。

现在，你适应社会了吗？

适应了。我现在有了自己的事业。

啥事业呢？

我养了一只狗，我教会了它算数学题，十以内的加减法它都会。我还准备教它说话，它已经能和我对话了。下一步，我要让它成为狗中之王，统治世界上所有的狗。

老树还想提问，大强已经闭了嘴，他不想回答了。

老水就带着大强和二强回到了柳庄。

那个晚上，二强听见大强起了床，他也跟着爬起来，看到大强赤裸着身子，走出了房间，他在月光下带着一只狗奔跑，跑得越来越快，他几乎是飘起来了，脚踩在结着穗子的玉米头顶，身子都飘到了河面上。二强赶紧叫醒了老水，老水揉着哭得几乎失明的眼睛，只看到一个黑乎乎的影子。二强喊，大强，你赶紧回来。大强应了一声，他们都听不明白他的话，大强已经走上了公路，他赤裸着身子在公路上狂奔，几乎一眨眼的功夫，大强消失了。

至今，二强和他爸再也没有外出寻找大强，他们已经谋划着要搬迁到镇上居住了，他们对询问的人说，大强变成一只喜鹊，飞到树林里去了。

原载《延安文学》2018年第5期

你不是我爸爸

最后大学坐在门前的石凳上,听到房子里的电话铃声像生了蛋的鸡一样嚷起来。爸爸来电话了,大学对自己说着,身子便极快地飞起来,他还没飞到妈妈的房间,就听到妈妈在说话了。他抓着门框,头伸到门里面,看到的是妈妈穿着蓝布衫子的脊背,嗯,行啊,妈妈的嘴里一直说着这几个字。你三年都没回家了,妈妈说,我怕你找不到家了,我怕大学都不认得你这个爸了。大学看到妈妈的脊背像脆弱的墙被风吹得飘起来。末了,妈妈的声音硬得像石头,不回来,你就永远不要回来了,妈妈说,我给大学再找个爸。咯噔一声,妈妈跟电话机有仇呢,挂电话的声音极重,像朝人摔了一个大石头,妈妈往出走的时候,门槛拉了拉她,她跟跄着,身子往前扑,大学抓住了她的手,她的手跟藤蔓一样抖着,她抱着大学的头说,这么大的事,你爸都不回来。大学仰头看着妈妈的眼睛,妈妈的眼睛像那屋后的水井,混浊浊地荡漾着,大学抓着妈妈粗糙的手说,妈,我是我爸亲生的吗?妈妈抱着他的头说,你爸人家忙啊,人家比当领导的还忙啊。

去写作业吧。妈妈推开他的脑袋,又像忙碌的麻雀走到了门前的地里。

大学的屁股在石凳上扭扭捏捏的，作业本上的内容像一团黑压压的蚊子嗡嗡地聒噪着，铅笔的身体被他咬出了坑坑洼洼的牙印。奶奶的身子在椅子上发出咯咯吱吱的声响，她不时拿眼睛瞟着忙碌的妈妈。奶奶看妈妈的目光总是一瞟一瞟的，如同一闪一灭的电灯。奶奶咳咳了几声。奶奶说话了。奶奶说，文化来电话了？妈说，嗯。奶奶嘴里蹦出一口痰，痰青蛙一样蹦到了妈妈的鞋畔。一团苍蝇随即响应着聚过来。大学说，奶，你的痰跑到我妈脚上了。奶奶睁开眼，吱呀一声像打开了脸上的一扇门，那门里的目光打在大学的脸上，你说啥？大学对着那个瘪瘪的嘴说，你把痰吐到我妈鞋上了。奶奶说，你大点声，奶奶听不见。大学像狗一样跑过去，把嘴对着奶奶的耳朵，吼叫叫地说，你把痰吐到我妈身上了。奶奶的手捂着他的嘴，把他拉到怀里说，我耳朵聋了，听不见了。奶奶的手摸着他的嘴，摸着他的脸，摸着摸着，就摸到他的裤裆里了。奶奶的手糙得如同爸爸打磨家具的砂纸。奶奶说，大了，又长大了。大学觉得自己的小鸟慢慢变大，简直要飞出来。他不由得张开了腿。妈妈看着他伏在奶奶身上的样子，哼了一声，说，大学，你作业写完了么？大学从奶奶怀里挣出来，提了提裤子说，你没长啊，老摸我的，我还要写作业呢。奶奶干瘪的嘴笑得像一只要下蛋的老母鸡。她一口浓痰就笑着扑闪到大学的鞋上。大学跺着脚说，讨厌死了，脏死了，我再也不让你摸了。奶奶说，给钱也不让摸吗？大学一听给钱，便说，那要看你给多少钱了。奶奶说，一次五毛。大学撇撇嘴说，谁稀罕五毛钱，还不够买一个棒棒糖。奶奶伸出了一个皱巴巴的手指头。大学的目光环绕着那指头说，十块吗？指头坚决地摇了摇。大学说，一百块？奶奶缩回了指头说，一块。大学像思考数学题一样思考着，似乎做了一个艰难的决定，一块就一块，但不准你往我鞋上吐痰。奶奶笑了一阵，就咯咯地叫起来。苹果树下的芦花鸡听见奶奶唤它，便飚着一身黄灿灿的羽毛，脖子一伸一伸地走过来。大学看着骄傲的芦花鸡说，你要摸得轻一些。芦花鸡笃笃地啄着他鞋上的痰。大学又说，也不准你往我妈身上吐。奶奶长长地呼出一口气，说，奶不行了，怕活不过今年了。奶奶说着就抬头看灰蒙蒙的天。大学顺着奶奶的目光往天上看，天呆板得像一块黑板，一点新鲜的内容都没有。脚背啄疼了，大学的脚动了动，芦花鸡拍着翅膀咯咯地叫，它看了看奶奶，大学踢了一脚，芦花鸡生气地飞到了苹果树上。大学拿铅笔在纸上画了一个人头说，奶，你的痰里有血呢。奶奶说，我要死了，我这几天老梦见你爷叫我呢。你爷说他在那边孤单，叫我过去给他做饭，陪他说话，给他暖脚，陪他睡觉。你咋不去啊，我爷那边好玩么？大学在纸上画着画。你爷那里冷得很，我怕冷。奶奶看着大学在纸上画了一个毛绒绒的牛耳朵。你要去了带我一起去，我还没有到我爷家去过呢。大学看着奶奶的眼睛里飞出了雾蒙蒙的小虫。那个地方小孩不能去，奶奶说着，就看见大学的纸上已经长出了一个南瓜一样硕大的人头。大学，好好写作业，胡说啥哩。妈妈的声音从在厨房里跑出来，大学已经在纸上画了一个人头，人头上长着一对犄角，还长着四只耳朵。

妈妈说，你画的啥嘛，猪嘴巴，牛耳朵，妖怪嘛。大学不服气地说，我画的是我爸。妈妈说，你爸咋成怪物了。大学就看着远方的山，山上的云气势汹汹的，一会儿是一群长着人头的牛，一会儿是骑在牛身上的羊，牛羊媾和着，生出了一个长着人头的怪兽。爸爸，那个长着四条腿的爸爸，后面跟了一群牛犊，爸爸，大学叫喊着，看着爸爸的身体流出血来，那血水流成了一条浩荡的河，河水发了疯似的，淹没了牛羊和村庄，爸爸在血河里乘着船爬上了天空。

后来，路上骑过来了一辆摩托车，突突地，欢得像一朵做雨的云。摩托停在门口。一个大帆布包扔到了地上。大学听到了金属磕碰的声响。他看见刨子锯子锛子一股脑儿从袋子里跑出来。

"大学,你写作业啊。"他的手摸大学的头。大学的脑袋偏了一下。我又不是狗,谁见了,都想摸。大学嘴里咬着铅笔,看见他的手硬在空中。他翻着大学的作业本说,你写得太潦草了,谁认得啊,这个题明显做错了嘛,咋能是鸭立鸡群呢,应该是鹤立鸡群啊。"谁要你管。"大学去夺本子,那人的手不放,几页纸被撕掉了。写满了字的纸片在地上很没有礼貌地舞着。黑黑高兴了,嘴咬,手抓,整得手忙脚乱地。"黑黑。"大学叫起来。黑黑松了嘴,纸在地上浮云一样飘着,黑黑蠢蠢地看着大学,露出一口尖利的白牙。大学朝黑黑肚子踢了一脚。黑黑的肚子软软地。黑黑委屈地叫了一声,塌着腰,拖着尾巴,腿都矮了,爬到奶奶的身边。她把嘴搁在奶奶的脚上,黑黑的眼珠看着大学。汪。你为啥踢我。她似乎委屈地说。"都怪你。"大学碰到了黑黑的目光,心里头感到某个东西丢了,他盯着帆布包里的铁家伙,说,"都怪你。"大学捡起自己写满字的纸,呜呜地哭起来。一会儿,字纸被泪水哭湿了,成了一团稀泥巴样的东西。大学哭得一抽一抽地说,"都怪你。"黑黑的嘴在奶奶的脚上发出了呜呜的声响。大学没有听懂黑黑的话。奶奶却眯着眼对大学说,你就会哭,跟你爸小时候一模一样。大学说,我没有爸。奶奶突然骂道,有人养没人教的东西,不如一只狗。大学没有想到奶奶突然变了脸。他不知道自己哪里错了。他讪讪地对那个人说,你赔我的字。妈妈再出来的时候,换了一身新衣服。妈妈换了衣服就像换了一个人。她经常都穿着那件蓝褂子。刮风穿,下雨穿,蓝色都变成了黑色。今天她好不容易换了衣服。奶奶的目光里映进了母亲一身的红。奶奶的眼睛被刺疼了。奶奶就唾了一口唾沫。奶奶咳咳着说,青蛙,现如今柳庄就你一个木匠了,再死人了,连个做棺材的都没有了。好玩,人还有叫青蛙的。青蛙说,婶,文化的手艺比我好呢,可是他看不上做寿材。青蛙在磨刀石上霍霍地磨着斧子。灰黑的液体在磨刀石上慌乱地奔逃。霍霍的磨刀声哼哧哼哧地割着大学的耳朵。大学说,你磨刀的声音难听死了。青蛙对他笑了笑,却对奶奶说,婶,文化给我打电话,叫给你做最好的呢,要做柏树的。奶奶看着磨刀石上流出的灰黑的水说,文化咋不回来呢,都三年了,他心里还有我这个娘啊。青蛙磨着锛子。锛子的刃口越来越耀眼了。青蛙说,文化忙,他现在是装修公司的总监呢,活多得做不完。总监是个啥?奶奶看着锛子闪亮的刃口说。大学也想问,想不到奶奶先问了。他乍着耳朵听。却听到青蛙说,总监在公司也是个官呢,比总经理能小一些吧。奶奶说,文化要不去西安,在柳镇也是个数一数二的好木匠呢。青蛙磨好了工具,坐在凳子上抽着烟说,当然了,文化人聪明,学啥像啥。做棺材,文化比我做得好。奶奶说,你现在是柳庄数一数二的师傅了,你给我把棺材做得好好的。青蛙说,婶,你放心,我保证给你做的是咱柳镇最好的棺材。

青蛙扛着斧子上山了。大学写了一会作业,就被那满山的砍树声撩乱得坐不住了。他带着黑黑爬上了屋后的松林,见青蛙光着身子,手上抡着一柄大斧。随着斧头的深入,木屑雪花一样飘舞。青蛙身上奔流着汗珠。那些汗珠像溪水,沿着青蛙的眉毛眼睛嘴巴,一直流到了他胸上。他的胸挺得老高,长了好多的毛。青蛙突然脱了裤子,只着一个红短裤,斧头随着他嘴里的吆喝声,猛烈地向大树进发。大学看到树顶剧烈地摇晃起来,接着就听到青蛙一声大喝,树摇乱了天空,树顶在高空挣扎着,就轰然倒下。天空突然敞亮起来。一大块的阳光打在青蛙汗津津的脊背上。

黑黑高兴地叫起来。它扑向了那棵倒下的树。青蛙看见了坐在石头上的大学。他招招手说,山上好玩么?大学说,好玩。青蛙说,我给你抓了一个玩具。大学见他的手里抓了一只刺猬。

黑黑昂着头,朝他手上的那团刺大喊大叫。大学说,你不怕刺吗?青蛙说,我的手掌比铁还厚,刺刺不透。刺猬卷成一团,似无数抖动的针。青蛙把刺猬放进一个布袋里,给大学说,拿去玩吧。大学不想受他的人情,说,一个刺猬有啥好玩的,我家黑黑只要上坡,就能抓到刺猬。青蛙说,那你想要啥?知了、麻雀、野鸡、黄鼠狼,我都能给你抓回来。大学说,你吹牛吧,你又不会打猎。青蛙抽着烟说,我不会打猎,但我会抓活的。大学拿手扇着眼前飞舞的烟雾说,吹吧,吹吧,反正吹死牛又不让你赔。青蛙咧嘴大笑。大学看青蛙的短裤顶起了一个红色的山包,似乎那里长了一棵树。大学问,你短裤里是啥,鼓那么高,不是刺猬钻进去了吧?青蛙响亮地笑着说,不是刺猬。大学手指指着说,你看嘛,你看嘛。青蛙摸了摸,说,它饿了,想吃肉呢。大学很奇怪,说,你里面养了啥,它还知道饿啊。大学的手就去抓,抓了一个硬硬的肉物。青蛙打了一下大学的手说,你也有啊。大学不懂青蛙的意思。青蛙背过身,大学看到一股雪亮的水柱从青蛙的腹部射出,呼啦啦地,水柱激荡得枝叶摇动。大学也突然想尿了,他提了一口气,用了劲,看到自己射出的水像一条绵软的曲线。青蛙摇了摇,说,你还小呢,等你长成人了,会长得比我的还大呢。大学悄然瞥了一眼,惊吓不已,一个蓬勃着暴突的家伙,青蛙将那厮强行塞入了短裤,那厮顽强地挣扎着,青蛙拍了拍,骄傲地说,好东西啊。大学听不懂青蛙的话,觉得自己输了,系了裤子,看水珠在树叶滴落。青蛙说,你长得越来越像你爸了。大学不吭声,看一滴水珠悬在树叶上。黑黑闻着那个不停蠕动的袋子,嘴里呜呜咽咽不知说甚。青蛙揪着黑黑的耳朵,把她提起来,朝她鼻孔里啐了一口烟说,你叫个屁啊,又不是你抓的。黑黑被烟雾呛得摇摆着脑袋。青蛙的目光停留在她的屁股上说,还是一个母的。大学推了他一把,说,不要欺负我的狗。青蛙哈哈地笑着，放了黑黑说，她还是个女的，给你做老婆算了，每天晚上让她陪你睡。大学怒了，说，狗能给人做老婆吗，你老婆是狗么？青蛙摸着大学的头说，你跟你爸一样，爱顶嘴。狗做老婆有啥不好，狗多听话啊，比人强多了。

放屁吧。狗能给人做老婆，狗只能给狗做老婆。大学对青蛙说完这句话，就带着黑黑和袋子里的刺猬下了山。他不想呆在山上了，这个青蛙说话没有一点正经。他回家把青蛙的话讲给妈妈听。妈妈说，青蛙叔和你开玩笑呢。古时候不是有狐狸精化成人形，跟人结婚的么。黑黑是狗，不是狐仙，大学说。不争气的黑黑看着妈妈手上的肉骨头，围着她的身子不停地转。大学看着黑黑油黑油黑的毛，突然产生了异样的想法，我要是和黑黑做夫妻，我们生的娃，是人呢还是狗呢。大学拿这个问题问奶奶。想不到奶奶怒了。奶奶说，你是人啊。怎么能跟狗结婚。狗只能跟狗，人只能跟人。上天造物，都是榫对榫卯对卯的，不可能乱了啊，乱了要遭报应的。奶奶说着，目光就拐着弯进了厨房。黑黑衔着一根骨头从厨房里冲出来，它骄傲地蹲在奶奶面前，认真而高调地啃着骨头。大学看不得它贪婪的样子，叫道，黑黑。黑黑被骨头所吸引，听不见大学叫。

青蛙说，干重活得吃肉，不然身上没劲。妈妈中午果然从柳镇买回了肉。八角桂皮香叶葱姜投进了锅里，肉的香味在空气里肆无忌惮地游荡。妈妈给奶奶舀了一碗骨头汤。奶奶喝了一口说，我几年都没吃肉了，跟着青蛙享福了。大学嚼着肉，看着奶奶缺了门牙的嘴。奶奶喝汤的声音很响。吸溜吸溜的。奶奶看着青蛙的碗说，我跟你沾光呢青蛙，我几年都没有吃过肉了。青蛙的筷子将一个排骨夹进奶奶的碗里。奶奶的筷子阻拦着说，你砍树累，芳芳叫你吃呢，你吃吧。青蛙的筷子没有说话，仍很坚决地把那块肉往奶奶碗里送。四根筷子较量着，如同一群人在打架，乱哄哄的。肉最终砸在地上溅起了一股尘土。黑黑高兴地叼到嘴上。奶奶踢了一脚说，便宜了狗了。大学看了妈妈一眼。妈妈给奶奶夹了一块肉说，妈，这个肥，你能咬得动。奶奶的嘴像一个空落落的山洞。一块块的肉走进去，油汪汪地朝外流。大学说，奶，我喂你。奶奶点着头说，还是我的孙子疼我啊，这点像你爸，你爸咋不回来啊，给我做棺材这么大的事，他不回来他还像个儿子吗，这世上的钱能挣得完么？大学把排骨上的肉撕下来喂到奶奶的嘴里。奶奶的嘴巴极响亮地吧唧着，跟黑黑的吃相一样，没有一点文明的样子。大学说，奶，我爸给你做棺材干啥啊。奶奶说，让我死嘛。我死了那就是我的家。奶奶的眼睛瞪得像一盏昏黄的灯泡。奶奶对青蛙说，青蛙啊，你一定要用心，用最好的料子，用最好的桐油，不能放几天就叫虫子吃了。青蛙看了一眼低头吃饭的大学妈说，婶，你放心，我保证这是全柳镇最好的棺材。

　　柏树被锯成了板，如没穿衣服的人，白乎乎的，一块块地码在门前。大学嗅着木板散发的香味，鼻子跟狗一样，发出噗噗的声响。好香啊。他脸贴着摞起来的木板，闻着闻着，就叫道，好香啊，好香啊。黑黑讨好地摇着尾巴，把嘴伸到木板的缝隙里，它闻了闻，气味并不好闻嘛。它生气地把腿架在木板上，一股尿水哗哗地冲击着木板。奶奶叫道，黑黑，捡了一个木头疙瘩砸过来。黑黑惊叫一声，回头冲奶奶张开嘴，露出了愤怒的牙。它还没有尿完呢，就夹着尾巴躲到房子里了。奶奶拄着棍子，走到了板材边，她头靠着板材，吸着一股股扑出来的香气。她摸着大学乱蓬蓬的头发说，大学，你好好看住黑黑，不要叫她在这里拉尿拉屎，这以后是奶的家啊。奶死了，要在这里面住呢。大学的脸还贴着木板，香气一阵一阵地在身上缭绕。他说，奶奶你胡说哩，奶奶咋会死呢。奶奶嘎嘎地笑起来。奶奶说，奶咋就不会死呢，神仙都死呢，我咋就死不了。门前核桃树上的老鸹听着奶奶的笑，嘎嘎地嚷叫起来。奶奶说，你看，连老鸹都笑话我呢。你爸再打电话，就叫他赶紧回家，就说我死了。大学不明白死是个啥东西。他问奶奶说，死好玩么，你死，我也死。奶奶说，你好蠢啊，吐了一口唾沫。大学看到那口唾沫像鸟屎一样蹦到了青蛙的脚前。青蛙挥舞着刨子在木板上推出一卷一卷的木花。木花在地上一卷卷地滚来滚去，形似一个个翻滚的浪。那刨花的清香弥漫了整个堂屋。嗤啦——青蛙的刨子推出了一个长长的木花。大学把这个雪白的木花像带子一样缠在了头上。青蛙说，婶子，你身体还硬朗呢，能活到一百岁。奶奶说，活长了不好，猪嫌狗不爱的，人啊，该死的时候就得死。大学和妈妈扶着棺板，青蛙给上面描图案。青蛙拿凿子在棺板上凿出了牡丹和仙鹤的样子。青蛙说，婶子，这个图案好啊，芳芳专门给你挑的。奶奶瞅了妈一眼，老鸹一样地笑起来。奶奶说，我还不想死呢。妈说，文化打了几次电话，说早早做好了放那里，又不要饭吃。奶奶说，文化还晓得他有一个老娘啊，老娘死了他回来不回来啊。大学妈看着棺板上的仙鹤张开了翅膀，脚底下似乎踩了云，哗啦啦要飞起来。大学妈对奶奶道，文化说他做完那个大学的工程就回来了。奶奶踢了一脚地上的木屑说，他再不回来，这个家就不是他的家了。

大学看着青蛙画得越来越像真的。那仙鹤那云朵那牡丹，跟活的一样。他看着奶奶，见奶奶的目光凝滞在青蛙的手上，一会儿，奶奶的目光又跑到妈妈的身上。这个家咋不就是爸爸的家了。大学越来越听不懂奶奶的话。他觉得奶奶这段时间越来越琢磨不透，冷不防就扔一个石头，好像到处都是想害她的人。大学说，奶奶，你咋老说自己要死呢，你啥时候死啊？奶奶的目光突然阴冷得像一把凿子凿在他脸上。奶奶说，连我孙子都希望我早早死呢，看来我该死了。大学没有想到一个耳光炸在自己的脸上。他看着妈妈的手从眼前闪过。他捂着脸，能摸到脸上的手印。他说，妈，你咋打我啊？妈妈说，没大没小的，书白念了。大学捂着脸，看到一扇棺板已经绘好了图案。奶奶躺在棺板上，猥琐的身子忽地展开，如木板上爬了一只虫子。青蛙说，婶子，睡着舒服么？奶奶手摸着木板上的图案，摸着木板之间的榫口，说，青蛙的活做得好，比我那文化儿子好多了，他先前寿材做的在柳镇是数一数二的。青蛙喝了一口水说，文化人家现在看不上这个活了，人家现在是大公司的总监呢。奶奶在棺板上翻过身，说，监个屁呀，城市不是火化么，还要棺材啊。青蛙说，婶子你还懂得多，知道城市里人死了火化，但文化在城市不做棺材，文化是装修公司的木工监理，人家用的木工机械都是现代化的。车床刨床电锯子电刨子，板材都是啥防火板钢塑板饰面板纤维板，都是好东西呢。大学想不出来人火化是个啥样子，跟把土豆埋在火里烧一样么。大学想着某一天爸爸带他到城里去看看，看看那些能火化人的家伙。奶奶在棺板上翻了个身说，青蛙啊，你这个手艺好啊，做棺材现在都成了绝活了。城里人可怜一把火烧了，烧成灰了，咱们农村人还是有这点好啊。青蛙用砂纸给另一扇棺板刨光。他说，我也不想做了，婶子你这是我做的最后一口寿材，要不是文化再三地打电话，芳芳再三地找，我才不做呢。我早想进城了。我做不了监理，当个普通的木工也不是问题啊。奶奶说，你不做了，柳镇死人了，到哪里去找做棺材的啊。青蛙在棺板上一遍一遍地涂着桐油说，婶子啊，这个不养家啊，也不是每天都死人啊。奶奶看着头顶鸣叫的乌鸦说，人都活成精怪了，我早死还是沾了光啊。大学的脸不疼了，他看着青蛙的刷子沿着棺板来来回回地运动。棺板泛出黑亮亮的光。奶奶不停地说死，死是个啥子东西呢，是山上的野葡萄还是屋后炫耀长长花尾巴的野山鸡，总归它是个好东西，不然奶奶嘴里为何老是念叨着它呢。"我想学做棺材。"大学对青蛙说，"你教我，将来我要做柳镇最好的师傅。"青蛙握着刷子的手停止了,清漆在棺板上默默地流着。青蛙瞪着大学说,这是个啥好手艺啊,你要学。大学说,我就要学,我要给奶奶做棺材。青蛙说,你好好念书,将来考上大学,当官发财。大学以为青蛙不肯教自己,忍不住哭了起来。他说,我就要学,我就要学做棺材。刷子又开始在棺板上运动,青蛙笑笑说,你长大了我再教你吧。奶奶从棺板上爬起来,用棍子敲着大学的腿说,没出息的东西,你就知道做棺材,我还没有死呢。那一棍子打得毒,像是把骨头打断了。黑黑冲奶奶张着嘴,露出了锋利的牙齿。奶奶朝它挥舞着棍子说,杂种,连你都欺负我啊。

　　大学没有想到奶奶会在睡觉的时候骂狗,骂黑黑。大学睁着眼,老觉得有一股风在吹。青蛙睡在堂屋里,那里摞着几块木板。满堂屋里飘着木材的幽香。青蛙临睡前,都要喝几口酒。有时候也批改大学的作业。他说这道题做错了,答案应该是二十八。他说大字多了一点就是犬字了,犬就是狗。他说加号要写规范,不能写得加号不像加号乘号不像乘号。他喝了酒后还爱读大学课本上的古诗。鹅鹅鹅,曲项向天歌。白毛浮绿水,红掌那个荡清波。他摇头晃脑地读着古诗说,这个鹅写得太好了,真他妈的好,白毛浮在绿水上,亏他能想象得来。大学看他的样子,很像自己的语文老师。大学想要是爸爸像青蛙叔叔一样给我抓刺猬,给我读古诗,给我批改作业,那我就是最幸福的人了。大学的日记竟然叫青蛙读哭了呢。

　　5月8日阴天,雾蒙蒙地

　　　　爸爸你为什么不回家?我在心里默默地念叨着,想着在远处为我辛苦挣钱的爸爸,期盼着他能早点回来,与我和妈妈奶奶团聚。

爸爸是个老实本分的人，没有什么文化知识，但心地却很善良。爸爸没有什么本领。只能给人家下苦力，一年下来挣不了几个钱。听人说卖血挣钱，爸爸还卖过血。

风不停地刮，我在心里默默念叨着：不知道他吃饭了没？穿的冷不冷？身体怎样？我托风儿把我的祝福传给爸爸，祝福他身体健康，平安快乐。

6月6日下雨，雨大得能愁死人

爸爸，我知道你在远方劳累万分，但是，我却更希望你能够多多陪伴我，在我的眼中，有你的陪伴，我会有种说不上来的开心与喜悦。希望你能够早日回来看看我，关心我！

12月20日下大雪，雪大得看不见天了

我5岁你就出去打工了。您什么时候才能回来呢？我白天盼，夜晚盼，日日盼，夜夜盼。从春天盼到夏天，从夏天盼到秋天，从秋天盼到冬天。盼呀盼，盼呀盼，盼呀盼。

5月6日大太阳，热死人了

爸爸，您总说为了让我们过得好要多赚些钱。可是，我并不需要花您多少钱，我不需要穿漂亮的衣服，只要穿着不冷就行；我不需要吃山珍海味，只要有萝卜洋芋、饭能吃饱就行。真的，是真的。

8月9日刮了一天风，咋不把我吹走呢

爸爸！你既然给了我生命，却为何把我丢下。你每次都骗我。大骗子。

8月10日乌鸦叫了一天

　　我在口袋里装了一张爸爸的照片。想爸爸的时候，就拿出来偷偷看。我把爸爸握在手上。晚上我梦见爸爸一身血，头没有了，头吊在房檐上，他的身子在走路呢，他的手上还举着一个电锯。电锯呜呜地响。

9月6日天热得石头都发抖

　　妈妈要给奶奶做棺材。
　　奶奶说她快要死了。
　　奶奶说她死了爸爸就回家了。
　　青蛙叔叔要是我爸爸就好了。

　　青蛙读着大学的日记，他哽咽着道，大学，你是天才啊。大学羞羞地低着头说，写得不好，同学们说我写的是流水账。青蛙说，写得好啊，比那个鹅鹅鹅还要写得好呢。你再写了日记，就叫叔叔看。大学说好啊，只要你喜欢看，我就写。
　　青蛙在村口的商店里买了许多东西，锅巴方便面口香糖果冻，花花绿绿地堆在木板上。青蛙给大学买了一个自动铅笔刀，买了一双白色的帆布鞋。青蛙给奶奶买了一件羊皮袄。青蛙说，婶，你就当我是你的儿子好了。奶奶撇撇嘴说，我哪来的福分敢让你给我做儿子啊。大学还从来没有吃过口香糖呢。睡觉的时候，他试着吹了一个泡，竟然越吹越大，像一个白色的气球。要是变成一个大气球就好了，它就能飞起来，带着我去城里找爸爸了。大学闭着眼，气球飞了起来，他的脚离开了地面，他看到房子越来越矮，一群群的山都趴在了脚下，看到了城市里高高矮矮的楼房，他看到一个人背着帆布包,包里装着斧头凿子锛子刨子。爸爸。大学张嘴叫了一声。那个人并不应声,跌跌撞撞地走着。他的头撞到了电线杆上,电线杆迸溅出一朵朵血。爸爸,他叫起来。一辆车从爸爸身上碾过。那些斧头凿子锛子刨子从地上弹起来,在空中飞来飞去。汽车从爸爸身上碾过去,爸爸像一只干瘪的虫子贴在地上。血流了一路,爸爸突然站了起来。他站起来就喊叫,大学大学。他还喊叫了妈妈的名字。他说芳芳,芳芳。大学张嘴应着,他觉得自己的声音很大,大得都听不见了,却见爸爸的头挂在电线杆上,那张嘴不停地开合着,听不到他说的话,他的身子已经走了很远了,他的手还在找他的锛子和刨子。爸爸,大学的嘴张得很大,他听到自己的声音传得极远,爸爸冲他一笑,身子却钻入了墙壁,墙剧烈地摇晃起来。爸爸回来了么。大学揉揉眼,揉出了一眼的泪水。他拉亮了电灯,看到妈妈不在床上,奶奶瞪着一双空洞的眼睛,嘴张着,却发不出声音。

骚货,奶奶说。谁是骚货啊。大学尿憋得急了,肚子鼓胀胀的,他跨过奶奶的身子,看到奶奶靠着墙,眼睛钩子一样看着窗户。奶奶自从做了棺材后,越来越奇怪了,像是《西游记》里的妖怪,经常嘴里念念有词,是在念咒么。骚货。奶奶的嘴唇翻动着,一直鼓捣着这两个词。这是啥咒语嘛。我都会说呢。大学从奶奶身上翻过身,脚在地找了鞋,刚要挪动脚步,就听奶奶说,不要动。奶奶的耳朵像兔子一样乍起来。奶奶听了一会。窸窸窣窣的。风吹过了水田。蜜蜂在花上飞舞。青蛙在池塘里鸣叫。奶奶说,你听啊,你细发地听。大学也把耳朵像狗耳一样竖起来。虫在窗纸上叽叽喳喳,月光从缝隙里透进来,奶奶的脸像一张白纸。黑黑叫呢。大学说。黑黑已经推开了门,站在了床边。奶奶看着窗子说,你瓜啊,跟你爸一样瓜。你爸啥时候回来啊。骚货。大学带着黑黑往门口走,他不想听奶奶说话,奶奶东一句西一句的，没边没沿，不知道她到底想说啥呢。堂屋里摆着两副棺板，它们在暗夜里绽放着灰白的光。青蛙身体舒展着躺在棺板上。堂屋里飞扬着木头的清香和青蛙长长短短的鼾声。大学看到一个人在月光里飘起来，那粉红色的睡衣上游着一对鸭子，它们脖子交缠着脖子，在水上说话呢。妈妈今天晚上好美，像是月亮上的嫦娥。大学看着自己的尿水在月光里飞舞。他的尿水喷得老高。黑黑在地上追着水花。妈妈说，你的尿好多啊，懒虫，都不怕憋炸了。大学对妈妈说，我画的画好看么。妈妈看着地上奇怪的图案说，你画的啥啊。大学说，我又梦见我爸了。妈妈说，你梦到你爸在干啥。大学尿完了，打了一个寒颤说，我爸和一个阿姨在喝酒，我爸喝醉了，阿姨也喝醉了。后来呢？妈妈问。后来我被尿憋醒了，爸爸和阿姨都不见了。净做怪梦，快回房睡觉吧。妈妈牵着大学的手。妈妈的手水津津的。大学说，奶奶刚才骂骚货呢，她说黑黑是骚货呢。妈妈的手在黑夜里紧了一下，说，别说话了，睡觉。妈妈和大学上了床，奶奶却起身，很响地开了门，奶奶坐在门槛上，黑黑陪着她，一直坐到了天亮。黑黑没有想到，天亮后奶奶会对她下毒手。

吃早饭的时候，奶奶拿筷子在碗里搅着说，这饭没法吃了，洋芋皮都刮不干净，看着像一个花脸，寒碜人么。她把几个洋芋捞出来放在石头上说，黑黑，你吃。黑黑那个时候已经准备做妈妈了。她的肚子鼓胀胀地。奶奶骂道骚货，小骚货。黑黑就很幽怨地看了看大学。看我干吗啊。我又不怪你。大学摸着黑黑毛茸茸的肚子。大学记得那个早上。青蛙带来了一只狗。那只狗叫飞虎。它跟在青蛙的身边，像是青蛙的仆人。它要是个男人，就真的是英俊帅气了。它的毛闪着油光，走起路来，路面一颤一颤的。那几天黑黑老是跟在它后面。他舔黑黑的时候，黑黑窝在地上，四腿张开着，完全是一副迷醉的神态。大学至今记得那个早上。青蛙和妈妈拉着锯子。黑黑追着飞虎绕着屋场奔跑。奶奶靠着木板,眼睛盯着拉锯的青蛙和妈妈。想不到啊。飞虎爬上了黑黑的脊背。他的两个前爪抱着黑黑的腰。黑黑稳住了身子,扭头看着飞虎。飞虎的屁股一戳一戳的。大学看到飞虎肚下扑出一杆红红的肉条。那肉条凶恶地钻入了黑黑的身体。妈呀。大学叫了一声。他看着青蛙。青蛙看着飞虎癫狂的屁股。大学看妈妈。妈妈的目光看着柔软娇媚的黑黑。大学看奶奶。奶奶看着飞虎撒欢的旗帜一样高举的尾巴。最后飞虎松开了黑黑的腰肢,它们的屁股却粘连在了一起。它们分不开了。它们像是被一条绳索绑住了。黑黑撕扯着身子,望着大学叫。大学说,奶奶,它们怎么了。奶奶说骚货,狗连蛋。奶奶说,母狗不翘尾巴公狗不上架。奶奶看着拉锯的青蛙和妈妈。不知何时,她的手里提了一把镰刀。她手中的镰刀一闪,凄凄惨惨地一声叫,两只狗分开了身子。地上跳着一截子肉。飞虎咆哮着钻入了竹林。黑黑窝在墙角,眼里蓄满了泪。大学耳朵里时时飘荡着那天的狗叫。他清楚地记得奶奶挥舞镰刀的凶猛。病怏怏的奶奶那个时候如同一个发疯的猛士。黑黑见了奶奶就汪汪地叫。尖利的牙朝奶奶闪着愤怒的光。大学那天被黑黑咬着裤脚拉到了屋后的草垛边,看到一个洞,他站在洞口,看到飞虎干瘪的身体。他叫了几声,飞虎睡着了,再没有醒来。青蛙把飞虎从草洞里抱出来。他抱着飞虎哭。大学没有想到一个男人会哭得那么凶恶。他那天没有吃饭,也没有干活,他一直抱着飞虎哭。黑黑的嘴在飞虎身上舔着,嘴里呜呜咽咽。她在对飞虎说什么呢?大学摸着黑黑的脑袋,看到自己的泪水不停地落在飞虎的身上。青蛙把飞虎埋在了门前的苹果树下。他说,飞虎啊。他抱着树又哭了。树被他哭得落了一地的树叶。大学问奶奶说,飞虎咋就死了呢。奶奶挥着镰刀说,狗有九条命呢,它装死呢。大学问奶奶,你为啥拿镰刀砍他洒尿的地方啊。奶奶憎恶地瞪了大学一眼说，他狗东西欺负我家黑黑呢。飞虎没有欺负黑黑啊，飞虎是爱黑黑啊。大学曾听青蛙叔说飞虎黑黑它们是多么幸福的一对，它们在相爱啊。奶奶拿镰刀砍着木板说，你懂个屁。

大学没有想到，奶奶已经对黑黑下手了。奶奶仍给黑黑一个土豆说，吃。黑黑的尾巴在地上扫来扫去，嘴巴在土豆上嗅着，目光炽热地看着大学。奶奶命令说，吃，再不吃，以后就别吃了。黑黑也许想起了奶奶的镰刀，也许想起了她的飞虎。黑黑冲奶奶叫了几声。奶奶对大学说，叫它吃，再不吃饿死它。大学叫了黑黑的名字，黑黑扑到他怀里，嘴不停地拱着大学的身体，舌头舔着大学的手。大学懂得它的意思。大学说，奶奶不会害你的，快吃，你看你都怀宝宝了。黑黑摇摇尾巴，表示听懂了，它把土豆衔在嘴里，晶亮的眸子看着大学。吃吧，大学对黑黑说。黑黑摇摇尾巴，一口吞下了那个土豆。月光亮起时分，黑黑嘴里吐着白沫，她狂叫着，绕着奶奶的棺材转着圈狂奔，不知道它跑了多长时间，最后跌跌撞撞地摔倒在苹果树下。

小骚货死了，奶奶说。她拖着黑黑的尾巴往厕所走。把它扔到茅厕里，沤烂了，作肥料。奶奶拖着黑黑的身体说。大学挡在了茅厕的门口。大学说，奶奶，你把我的黑黑弄死了，你为啥那么毒啊。奶奶抖着黑黑的身子说，呵，我的孙子也学会咒我了，我连一只狗都不如么。大学说，奶，你不是好人，我要我的黑黑。奶奶把黑黑扔到了厕所门口。大学抱着黑黑，他的脸贴在黑黑圆鼓鼓的肚皮上。这里面怀了狗宝宝啊，它们还没有来得及看爸妈，就死在了肚子里。黑黑恍惚明白了死的意思。奶奶对在苹果树下挖坑的大学说，你想干啥？大学说，我要把黑黑和飞虎埋在一起。奶奶说，黑黑是个小骚货，它两个死得活该。大学瞪着奶奶说，你给黑黑吃啥了，你给我也吃一口吧。奶奶说，你说瓜话哩,就是奶奶自己吃,也舍不得给我孙娃吃。大学摸着黑黑的肚子说,我吃了以后,你把我和黑黑装进棺材里,睡在那里面一定会很舒服。奶奶吐了一口痰说,那是你爸给我做的,你还跟我抢啊。

大学不想理睬奶奶了。青蛙帮着他把黑黑埋在了苹果树下。一个多月后,棺材做好了。奶奶说,青蛙啊,清油一上,就能交工了吧。青蛙说,我都上了三遍油了。奶奶说,还要上黑漆呢,也要多上几遍。青蛙说,你想上几遍就上几遍。奶奶趴在棺材上说,这就是我以后的家啊,油漆好了,不怕虫蛀不怕渗水不怕烂,能管几十年呢。青蛙说,你想管多少年就管多少年。

妈妈摆了三桌酒席。在柳镇的风俗里,寿木完工后,要摆宴席的,既是祝贺,也是添寿。奶奶那天穿了一身的红绸子衣服,像是从画里走出来的。那些老人孩子排着队参观了奶奶的寿材。老人们夸青蛙的手艺好。夸妈妈贤惠。奶奶坐上了主席。奶奶那天喝了酒,脸红得跟高粱一样。我从来没见过奶奶这么能喝酒呢,大学对妈妈说。妈妈道,你奶年轻的时候疯着呢,喝酒算个啥啊。她二十多岁你爷就死了。大学说,我从来就没见过我爷。妈妈说,你奶守了三十多年的寡。大学说,她咋不找一个啊。妈妈说,她一直叫你爸和她睡,她说她一个人睡了冷。大学说,怪不得我上学,经常看见我奶坐在咱们窗子底下。大学妈说,我和你爸结婚后,你爸都要先陪你奶睡,等你奶睡熟了,他才过来和我一起睡。大学说,我奶还像小娃一样啊,大人不陪就睡不着啊,那你们咋不在一张床上睡啊,睡在一张床上也热闹哩冬天也暖和。妈妈没有吭声。妈妈给酒席上端菜。青蛙一杯接一杯地喝酒。大学给奶奶坐的那桌端上了一碗汤圆。他听见那些老人张着嘴笑。大学听了听。奶奶说,骚货,我把那只母狗毒死了,把那只公狗的球割了,公狗也死了。大学听到自己的身上的血液突突地叫起来。

那些老人都来给奶奶敬酒。他们纷纷祝奶奶长命百岁。他们说，你老婶子值了，棺材都做好了，死了都不怕了。你看这寿材做的，埋到土里几十年几百年都不烂。睡在这里面踏实哩。他们说，赶紧也叫青蛙给咱做一口，省得死了来不及了。他们说，你儿媳妇芳芳贤惠哩你儿子都没回来人家看着给你把寿木做了你看看这寿木做的，唉，你命好啊。

奶奶说，呸，我命好么，我守了三十多年寡，我命好么。

奶奶说，呸，我那儿子还不如一只狗，几年都不回家看他老娘。狗还看家呢。我哪有家，这棺材就是我的家。

奶奶说，呸，你们知道我家黑黑吧，勾引人家青蛙的狗，最后，死了。你们说，我的老脸是不是被狗吃了。黑黑这个小骚货活该，你母狗不翘尾巴，它公狗敢上么？

那些老人纷纷笑起来，有几个笑得跌到了地上。

大学有些看不惯了，替黑黑辩解道，奶奶，黑黑都被你毒死了，你还骂它啊。奶奶喝尽了杯中的酒说，你们看，我的孙子爱狗都不爱我啊，我活得还不如一只下贱的母狗啊。奶奶的泪水鼻涕迷糊了她那被酒精烧红的脸。奶奶苍老的哭声像一条蛇爬上了酒席。奶奶说，我活得不如一只母狗啊，黑黑这个骚货，我亲眼看见它勾引那只公狗啊，它给那只公狗舔毛，把屁股送到公狗嘴边，它还往公狗身上扑呢，尾巴翘得高高地，恨不得翘到天上去，那个骚劲啊，你们都想象不出来。

那些老人不再吃菜了，他们愿听奶奶讲故事。奶奶讲的故事比饭菜香多了。他们一会看着妈妈，一会看看青蛙。

酒席快散的时候，一辆车停在了路边。有人说该不是大学爸回来了。人都站起来。大学看着那车身上写着"疾控中心"的字样。几个穿着白色制服的人走到了酒席边，一个人说，谁叫杨芳芳？

妈妈站了出来。那个人说，你是李文化的妻子？

妈妈点着头答应了。那个人说，你跟我们走一趟。

妈妈惊讶地说，去哪里啊？文化犯事了吗？

那个人道，你跟我们去县上疾控中心。

妈妈后退了一步说，去疾控中心干啥？文化犯啥法被你们抓去了？

那人道，李文化犯没犯法那是公安的事，你要跟我们去疾控中心做检查。

妈妈更吃惊了，她往后退着，退到了大学身边，她紧紧抱着大学说，做啥检查，我不去，我又没病。

那人已经抓住了妈妈的手，必须去，那人说，我们也是为了你好。

大学觉得自己有必要保护妈妈，虽然他有些恐慌，他还是大声说道，你们为啥要我妈去做检查。

那人道，跟你小孩子说不清，你也不懂。

僵持间，青蛙站出来了，他站在妈妈身边说，到底发生啥事了？为啥一定要去做检查？疾控中心的人似乎商量了一会，把青蛙拉到了一边，他们和青蛙说话的时候，大学突然听到了艾滋病这几个字。

青蛙转过身，大学看到他的身子突然矮了许多，他的腿不停地抖。

白制服说，李文化卖过血你知道么？

妈妈说，三年前我听他讲过，他说他后来再不卖了。

李文化再也没有回来过么？

没有，三年都没回来过了，他说他要挣钱，等钱挣够了，他就回来了。

妈妈要软下去了，她隐隐觉得出了啥子大事，她被那几个人抓着，几乎是拖到了车上。青蛙最后一个上了车。大学看到他的脸贴在车玻璃上，像是一张变了形状的肉饼。

　　大学一直守在电话机旁。他满脑子想的都是艾滋病。电视机开着，那里面的光头强又开始砍树了。新闻联播上的那个主持人说，今天是艾滋病宣传日。电话的铃声响了。爸爸的声音突然从电话里冒出来，他说，大学，你妈呢？大学说，爸爸，你快回来，我妈被疾控中心的人抓走了。爸爸的声音突然弱了，他说，去那里干啥？大学抓着话筒，似乎抓着爸爸的手，他问道，爸爸，艾滋病是啥啊？话筒里长久没有声响，似乎爸爸从话筒里缩回去了。大学说，爸爸，你回来吧，大学抓着话筒哭着说，爸爸，你回来吧，回来吧。爸爸似乎从电话线上爬过来，他的声音弱小得几乎听不见了，他说，你奶奶呢。大学哭着说，我去给你叫。

　　大学在空荡荡的房子里走着。他听到自己的脚步声爬满了墙壁。一团蚊虫在灯泡周围嗡嗡争吵。他哭喊着，听到自己的声音从四面八方向自己撞来。奶奶变成一只鸟去找爸爸了么。一股奇异的香味拉着他，大学走到了堂屋，目睹了那口黑漆漆的棺材，它如同一只黑色的巨兽冷冷地瞪着大学。

　　棺材的大嘴敞开着。大学爬上凳子，穿着一身老衣的奶奶赫然躺在棺材里。她手上捏着一个瓶子，一个接一个泡沫哗哗笑着从她的嘴里往出跑。

原载《青春》2018年第8期

镀金时代

广场上耳光响亮

那个女人和我都干了些什么,你让我怎么说呢,从何说起呢?你如一只讨厌的苍蝇嗡嗡着跟踪我,不是就为了采访这个低俗的问题吧?

最初看见她的时候,感觉她像一只被主人遗弃的狗。她的手爬进垃圾桶里,好像垃圾桶长了一条灰色的胳膊。变了身形的饮料瓶闹哄哄地躺在地上,一摞废报纸寂寞地摊在身旁。那是你们引以为荣的《华都报》啊。你们《华都报》最爱登载乌七八糟的东西了。我已经有五六年不看你们这狗屁报纸了。你说说,每天发生那么多大事,你为啥偏偏对我和那个女人感兴趣?

好了,你既然脱不了小报记者的习性,我就给你讲讲吧。

我清楚地记得那天的《华都报》上坐满了苍蝇,好像苍蝇们在举行一个重要的会议。她做了几个手势,可能她的指令有些暧昧,苍蝇们依然蝇营狗苟的,人家在开会呢。她打开一沓叠得齐整的报纸,里面卧了一摊屎,还新鲜着呼呼地吐着热气呢。苍蝇们嗡地卷过来,爬满了她的身体,叽里咕噜,叽里咕噜,它们忽而就吃完了,光盘行动啊,吃了大餐的苍蝇们继续开会。她又拆开一团报纸,一个硅胶女人跳出来。天呀,这东西我在成人用品店见过,比真的女人还要逼真惊艳几万倍呢。她茫然地捏弄着手里的东西,似乎触动了某个机关,那女人在众目睽睽光天化日之下,就咿咿呀呀的,似是日语又似是英语,噢噢哦哦的,她受了惊吓,慌乱地把她扔给了飞驰的车轮。车轮你不让我我不让你地扑上去,她凹凹凸凸的,平平仄仄的,丝毫没有破损疲惫的模样。车轮精疲力尽,一个接一个地走开了,她看着地上依然呻吟着的她,嘴里叽里咕噜的,不知道在说着什么。

"吃吧。"我递给她三个包子一盒牛奶。她意外地没有接我手里的吃食,却抓住我的手说,夹子,夹子,你不要离开我啊。她抓着我的手说,夹子,妈寻你寻了十几年,终于找到你了,跟我回家吧。她张开的手指像五个久别的孩子朝我的脸奔来。"我不是你的儿子,我是别人的儿子。"带着脸上脏乱的手印,我像一只误入人间的老鼠,仓皇地逃遁了。

迟到的人是可耻的。显然我迟了五十五秒。老板正在训话呢。老板对每天早上的训话有着异乎寻常的癖好。老板训话当然不在会议室,而是在时代广场的楼下。他在大显示屏前站定身子,头发傲慢地卷曲着,卷曲如层层叠叠的藤蔓。他从口袋里掏出一把精致的牛角梳。站在他身旁的雷诺张着嘴,凌厉的目光织成一道冰冷的防火墙。梳子在老板头上梳出几绺灿烂的波浪。老板摸了摸雷诺的头,雷诺挺着的耳朵垂下来,嘴里不再呜呜咽咽地,老板开始了他每天的诵读,那一头的藤蔓就不安分地荡漾起来。

    今天我要加倍重视自己的价值
    桑叶在天才的手中变成了丝绸
    粘土在天才的手中变成了瓷器

柏树在天才的手中变成了殿堂

羊毛在天才的手中变成了袈裟

如果桑叶、粘土、柏树、羊毛经过人的创造，可以成百上千倍地提高自身的价值，那么我为什么不能使自己身价百倍呢？

今天我要加倍重视自己的价值。

每天清晨老板都要带领我们朗诵他创作的李氏语录。他时常会自动更新一些内容。我们围成一个球形的圈圈，老板雄踞球之中央。他念着伟大的李氏语录，我们跟着学舌。一句顶一万句。声音浩浩荡荡。我们追随老板，跟着他寻觅头顶的阳光。惜乎天空并不看他的颜面，老是使唤重重的雾霾盘旋于我们的头顶。雾霾汹涌，变幻莫测，我们戴着奇形怪状的口罩，似若动物园里咆哮的怪兽，我们看不清彼此的面目，但我们听得见每个人嘶哑的嚎叫。

那天我迟到了。那是我在华世公司上班五年来的首次迟到。当我企图悄悄混入人群时，领诵励志语录的老板摘下墨镜，一缕晶亮的目光钉在我脸上，他挥舞着手中的白皮书说，阳痿，你知道该怎么办吗？我看着圆心里的他说，老板，我不叫阳痿，我叫杨威，你的发音要准确，我还没有结婚呢。小伙伴们都笑起来，一个个笑得歪瓜裂枣似的。都一样，都一样，老板挥舞着白皮书说，迟到了就不要找理由，我最讨厌给自己找各种理由和借口的人。请背诵励志一号。

背诵语录往往是老板惩罚犯错者常用的手段。而这个手段的使用往往标志着老板的心情尚好。

我背诵道，请你帮助我吧！今天，我独自一人，赤条条地来到这个世上，没有您的双手指引，我将远离通向成功与幸福的道路……

老板点着头道，背得很好，一定要深刻理解，为啥迟到了呢，你可是从不迟到的人。

我对老板说，我碰到了一个女人，一个奇怪的女人。老板从遮蔽了大半个脸的墨镜后射出逼视的光，他说，女人，女人有什么奇怪的，难不成你还见了长了三条腿的女人？比三条腿还厉害呢！我惊奇地叫道，老板，这个女人会说英语，善讲各种稀奇古怪的道理呢。传闻老板靠自学获得了某商学院工商管理硕士学位。尽管那张文凭的真实性很可疑，但这并不妨碍他频频制造各种属于自己的语录。老板习惯地摸了摸雷诺的脑袋说，阳痿，你撒谎，一个捡垃圾的会说外语，她会说鸟语么，会说乌鸦的话会说麻雀的话会说雷诺的话吗？老板执意认定我是为了躲避进一步的惩罚而撒谎的，在他看来，这个谎言拙劣而无耻，一个捡垃圾的会说外语，不啻于说他的雷诺会变成一个娇媚的女人。

放屁！老板眼里隐藏的刀子尖叫着向我飞来，我像一只被抓的老鼠，浑身战栗着说，这一切都是真的，都是我亲眼看到的亲自耳听到的。

你还亲自吃饭呢亲自睡觉呢，亲自看到的就是真的么？老板身旁的雷诺不悦地冲我龇了龇牙，嘴里发出刺啦刺啦的声音。老板冷冷地说，执行吧。

我看着那些手拉手围成一圈的小伙伴们，他们眼里蒸腾着冷漠乃至幸灾乐祸，他们像朗诵励志语录一样，每一张嘴都说，执行吧，理解的执行，不理解的也要执行。

哼。执行就执行。自己扇自己的耳光算得了什么，那好歹还是自己手打自己脸呢，总比我们站成一圈，互相抽对方的脸强。呵呵，告诉你吧，这项被称之为耳光响亮的训练，赢得了路人的高度关注，也偶尔大言不惭地登上你们《华都报》的要闻。每日晨，三十六层的时代广场楼下，一圈圈人互相抽打对方的脸，啪啪之声在每张脸上宏伟地奏响，这个啪啪不是你梦想的那个床上运动的啪啪，而是我们在对方脸上制造的啪啪。早晨耳光响亮，围观的人被感染了，被鼓舞了，他们情不自己地抽打自己的脸，广场上的耳光亢奋得一如庆典的礼炮，噼噼啪啪的。此刻，左手和右手频频交替抽打我的脸，偌大的广场上回荡着我羞耻的独奏。

老板看着我脸上鲜红的掌印，说，迟到者就是阳痿这样的下场，自打二十个耳光，够了吗？剩下最后一个了，小伙伴们大声说。最后一个脆响炸在我几乎瘫痪的脸上。老板满意地点头说，我讨厌迟到的人，更讨厌撒谎的人。安排完今天的工作，老板目光冷峻地打在我生满掌纹的红脸上。雷诺朝我龇了龇牙，兴奋地叫了几声。我跟着老板和他的狗到了办公室，老板还是很生气，他说，阳痿，你搞得我今天心情很不愉快，罚你伺候雷诺，给她洗澡。

我带着雷诺进了老板的淋浴室。老板的淋浴室那才叫金碧辉煌啊，我租的房子与它相比，猥琐得连马桶都不如。调好了水温，雷诺像个女人，张开了腿，毛茸茸的肚皮上颤抖着一排整齐的小乳。我给它抹上狗狗专用淋浴液，无限温柔地抚弄着它肉乎乎的身体。我捏着它肚皮上那七八个小豆子似的乳房，像是弹奏一架肉乎乎的钢琴，雷诺的腿张得更开了，我手上用了力，那小豆般的乳房被我搓揉得挺了起来，雷诺竟然呻吟了。妈的，你居然还晓得兴奋呢。我捏着它的豆豆，想起了老板戴着墨镜的脸。老板一年四季戴着墨镜，墨镜已成了他五官的一部分，妈的，戴着墨镜的脸。我揪着雷诺肚皮上的小豆豆，我把它们一个个扯了起来，雷诺的呻吟变成了哭声，我把她死死按在地上，用水温柔地灌她的鼻子。雷诺打了几个喷嚏，汪汪地吼起来。我的手又抚弄着她的肚皮，柔柔地，带着诱惑和淫邪，雷诺不叫了，眼睛迷离地瞅着我，腿张得更开了。我用电吹风吹着她的毛发，她陶醉地看着镜子里那具颤动着弧线的躯体。镜子里的雷诺对我搔首弄姿,我突然有了排泄的欲望。每当姓李的那个家伙像训狗般地训斥我时,我就有当众放屁的欲望,一股气体怨愤地游在体内,我只好趁着人声喧哗,掰开屁股,将它们无声地排出体外。雷诺在镜前左顾右盼,那种妩媚和娇柔,让我的心顿时柔软而轻盈。都说现在的狗不吃屎,真的吗?雷诺的伙食比我好,每天要吃三斤牛肉,注重营养搭配,而我呢,唉,狗真的不吃屎么,鬼才相信呢。你猜怎么着。雷诺看着我,满脸的茫然。我说,宝贝,吃吧,你可从来没有吃过如此的美味,这可是你们祖宗的最爱啊。吃吧,吃吧,任何时候,都不要忘本啊。

雷诺听了我的话,伸着舌头舔起来。我说,宝贝,味道不错吧,从来没有吃过吧。她似乎听懂了,摇了摇雪白的尾巴。我的手在她的腹部柔情地摩挲。她竟然幸福地闭上眼,身了摩擦着我的腿,嘴里发出人类听不懂的声响。

雷诺像一个美女坐在沙发上。它双眼盯着李总,眼里流露出丝丝缕缕的娇媚。它竟然汪汪地喊了一声。李总说,宝贝,你饿了么。雷诺又汪汪地说话了。李总说,你到底想说啥啊?我怕雷诺告我黑状,忙道,李总,雷诺可乖了,比人还乖巧呢,你应该封她做副总经理。阳痿,你该不是脑子有问题了吧,雷诺再聪明,也还是一只狗,怎么能做公司的副总呢?我连连称是。李总说,我的电脑怎么老是死机,常常黑屏。我说你要经常杀毒,一分钟世界上就会产生几百万种电脑病毒。李总啪啪地敲着键盘说,我的电脑装有各种杀毒软件呢,病毒太可恶了,简直是流氓。李总的手敲累了,显示器还是冰冷着黑漆漆的面孔。我说,李总,我来吧,我毕竟是电脑工师呢。李总愤愤地站起身,拍了拍键盘说,电脑这个狗杂种也是势利眼呢。雷诺呜呜地叫起来,似乎有某种冤屈。老板坐到沙发上,雷诺爬上他的身,两条前腿抱住了他脖子。老板亲了亲它的嘴说，宝贝，我忙着呢。雷诺舔舔姓李的鼻子，又舔舔鼻子底下长满毛的嘴，嘴里哼哼唧唧的。

我感到自己要笑了，一股熟悉的气体在腹内奔流，终于突兀而出，咚地一声。李总被这个巨声所惊诧，骂道，阳痿，你他妈的是屁王啊。我怕姓李的又叫我打自己的耳光，忙敲着键盘解释道，对不起，我注意力太集中了，没能及时管好自己的屁，请老板谅解。李总不屑地摆着手说，以后的屁，留着回自己家放。我说对不起，我记住了。老板到底是菜鸟，电脑打开的网页太多了，下载的任务也多，他又很急促，电脑当然比不上人脑，所以就死机了。我关了他浏览的佛教论坛，关了它同时下载的十几个黄色视频，最后看到一个名为"夜蝙蝠"的微博。莫非李总的网名叫"夜蝙蝠"么？

"我不入地狱谁入地狱。我要宽恕他们的不义，不再记念他们的罪愆。

我们若认自己的罪，上帝是信实的，是公义的，必要赦免我们的罪，洗净我们一切的不义。

不要容罪在你们必死的身上作王，使你们顺从身子的私欲。也不要将你们的肢体献给罪作不义的器具；倒要像从死里复活的人，将自己献给神，并将肢体作义的器具献给神。

你们贪恋，还是得不着；你们杀害嫉妒，又斗殴争战，也不能得。你们得不着，是因为你们不求；你们求也得不着，是因为你们妄求，要浪费在你们的宴乐中。"

李总在研习《圣经》吗？这般想着，我又看"夜蝙蝠"的其他微博。

5月1日发自南山:在南山精修，灵魂与身体都获得超脱。现在的我就是过去的自己，现在的自己又是未来的我，一切都是自己造因自己得果，人一迷惑就会种下不好的因。

5月18日发自国际会议中心：我错了么，我何错之有？如果错，也是他们的错。他们错在前，他们种下了恶因，所以他们该得到恶果和恶报。

6月7日发自九华寺院：烧了今晨的第一炷高香，放生了六只乌龟。拜了地藏王菩萨，拜了观音菩萨。南无大慈大悲观世音菩萨！南无大慈大悲观世音菩萨！南无大慈大悲观世音菩萨！

7月5日发自时代广场：南无大愿地藏王菩萨！往昔所造诸恶业，皆由无始贪嗔痴，从身语意之所生，一切我今皆忏悔。

7月10日发自九龙庄园：罪从心起将心忏，心若灭时罪亦灭，心亡罪灭两俱空，是则名为真忏悔。南无阿弥陀佛。

8月8日发自梅园：给九华寺院捐献五十万，重修菩萨法身。给广仁寺喇嘛庙捐献二十万。重修八仙庵捐献三十万。

楼下突然传来一阵尖利的警笛声，李总抱着雷诺走到窗前。未央路上狂奔着一辆辆警车，警笛长啸，一副急不可耐的样子。李总说，警察忙啊，他们是我们最可爱的人。李总说话带着颤音，似乎突然到了寒冷的冬天。雷诺不知好歹地舔了舔他的脸。他突然打了雷诺的嘴，将雷诺扔到地上说，滚，滚出去。我不知道他是骂我呢还是骂雷诺。我们都很茫然。我说，李总电脑修好了。李总摆着手，几乎是痉挛着说，滚，滚。我连连点头，捂着屁股，滚出了老板的办公室。

警笛声狗一样叫着，当我再次窥探他的时候，发现他跪在一尊精美的观音像前，听见他喃喃祈祷道，不要容罪在你们必死的身上作王，使你们顺从身子的私欲。也不要将你们的肢体献给罪作不义的器具；倒要像从死里复活的人，将自己献给神，并将肢体作义的器具献给神。

光照在黑暗里

我又看见了那个女人。那个捡破烂的女人。她不知怎么就到了时代广场的楼下。她驮着一个黑色的袋子，那个袋子骑在她的背上，宛若一座缓缓移动的岛屿。垃圾箱胀破了肚皮迫切地等着她呢。而她已从垃圾箱里翻检出了一堆饮料瓶。瓶子被她的脚一个个踩瘪，然后涌进那个硕大的袋子。垃圾箱里有许多你们想不到的东西啊。废报纸就不用说了，奇怪的是竟然有安全套。绿色的，黄色的，黑色的。几个烂苹果。沾满了鲜血的衬衫。一把生了锈迹的匕首。女人的内裤胸罩和丝袜。她噗噗地吐了几口唾沫。手从垃圾箱里抓出一把匕首，匕首上挑着带血的衬衫。风吹过，衬衫像一面破旗，在匕首上呼啦啦地舞动。她嘴里叽叽咕咕地说着，围观者没有人听得懂她的言语。

人群里蓦然闯进一个醉汉。他抓起地上的胸罩，嘴上嗅嗅，招摇一番，就把胸罩戴在自己赤裸的上身。哗，人们笑炸了，如惊涛拍岸。有人吹了一声尖利的口哨。他朝口哨处一瞥，又把女人的内裤套在了头上。他的脑袋变成了女人妖娆的臀部。只看到他的嘴哈哈地大张着。他又夺女人手上的匕首，女人一个躲闪，匕首划过他的胳膊，一股血哗地飞向空中。人群里响起了尖利的呼哨。她茫然地看着沸腾的掌声，匕首上飞扬着衬衫，一滴滴血，衬衫红亮亮地,她没有想到,他也没有想到,他看她披散的长发,那长发纠结着尘土草屑与纸片,再看那脸,芜杂中隐隐一股秀色,他心中的火焰扑腾腾地升起了,火焰直扑那个舞着白衫的女人。好啊。他听到了响自人群深处的喧嚣。他肮脏的五指伸出去,形如一个凌空而至的鹰爪,那女人的衣服嘶嘶地在空气中绽开了,人群里响起了尖锐的呼哨,手机上的镜头齐刷刷地对准了,她在镜头里渐渐丝丝缕缕,她某处的皮肤竟然白,很白,有的地方竟然很精致,她跪下去了,嘴里说着人们听不懂的语言,人们却突然沉默了,隐隐在期待更精彩的让人血脉贲张之事的生发。醉汉,那个醉汉瞬间摘掉了头上的内裤,撕掉了胸上的罩杯,啪,他脱光人皮,还原成一只四脚着地的兽,那胯下伸出一个剑拔弩张的丑物,那厮呜呜怪叫,直向女人奔去。人群终于惊醒,爆出阵阵惊呼,这个兽啊,那物件也太凶猛了。人群又是惊涛裂岸。有人开始发微博了。有人在微信朋友圈发布了第一条信息。

那厮已经俯下了身子。那个瞬间,我感到那个被压在身下的人就是我。

我拨开铜墙铁壁般的人群。我走到了人群中央。我凝聚全身力量握紧了拳头。那厮朝我啸叫,匕首狂舞着,霍霍之声在空气里激荡。

也许你不信,那个瞬间,我有献身的冲动。如果死在醉汉的刀下,我就不用在雾霾里被赶着去上班了,我就不用为每个月一千多块的房租肝肠寸断,我就不用迟到了五十五秒而扇自己二十个耳光,更不用为了一个不可告人的目的无望地潜伏在李总的公司。我知道在场的每个人都是记者,他们用手机现场直播,他们就是无私的见证者。我要毫不犹豫地冲上去,夺他施暴的刀,脱了自己的衣服,盖在她受辱的身上。再经由你们巧夺天工化腐朽为神奇的报道,我不是就成了人见人夸的见义勇为的英雄了么？如果我死了，请不要为我悲伤和哭泣。我会成为英雄，我的死重于泰山。我的品质会被你们《华都报》连篇累牍地宣传。如果没有死呢？没有死更好啊，我会被各级领导接见，也许我会得到一份体面的工作啊。起码比在李总那个破公司强吧。抽耳光、背语录、学狗叫，这是人的日子么？

我要冲上去拯救那个堕落的灵魂。我不进地狱谁进地狱啊。可惜我手上没有武器，即使有一块石头也行啊，可这是城市啊，城市哪来的石头啊。我只好举着拳头冲上去了。现场直播的亲们，拜托了，你们一定要拍下我大无畏的精神和视死如归的气概啊。

我像一颗被推出枪膛的子弹。我的心扑腾腾地跳，我的脚颤颤颠地奔。狗日的，老子来了。我的拳头举在了头顶，我希望那个家伙给我个痛快。我向那个施暴的现场赶去。爬雪山过草地，狗日的，老子来了。

最后，你也看到了。不是我不想当英雄，而是那个可恶的李老板神一样地出现了。那时，李老板的奥迪A6刚驶出停车场，他一定是听到了女人的呼救和醉汉的狂啸。他刺破人群，看到我颤巍巍地向施暴者走去。当醉汉的匕首凌空刺来时，李总踢翻了跟跟跄跄的我，挺起了自己干瘦的身子。噗嗤，李总从腿肚子上拔出匕首，一道亮闪闪的弧线，醉汉尖叫着，人们看到那个丑物在尘土上做着寂寞之舞。

我脱下自己的衣服盖着她几乎赤裸的身体，她竟没有看我，她的目光盯着李总，后来她说，那挥舞匕首的动作在她的脑海里，一直循环播放了十几年。

李总手执匕首，像一个远古而至的大侠，匕首的亮光灼伤了围观者的眼睛，醉汉死猪样躺在肮脏的地上。血在他的身下流出闪电样的形状。李总扔掉了匕首，当啷的声响在地上血水样地蔓延，李总趔趄着身子挤开潮湿的人群，他边走边说，你们不要害怕那杀害肉身，而不能杀害灵魂的；但更要害怕那能使灵魂和肉身陷于地狱中的。不要为我哭，当为自己和自己的儿女哭。"

这个李总啊，他都受伤了，还不忘时时背诵他的语录，他驾着车，如一匹黑马，消失于茫茫的车流。

充气娃娃不说话

那个时候我也围观在不明真相的人群里。作为《华都报》的跑街记者，我意识到这是一条能上头版的社会新闻。你想啊，街头，强暴，醉汉，拾荒女，老板，见义勇为，这些关键词，满足了新闻的诸多趣味，能勾连起人们无穷的想象，这会让我们《华都报》像火爆鱿鱼一样的火爆啊。遗憾的是，作为爆炸性新闻，那个醉汉只是掏出了胯下之物，他还没有来得及，便被不懂新闻的李总和杨威打破了，李总宛如从天而降的侠客，在街头演绎了一幕古典的悲壮。

身后嘶鸣的警笛声如漫天飞舞的落叶。他们搀扶着，远远望去，如一对落魄的母子。阳光把他们的身影拖得忽长忽短。他们蹒跚着走入一个破旧的小区。那些长得毫无章法的树木，遮蔽了小区本不甚富足的光线，落叶在脚下发出吱吱的怪叫，几只鸽子在头顶扑棱棱地展翅，沧桑的砖墙上贴满了花花绿绿的广告。五单元五楼，看清了他们的房号，我就悄悄地走了。

我再次跟踪到这里时，几只狗在花坛里纠缠不休。一只娇小的吉娃娃抱着一只贵宾犬的后臀，它屁股颠得如若通了强电，懒洋洋的贵宾犬并不计较，她慵懒地看着忙乱的吉娃娃，眼里飘荡着绮靡的光芒，吉娃娃忙乱得并不成功，它像一个初谙人事的孩子，莽撞得找不到前进的方向。

虽然目睹了狗们并不匹配的爱情，可是，好事总难以如愿，比如，眼下我正跟踪着的这个男人，一副萎靡不得志的样子，他竟然鬼鬼祟祟地溜进了成人用品店。货架上那些硅胶，一个个威武不可一世的样子。我暗暗估量了自己，感到莫名的悲哀。我永远不是它们的对手。瞧他们踌躇满志的样子，我简直羞愧得要死。不知道他是否看见了我的自卑，也许他的家伙足够大吧。他指着一个充气娃娃说，她能陪人说话么？店主说，咋不能呢，你说啥她都听啊，比真女人还听话呢。店主把酷似真人的充气娃娃抱上柜台说，充上气，有一人多高呢，能震动发声，各种语音都有，韩国的日本的欧美的，你叫她干啥就干啥。

店主的嘴唇涂抹得如一枚红辣椒，她看着他，辣辣地说，你是咱们小区的，八折优惠，送一瓶润滑液，还送你一盒助兴影碟，再送你一盒安全套，再送你一盒延时丸，够划算的吧。

我不是这个意思，他的声音很低，像落进了尘埃。八百五，可以刷卡，可以积分，店主说。他定是被充气娃娃勾了魂，他竟然买了啊。他提了一袋子宝物上了楼。

进了房间他就忙着摆弄充气娃娃。他太专心了。我像一只蝙蝠从虚掩的门里飞进去。他并没有看到我。我悄声走到了阳台上。那里堆满了书。书上积了厚厚的尘。看来主人已很久没有临幸它们了。都是些什么书啊。汉译名著系列，如，弗洛伊德《梦的解析》，斯宾诺莎的著作。有些书上做了眉批。他在《梦的解析》第五十页的空白处写道，牛逼啊，这么牛逼的著作，只有牛逼之人才能写得出。我要是能进入人的梦里，那该多好啊。呵呵，我最想在梦中与小菜相会。然后进入李老板的梦里。我要看看李老板的财富都隐匿在哪里，我最想知道李老板的秘密了，李老板似乎隐藏着天大的秘密。这个不知天高地厚的家伙，想进入别人的梦里，他要是能控制别人的梦，那世界岂不是太恐怖了么。空白页处写道：我的发明快要成功了，我将来就是伟大的盗梦者啦。这个小菜是谁啊。

他没有说明。只是这个叫做小菜的女人不停地出现在他的眉批或者笔记里。在朱光潜《美的历程》第四十五页，他居然写道，小菜，我看见你了，你跟在一个男人的身后，你怎么去了监狱呢，你们在那里干什么啊？你要是没钱了，就给我托梦，千万不敢走那条路啊，我明晚上就在十字路口给你烧纸钱，你记着来捡啊。呵呵。这个疯子，他真的能控制小菜的意识么？多么恐怖的家伙啊。我惊骇地放下书，目光透过玻璃，看到他给充气娃娃戴了胸罩，穿了黑色丝袜，最后他给她穿了一身劣质的警服。室内播放着哀伤的音乐。他请穿着警服的娃娃坐在沙发上。他给娃娃了一杯水，菜菜，喝水吧，蜂蜜水，女孩喝了皮肤好。他削了一个苹果，放在娃娃手上说，菜菜，这几天好忙啊，我们那个变态的老板让我给他的狗狗洗澡，我都想用热水烧死它。你想不到吧，李老板那种人竟然能见义勇为，醉汉想强暴拾荒女，我血性男儿岂能袖手旁观。可惜让李老板抢了先。那个拾荒女你肯定见过，她晚上就在我的房子住。她无家可归啊，我怕她再被坏人欺负呢。你要理解。你放心，我是好人。做好人太难啊。你身体不好，多保重，晚上你做梦，我就会到你的梦中。

  那个家伙对充气娃娃说话，如一条奔流的长河，不停歇地说着。他也许说累了，娃娃死活不吭气，空洞地看着他。他把娃娃抱到了床上，亲了亲娃娃的嘴说，乖，你好好做个梦，我会到你的梦中。

  我不忍心惊扰这个造梦者，猫一样走到了门口，我疲惫地靠着墙壁，房间里回荡着古怪的声响，他怪兽样地大叫着，充气娃娃的呻吟犹如嚎哭，窸窸窣窣的撕纸声爬满了墙壁。

  少顷，我便敲了门，我该工作了，我毕竟是记者啊，我们钱主任都警告我三次了，本月再没有好稿，你就早早滚蛋。钱主任这个变态，赤裸裸地拿饭碗威胁我了。

不看你干了十几年记者,你已经落伍了,过去人咬狗是新闻,现在人咬狗已不是新闻,我们要叫读者好看,要抓读者的眼球,眼球,懂么,读者一看标题,如同男人看见了裸女,不看都不由他了。懂么,大叔。

钱主任是八零后,器宇轩昂傲视全球的样子,才进《华都报》一年,就成了记者部主任主编助理我的顶头上司了。听说他爸爸的舅舅是宣传部副部长的妈妈的上司是市领导的大秘。这么复杂的关系,团团伙伙的,你说,活该姓钱的骑在我的头上拉屎撒尿或者做其他啥不雅的动作,我奈何他,我只是个跑街的记者,起得比鸡早睡得比狗晚,娘希匹,真的是记不如妓啊。娘希匹,老子好歹也出道十几年了,想十几年前,老子一篇报道,《华都》用了整整四个版,那可是前无古人后无来者啊。8·15,姓郭的,你听过8·15大案么?三死三伤,本记者突破重重困难首次在全国做了披露,虽然专案组怪我的报道泄了密,但我知道那是他们维护自己面子的说辞,张佳做案后,就从人间神奇地消失了。十几年了,一直没有他落网的消息,而我的后续报道也永远无法完成。你说,这种辉煌,几个新闻人能有?那时候,你们八零后还在大树底下耍尿泥呢。好吧,有时间,我把前辈的光荣给你们讲讲,那是可以载入新闻的史册的。好了,姓钱的,咱们的账慢慢算,等我把这个猛料写出来,够让你小子喝一壶的。我是记者。我是社会的耳目。我是无冕之王。我怕谁呀。咚咚咚,我敲门,这个破烂的门被我敲得吱吱歪歪地。

一张突然变成白纸一样的脸。一颗脑袋悬在门缝上。两只眼里飞奔出乱云般的质疑。

你找谁啊?

我找你啊。

我不认识你。

但我认识你，那个拾荒女每晚都回你的房间。

你是她什么人？

一个有着重要关系的人，一个和她有着千丝万缕的人。

你讲人话好么。

这不是人话还是狗话。

我能进来么？

门能挡住狗吗？

你能讲讲那个拾荒女的故事么，你在街头，给她赤裸的身体披上了衣服。当时那么多的看客，你和那个开宝马的老板，演绎了一曲人间的正气之歌。

你是给我上课么。我最讨厌上课了。我不喜欢那些大词宏论，就跟不喜欢你一样。

那些大词宏论很适合描述你，也适合我的职业。我不能在你面前没有一点专业素养，你毕竟是个喜欢弗洛伊德、斯宾诺莎的人。

你怎么知道？

因为我是记者。没有我不知道的。即使是市长，我也有办法让他开口。这是我的专长。

你想知道什么？你在现场都看到了，你应该去采访开宝马的老板，他才是你们值得报道的人，或者你去采访醉汉，问他为什么想在街头强暴一个捡垃圾的女人。你或者可以采访街头的看客，他们为什么喜欢围观这么一出人间的悲剧。其实你们这种小报，还不如街头的看客呢。

你当时不害怕吗？你不怕醉汉会捅死你吗？我希望通过对你的报道能唤起社会的良知和道德。

你们记者还不如妓女。妓女还讲究诚信，一分钱一分服务。你们记者的笔，还不如拉屎的肛门，同样一个人，今天在你们笔下，是不食人间烟火的道德模范，明天或许就变成了败类流氓垃圾恶棍，翻手为云覆手为雨，哼，世界都是被你们这帮人弄坏的。

哟，还愤青呢。记者中是有败类，但我不是。我叫李是非，你总该听说过吧？我得的新闻奖多得跟牛毛一样。你总该听过"8·15"大案吧，那是我从业以来最辉煌的杰作。撤掉了一个交警队长，处分了几个公职人员。这难道还不牛么？那都写进了政法系统的警示教材。

他端详着我的名片，咬着牙问，那个杀人犯抓了么？

没有，那是公安的事。

你知道张佳？

不仅我知道，洛城乃至全国人民都知道，扒了他的人皮我都知道。

他在哪里？

我怎么知道他在哪里。我要知道他在哪里，我早举报了。公安悬赏二十万，至今那钱还在睡大觉呢。我做梦都想知道他在哪里呢。有了二十万，我可以实现我的梦想啊。我早就不想看我们老板的脸色了。我可以开一个书店，你瞧，我多么爱看书啊。

你的梦想真的很宏伟啊。我讥讽地说着，看墙壁上挂着张佳的图像和李老板的图像。张佳的脸上扎了一把刀，坑坑洼洼的。李老板的脸上钉满了图钉，像密不透风的丛林。这两个人也盯着我看，目光里充满着仇恨不屑和阴冷。

张佳这小子毒啊。杨威捂着脸上闪闪发光的疤痕，我们像失散了多年的兄弟，共同回忆起了十多年前那桩惨不忍睹的血案。

她的脸庞好美

那个午后的黄昏，张佳就穿过岁月的烟云，从墙上蹒跚着走下来。

张佳愤愤地挤上了609路公共汽车。他敲打着投币机说,我没有零钱。他的话语含着冰冷的挑衅。他狂躁地搂着胸前的帆布包。女司机朝他笑了笑,说,实在没钱就算了。他的心突然震颤,似沐浴了沸腾的阳光,泪水悄然奔涌。他抓着扶手,呆呆地看着女司机的后背。她的线条好美。她的脸庞好美。她开车的姿势好美。他按了按气急败坏的帆布包。汽车过了一站,又过了一站。人上上下下的。车窗外的人像一个个游荡的幽灵。这辆车会不知厌倦地行驶下去么,会开往世界的终点么?没有人回答他这个貌似深刻的问题。他就盯着女司机握着方向盘的双手。她的手好美。"你下车吗?到终点了。"她笑笑地问。她的牙齿好美。她也许就十八九岁的样子。她车开得好美,像骑行着一条浮光掠影的大鱼。他背着一帆布包的危险,走下车门的瞬间,他说,你车开得真好,坐你的车真幸福。今天坐车的人都应该感谢你。她笑吟吟地,说,欢迎你下次乘坐啊。

没有下次了啊。这回他的目标坚定了。他不左顾右盼了。他走到了交警大队门口,那里停泊着摩托车和几辆警车。岗亭里的保安趴在桌上睡觉,他的涎水蚯蚓样爬满了脸下的报纸。他从包里掏出两个啤酒瓶。瓶里的汽油迫不及待地发出焦灼的呼喊。两团火焰呼啸着扑向那些趴在地上的车辆。大火疯了,噼噼啪啪地,他叫道,救火啊,救火啊。保安揉着眼睛站起来,火光映红了他惊慌失措的脸。

在众人救火的瞬间,一张人皮面具已经蒙了他的脸。这面具太生动了,像某个在电视上经常逗人喷笑的演员。在人群的喧嚷里他从容地走进了值班室。匕首逃离了身体,那个警察就认真地趴在了桌子上。他冷冷地走进文秘室,两个警察像开了瓶的香槟,殷红的血喷射了他的脸。他已经不害怕了。他变得很勇敢。

他寻找那个光头。但是来不及了。一个女警抓住了他的手。他看了看她的胸牌,菜菜。放开,他叫道。菜菜像恋人一样抱着他的腰。他的手颤抖着,玫瑰花一样的血开在了她的胸部。在众人的呼喊中,他居然逃到了门口。火光映照下,他像一道流星,突然照亮了天幕。

此后的十几年,通缉犯张佳消失了,好像地球上从来就没有这个人。

他似乎置身那个恐怖的现场,他喘息着说,你描绘得这么形象,好像你就是张佳。

我艰难地深吸一口气说,你们看的报道就是我写的。我一直想采访张佳本人,但他作案后就神奇地失踪了。

他朝墙上张佳的图像钉了一根钉子说,也许根本就没有所谓的张佳袭警案,纯粹是你杜撰的罢了。不然,十几年过去了,张佳还是生不见人死不见尸呢。警方全国搜捕,他能逃到哪里去?

我看着张佳布满钉子的脸说,他能逃得了么?所谓法网恢恢疏而不漏,警察一定会抓到他的。

哼。他不屑地冷笑着说,十几年了,抓住了吗?枉死的人不能复生,活着的人难以安宁,迟来的正义还是正义吗?

那是警察的事。我对他说,正义总会来的,正义虽然有时候会迟到,但是正义永远不会缺席。说说你吧,你为何一直跟那个捡垃圾的女人在一起,你们已经在一起很长时间了。

你原来对这个感兴趣。这是我的隐私。

你的隐私关乎社会道德。作为记者,我有责任关注这个问题。你们在一起,会让人生出许多想法。

记者要是堕落到窥探别人隐私的地步,那记者也就太无耻了。你一直跟踪我,就是想知道这个秘密,那好,我就告诉你吧。

我没有自己的名字

我没有名字。

她说，你叫我艳梅吧。第一次见她的时候，她正在翻检垃圾箱里垃圾。她从里面捡出了一摞子笔记本。而那些笔记本是我记了十多年的日记。那几十万字的日记是专为一个女孩记的。那个女孩已经到了另一个世界。我本想焚烧了，以此来告别十多年的梦魇。想了想，还是扔到了垃圾桶里。让它变为纸浆，重新做纸吧。

我躲在站牌后，看到她一本接着一本从垃圾桶里掏出了我的日记。她能读懂上面的故事么？这么想着，我就尾随她走过了那片街区的垃圾桶绿化带垃圾站。累了，她就坐在银行的屋檐下，看那本粉红色日记。那是我十七岁记的第一本日记。她看着看着，就笑了。那满脸的笑跳出了披散的乱发，那个瞬间，我突然希望听到她的声音，希望听听她的评论。毕竟，她是我的第一个读者啊。

在公司里我几乎是个哑巴。我只跟电脑打交道。我的言语都被埋在肚子里，它们嗡嗡叫着，无法逃离我身体的城堡。我在日记里滔滔不绝。我突然希望和她对话。她累了，就在中国银行门口，那个地方安静呢，人们在那里哗哗地存或者取出大把的钞票，人们警惕地看着一个身旁堆着废旧物品的女人，手里捧着一个硬壳笔记本，极为投入地阅读着。雨突然大起来，走过来一个披着长发的男人。那个人眼睛看着天，嘴里哇哇哇地说话。他走到了她面前，他突然伸手夺走了她的日记。她太专注了。她想不到有人在银行门口除了抢钱还要抢书。她的手紧紧抓着。那厮怒了，踢了她一脚。她身子扑于地，但手里仍抓着那本日记。那厮便向她的脸去了一拳。那女人的鼻血霎时喷涌，血糊糊地染红了地面。那厮常盘桓于十字路口，要么作伟人状，对着滔滔如水的汽车，发表着貌似重要的讲话；要么在交警下班之时，置身于中央岗亭，穿着不知何处得来的警服，煞有其事地指挥交通，或者立于银行大楼，对着自动取款机破口大骂，偶尔会掏出家伙，以尿写字。这回，见了日记，这厮竟如此这般，莫非，他原是一个读书人么？见此状，我便捡了地上的啤酒瓶，砸向他的脚面。那厮负痛，脚在地上跳起来。我趁机拉着艳梅的手，提着一包日记，在那震天的叫骂中，仓皇地逃窜。

那时雨来得正猛。跑到我的出租屋，我们已经湿淋淋的了。她洗了脸，洗了头，我发现她竟然像某个我喜爱明星。她说，你的日记里一直有一个叫菜的女孩，你喜欢她么。她已断断续续地看了二十本日记。她似乎钻到了我的内心，也许，她就是另外一个我。

她说，菜在哪里呢？

我说，她在一个我们都不能去而最后都必须去的地方。

她说，菜还在柳镇么？

我说，我离开柳镇的时候，菜已经做了交警队的文秘。

她说，菜知道你想她么？

我看着灯光里她披散的长发，似乎眼前流过了柳镇的河水。我说，我离开柳镇的时候，菜嫁给了县长的秘书。

她说，菜知道你的心思么？

我说，也许知道，也许不知道。

她摩挲着我的手说，可怜的孩子，给我讲讲你们的故事吧。

我的天空开满了油菜花

那个夜晚，我离开了柳镇。知道菜要嫁给县长的秘书，我突然对柳镇彻底失望了。离开的那个晚上，我和菜在柳镇的大桥上见面了。菜拉着我的手，走入了镇东头的油菜地。临近夜晚，我们躺在油菜花上。菜的笑脸荡漾着，我看到油菜花漫天飞舞。耳边传来菜的呓语，如无数蜜蜂的呻吟。菜说，原谅我。我抓着菜的手说，县长秘书对你很重要么？菜说，我爸给我跪下了，他替我选择，我没有自己的选择。我看看身边的菜突然感觉自己和她如此陌生。是啊，我看清了自身。菜的爸是柳镇的镇长，而我爸是柳镇大字不识的农民。菜说原谅我。我便闭着眼，任泪水在脸上狂奔。每天和菜在油菜地里见面，躺在香喷喷的油菜花上，看着柳镇蓝幽幽的天空，感觉自己宛若活在童话里。那天，菜说，无论何时，我都属于你。她看我不解，附在我的耳朵上说，傻瓜，我有了。那时候我幸福死了。菜那个当爸的镇长终是发现了，他把菜囚禁在了家里。他让派出所长把我爸关进了镇东头的岩洞。洞里供奉着一座观音像。我爸每晚和慈善的观音呆一起。他回家就劝我，我不从，他就跪在了我面前。派出所到处抓我。离开柳镇的晚上，我烧了那座观音庙。我感觉自己变成了一只无头的蜜蜂，嗡嗡地，不知该到哪里去。不久菜便和县长秘书结了婚。

你再见过菜么？艳梅抓着我的手。

我想到了那个火光烧红的天幕，想着那个怀着身孕匆匆往外奔跑的女警。

我摇摇头，突然就哭了。积蓄了十几年的泪水忽地滂沱而至。艳梅也哭了，她摸着我的头，抚摸着我瘦弱的身躯。雨水敲打着玻璃，似有人在屋外呐喊。我看到菜了。她从监狱往回走。她的丈夫因贪腐被判十五年。她满身的血。她奔跑着抱住了行凶者的身子。她挡住了刺向那个孩子的凶器。她孱弱的身子噗噗地中刀了。菜啊。她满身的血。菜啊，我等了你十几年了，给你写了十几年的日记了，你知道我在想你么？菜躺在油菜花上，她盛开着油菜花一样芳香的身子，湿润得像是解冻的冰河。她抱着我的头，说，好娃啊，娃可怜啊，苦命的娃啊。我嘴里念叨着菜，像一头凶恶的狼。来电了，灯亮了，我才发现自己躺在艳梅的身旁。那几天，我们一直谈论着菜。我上班，她去捡破烂。周末，我和她把报纸、酒瓶、易拉罐、纸箱做了分类，用三轮车拉着去收购站。废品变成了钱，我们都很高兴。她给我买我喜欢的书，我们就回到我的出租屋。她做饭，我看书，听着炒菜的声响，我竟很恍惚，觉得人生最大的意义莫过如此。想到了菜和她肚里的孩子，我禁不住泪流满面。菜和那次事故中死亡的人后来都被追认为烈士。菜菜啊，我哭着，泪水凶猛得像是饥饿的野兽。艳梅系着围裙，看着我痛不欲生的样子，知道我又想菜了。她默默地抱着我，陪我泪水长流。

一日，梅突然抱着我的头说，我的孩子要是在世，也和你一般大了。我看着她脸上纵横的皱纹，说，你的孩子呢，你怎么一个人在城市里流浪？她摸着我的脸，手上似乎带着重重的伤感，她说，我的孩子呢，我也不知道他到哪里去了？我总感觉他就在这个城市，甚至有时候感到他就在我的身边。但他总是个影子，每当我快要清晰地看到他的时候，他就消失了。我抚弄着她布满伤痕的手说，你的孩子怎么了，他被人拐走了么？艳梅突然哭了，她的泪水像夏天的冰雹啪啪地打在我脸上。我说，说说吧，说说你的孩子。她突然不哭了，抹着眼泪说，他是个好孩子，他一直是个好孩子啊，他上学每年都得第一，他从来不打架，他主动帮助镇上的残疾人，他每天坚持跑步。他还爱写诗。二十岁。二十岁那年我就不见他了。

他哪里去了呢？我抓着她的手说，他在哪里呢？我们一起去找他。

不。她突然惊恐地摇着头，推开我，走到窗前，惶惶地朝外看。天空寂寞而辽阔，一幢大楼已经竖在了高空，那号称世界之都的大厦会给人们带来怎样的惊艳呢？楼群傲慢地遮挡了视线，她的目光收回来，声音突然黯淡了，说，我是瞎说呢，他也许早都死了，他该死啊，我哪里来的儿子呢？

艳梅的身子软绵绵的，像是一团被榨干了水的海绵。她说，我不能再在你这里住了，我要去寻找我的儿子。我在每个城市捡破烂，从奎屯乌鲁木齐到广州，从广州深圳到柳州，我几乎走遍了大半个中国。我凭着感觉又回到了洛城，我感觉我的儿子在洛城啊。我每晚都听见他在喊，妈呀，妈呀。我要每条街道每条街道地找，我感觉他快要出现了。

我抓着她哆哆嗦嗦的手，摸着她手掌上崎岖挣扎的掌纹说，我陪你一起找吧，只要他还在这个城市，我们就一定能找到他，我会和他成为好兄弟的。

艳梅把我抱在怀里，呐呐自语，我听见她说，儿啊，儿啊，你知道妈咋想你的么，你快出来吧，妈知道你就在这个城里，妈快要撑不住了。你再不出来，就永远见不到娘了。

艳梅颤抖的身子状若夜空不停眨着眼睛的星星。

你是流氓呢还是我是流氓

你和艳梅到底是什么关系呢？我问站在窗前给我一个冰冷轮廓的杨威。

你说呢？你说我和梅之间是一种什么关系？杨威看着我闪着红光的录音笔，他的目光里闪动着泪珠。

她是不是把你当成了她的儿子或者别的什么东西。我关了录音笔，尽力寻找不刺激他的词语。

杨威说，我不知道，我感觉自己离不开她了。有时候她简直就像我妈。

我说，她晚上会回来么？

也许会吧。杨威说，她说她的儿子已经出现了。她每天早早出去，很晚才会回来。
那个见义勇为者是你的老板么？

是的。他很神秘，很少在公开场合抛头露面，那天也许恰巧被他撞见了，那个醉汉太可恶了。你也看见了，我当时已经冲上去了。

围观的人那么多，醉汉已经脱掉了裤子。艳梅的衣服也被扯得稀烂。很多人当作三级片看呢。你的老板是个值得讴歌的人。我们这个时代太缺少这种人了。我想做个深度报道。你替我约约你们老板吧。

我们老板很低调。他每年要捐几百万呢。但他从来不接受记者的采访。

那这样更应该报道了。这种企业家太稀少了。你替我一定要约到他。

我们老板从来不接受记者采访。杨威断然拒绝了我的请求。

你如果约不到他，我的写稿任务完不成，我们领导会生气的。我们领导一生气，我只好写你和艳梅的故事，标题我都想好了，畸恋，拾荒女与一个屌丝的不伦之恋，够不够吸引眼球啊。

杨威哐当一拳砸在玻璃上说，你就是这样当记者的么，那你还真不如街头那个流浪汉！

只要他愤怒了，我的目标便可实现。我说，哥们儿，这是我们的职业要求，请你理解。不报道也可以，但是你一定要帮我约到你们的老板。

杨威想了想说，记者都堕落到了这种不堪的地步，社会还有什么希望呢。他给了我他老板李大羊的电话号码说，你自己联系吧，你是记者，凭你这么阴险和敬业，李总一定会接受你的采访的。

怎么说呢。当我把这个选题报给记者部主任钱正坤时，他激动得跳了起来。他亲自给我发了一支烟说，老李啊，这个选题太好了，太吸引眼球了，你想啊，一个捡垃圾的女人与一个屌丝同居，他们的年龄差距如此之大，这是多么好的卖点。暗访，跟拍，最好有图有真相。我在头版给你留一个整版。一个整版啊。你小子这回该出名了。这篇报道一出，咱们的报纸销量，咱们的网络点击率，咱们的广告也跟着哗哗上去了。老李你牛逼啊。

至于另外一个选题嘛，也不错，但是比起屌丝与拾荒女的故事，就很逊色了。见义勇为已经吸引不了人们的眼球了，人们都很忙，要是醉汉当街强暴垃圾女，那就很有看头了。我们可以发头版，可以谴责人们的道德沦丧，可以拷问人的良知。而遗憾的是这么具有新闻价值的事竟然没有发生？那个李老板要是晚出现一会儿，说不定就会发生惨绝人寰的事，那我们的报纸就会迎来哗哗的销量。

钱正坤说着说着就习惯性摸了摸没长毛发的脑袋。他激动地在房间来回走动。他说，老李，这个题材可是千载难逢可遇而不可求啊，一个记者纵其一生，能写几篇可以傲视江湖的稿件啊？我确信，这个作品应该是你的成名作，是你记者生涯的里程碑式的作品，你一定要写好，写得越精彩越好。你既要追踪现场，又要采访警察，还要采访醉汉拾荒女和李老板。必要的时候，我们可以组织一个有各界读者参与的讨论。讨论的题目就叫"面对强暴，你是挺身而出，还是就地享受"？

享受个屁啊。看着老钱亢奋得像是中了大奖似的，我说，你是要我写成下三滥的艳情故事么？写成畸形的三角恋么？难怪读者骂我们的报纸是地摊报垃圾报流氓报狗仔报。

住口！领导勃然大怒。他不许我侮辱我们伟大的华都报，毕竟还有那么多读者喜欢我们华都啊。他说，这么好的题材你不要糟蹋了。你不写，别的记者也会写，他们也许比我们挖得还深呢。这个报道写不好,你本月的绩效就不用领了,高级记者也不用评了,你的年度考核要是不合格,记者这碗饭怕是吃不成了。

理想很丰满现实很骨感,这么多问题像一把把来路不明的暗器直逼我的要穴。压力山大啊。我只好说,我没有说不写嘛,这么好的题材我怎么会不写呢。我几乎是向领导撒着娇说,这两个题材我都想写,我还想靠后一个作品得奖呢,我就差一个中国新闻奖了。

钱正坤拍拍我的肩膀说,这就对了么,老李,你也不小了,是该出代表作的时候了,"8·15"的辉煌已经永远地属于过去了,你要创造新的辉煌,不要一天没有个正经,像个猥琐的怪叔叔。

我走出了他的办公室,我边走边说,是你流氓呢还是我流氓啊。

失去航向的河流

约了十几次后,李老板终于经受不了我厚颜无耻的骚扰,答应给我挤出宝贵的十分钟。我走进他豪华的办公室,看到十几个协会理事的牌匾挂了半边墙壁。但他委实节俭。他穿的袜子经常淘气地露出几个脚趾头。他出差会把宾馆一次性洗漱用品作为礼物带给自己的下属。他唯一奢侈的是养了一只杜宾犬。他至今未婚。他从不搞自己的女下属,也没有丝毫绯闻。"他简直就不是人。"至今我还记得杨威描述李总时就像在描绘一个他不理解的怪物。"我不喜欢你们《华都报》。"李总直言不讳地说。当他听我夸耀地宣称报道过"8·15"大案时,他赞我给记者这个行当保留了最后一点脸面。

我不甘心地说,张佳至今还没有落网呢,近十几年来没有他的任何消息,传说他死了。

李总离开了大转椅,走到了落地窗前。他望着挺在高空里悬崖一样陡峭的楼群说,那个新闻我也看过,在所有报道"8·15"案件的新闻里,你写得最客观了,那个少年最终走上不归路,一条没有尽头的路。

我遗憾地说,我一直想采访那个少年,但那个少年也许死了。十多年了,他也许变成了草木。

叹息一番,我们便约好了下次采访的主题。

再见到李总,是在时代广场顶层的星巴克。他取下了遮蔽着大半个脸的墨镜,喝着茶,讲述起他悲伤的过往。

爸爸从造纸厂下岗后,每月领一二百块钱的生活费。他变得爱喝酒了,喝一斤五块钱的散装酒,喝醉了就打我当老师的妈,有时候也打我。一次他蹬着三轮车拉人,被交警逮住了。交警要没收三轮车。但是他死死抓着,既不交罚款,也不想让收车。僵持间,交警怒了,叫来了几个人,到底把三轮车扔到了卡车上。卡车上装满了三轮车。我爸突然钻到车底下,大喊着说警察打他了。交警把他从车底下拖出来,有人踢了他的头,有人把他的眼镜打下来,一只脚把他的眼镜踩碎了。我爸光着身子像一只狗在地上打滚。他一边滚一边声嘶力竭地叫。据说那天我爸赤身裸体地走在大街上。没了眼镜的他跟瞎子一样走了一天一夜。他一边走一边念叨自己的三轮车。天黑他才摸索到了家。他回到家就喝酒。喝了一塑料壶白酒。我妈劝他,交点罚款,把三轮车要回来就算了,全县查三轮车非法载人呢,过一段时间就好了,摆个摊子卖菜啊修鞋啊总都有一条活路的。我爸哭得很厉害,并不听我妈妈劝。我爸曾经很骄傲啊,他是造纸厂的高级技工。哪台机器出了故障,只要他上手,机器都很听话,拿他的话说,比自己的儿子还要听话哩。你没见过我爸爸。可帅了。拿现在的话说叫老师哥。那个时候,他上班骑着自行车,穿一身蓝色的工作服,戴着白手套,骑行在大街上,那个威风啊。我那时最大的心愿是当一名工人,一名爸爸那样受人尊敬的工人。我常常偷着骑我爸的自行车,模仿着他的样子,奔驰在大街上。我爸以前从来没有打过我妈。连大声呵斥都不曾有过。那晚上,我妈说,少喝些吧,看你都喝成啥了,人家要收车,就让人家收吧,又不是收你一个人的。你胳膊能拧过大腿吗?我爸一口酒吐到我妈脸上,他怒斥道,你也跟人家一个腔调,人家是你男人啊。他骑在我妈身上,就脱我妈的衣服。我妈挣扎了一会就不动了。他一边撕我妈的衣服,一边扇我妈的脸。我妈一声不吭,血从嘴角流出来。他也许没有看见暗处的我。他竟然解开了裤带。我捡起墙角的砖头,狠狠砸在他头上。血哗哗地溅了我一脸。他从我妈的身上栽下来就睡着了。他醒来后,已是第二天中午,他跪着给我妈妈道歉。我妈去上课了,我也去了学校。我们回家的时候,爸爸穿着工作服,戴着白手套蓝帽子,用一根绳子把自己挂在了屋顶上。爸爸死了。妈妈的代教老师也当不成了。满街上又跑着三轮摩的。我妈借钱买了一辆。她每天开着摩的去拉人。那天她病了。我便偷偷骑着摩的去拉客。很不幸,我也被两个交警拦住了。他们要没收车。他们要罚款。我的身体死死护住车子。那两个人就打我。一个人踢了我的裤裆。把我的睾丸踢烂了。另外一个人把我踩在地上,他高傲的裤裆叉在我头上,我看着人倒立在地球上,整个世界都颠倒了。他在我的脸上噗通噗通地放着屁。他俩把我像足球一样踢来踢去。可能他们太喜欢足球了,是那种发自内心深处的爱。我就努力地变成足球,在他们的脚底下滚来滚去。最后我像一团狗屎滚不动了,他们觉得我不好玩了,太不好玩了,就把我像屁一样放了。我的车子还是被他们没收了。我被几个开三轮的送回家。我妈哭喊着把我送到了医院。我成了一个太监。呵呵。我成了一个太监。我去交警队要了好几次车。他们谁都不理我。我实在不想在那个地方呆了。我就跑了。这十多年，我卖过血，给人放过牛羊，下过煤窑，盗过墓，当过商贩，干过小偷。一个官员，她的肾坏死了，而我的肾恰好与她配对，我便送给她，算是救了她一条命。在她的关照下，我做起了房地产生意。我轻松地拿到了一块地。那个时候，中国的房地产市场一片火爆。第一桶金我赚了一千多万。但是落入我口袋的也就二三百万。你懂的。内幕就不便透露了。这些涉及隐私的内容你不要写，很敏感的。我每年捐出的数目在二三百万。钱再多，也是纸。我是无肾之人。我没有后代。我就和一只狗在一起生活。你说生命对我的意义在哪里？

你是柳镇人么？

我突然的发问让李总措手不及。我辨析出了李总刻意包装的普通话里夹杂着柳镇的方言。方言从出生就跟定了你，如同你从母体带出来的脐带，不管你的履历如何变化，不管你对自己的舌头进行何种的改造，它就如同你的血液，永远跟定你的一生。

你是柳镇人吧？我又问了一句。

李总拿烟的手哆嗦了，只是一瞬，他就恢复了镇定，说，柳镇，柳镇在哪里啊？

我盯着他的眼睛说，你的口音很像啊。虽然你说的是普通话，但我还是听出了你柳镇的口音。因为我是柳镇人。

你是柳镇人？李总深深地吸了一口雪茄，一缕淡紫色的烟雾久久地徘徊在他眼前，他深吸一口气，那缕烟雾就得了指令似的全部钻入了他鼻腔。

是的，我出生在柳镇。我们柳镇的刘宗元你总该知道吧，那可是柳镇乃至洛城的一张名片呢。刘老师是名满天下的大作家呢。

刘老师我当然知道。他的书我全都看过。但他不是一个大作家,他没有自己的思想,他过于随波逐流了。李总眯着眼,盯着嘴上吐着烟雾的雪茄,似乎对这个话题不感兴趣。

方言是隐藏不了的。无论你如何伪装,那个宿命般的东西总会在你不经意的时候冒出来,你的舌头已经习惯了他的滋养。我认定了李总是柳镇人,但他为何不敢承认呢?莫非他有什么难言的隐情吗?我便丢掉了普通话,我又不是播音员,何必用蹩脚的普通话为难自己污染别人的耳朵呢?柳镇的方言很土,像是深埋在地下的文物。我用柳镇方言和李总说话。我讲柳镇的饭食洋芋糊汤,我说酸菜就洋芋糊汤太他娘的好吃了,尤其用铁锅柴火做出来的洋芋糊汤,那才叫滋润肠胃人间美食呢。我说柳镇的木耳那才叫绿色食品天然无污染呢,家家户户门前都有木耳架,下过雨,满架子的木耳争先恐后地长出来,像是无数孩子的耳朵。那空气绿得能挤出水来,你吸一口,感觉肺跟清洗了一样。娃娃鱼你肯定见过吧,学名大鲵,哭起来像娃娃,柳镇的河里到处都是这种像娃娃的鱼呢。柳镇的变化太大了,再也不是过去那个偏僻荒凉的样子了。说着说着我就激动起来,我发现自己回到了柳镇,我听见李总咽唾沫的声响,我看到一个戴着白手套的少年骑着自行车在柳镇的大桥上呼啸而过。我说,你听过"8·15"大案么,即使你不是柳镇人,这个当年轰动全国的大案你想必也听过吧,当年的报道就是我写的呢。

李总站起身,把半截雪茄狠狠地摁灭在烟缸里,一缕烟挣扎着飘起来,他突然用地道的洛城方言说,有机会我到你们柳镇去看看吧,说不定还真是一个好地方呢。我要参加一个会议,稿子发表前,我要先审审。李总送我出了茶室,我一回头,看他抱着雷诺,又戴上了那副遮蔽了半个脸面的墨镜。等电梯的时候,我看他还呆呆地站着,雷诺的舌头在他没有表情的脸上舔来舔去。

我们都是有罪的人

我把初稿传给了李总请他审核,每次询问,他都推脱日理万机,把时间无限期地往后延伸。最后他竟说不要发表了,做些实事即可,发表只是哗众取宠而已。但是事情已经不由得他和我了。报纸每天要出版啊,读者的胃口被吊得似乎变了态,每天期盼我们的报纸能爆出猛料,能不停地揭个黑幕或者弄个别的什么刺激的东西。老钱早就不满意了,他说,老李啊,你那个通讯都拖了几个周了,他不同意,我们照样可以登啊,反正是正面宣传嘛,登了以后,再弄几个专版广告啊。那个李老板,每年光捐献就几百万呢。他要是不肯就范,我们就曝光他企业的问题,他常常让员工互打耳光,这也是天大的新闻嘛,严重地违反劳动法侵犯人权嘛。

怎么再深挖呢?我在写李大羊的故事中,明显感到了他人生的破绽,他似乎有很长的空白期,二十岁之后,他的人生链条似乎处于断裂状态。我就给杨威打电话。杨威在他的公司干了五年,又是电脑工程师,他应该对自己的老板有更多的了解。但杨威的回答让我甚是失望,他建议我关注一个用户名为"夜蝙蝠"的微博,那上面有许多值得揣摩的信息。我便上网搜寻。"夜蝙蝠"最后一条微博发自八仙庵:

是谁定的尺度?是谁把准绳拉在其上?地的根基安置在何处?地的角石是谁安放?……海水冲出,如出胎胞,那时谁将它关闭呢?

那个人真的是我的母亲么?

我该如何?

莫非,到了了断的时候了?

冥冥中我看到穿着制服的父亲向我走来。

父亲弥留之际抓着我的手说，无论如何，都不能报复社会啊，即使在最艰难的时候，也要挺住，那是活生生的生命啊。住院这段时间我一直在反思。张佳还是个孩子，他也许在走投无路的情况下把怨恨记在了我们的身上。我们有执法权，我们是强权机关，张佳一个弱孩子，和你一般大，他也许被逼得无路可走了，才铤而走险。后来我才知道他家庭的变故，父亲自杀，母子俩相依为命。如果有机会见着张佳，我一定要向他道歉，为我们的粗暴野蛮和自私，我们没能守住自己的边界，我们不自觉地成了他的帮凶。

父亲说这话的时候，已经是一个月后的深夜。纵然各级领导来慰问他，纵然媒体将各种荣誉加在他的头上，但是他已经无法消受了，他的气息在一点点减弱。张佳的那一刀直接刺伤了他的肺。他抓着我的手说，法网恢恢疏而不漏啊，出来混，迟早是要还的。如果你有机会见到张佳，一定要替我道歉。父亲身上插满了管子，他的眼睛一直满含希冀地望着我。我咬着牙含着泪答应了。父亲的脸上露出了安详的笑容。他的眼睛一直满含期望地看着我。我合上了他的眼皮，我说，父亲，我会替你道歉的。

父亲这个老警察的日记陪伴着我。每晚临睡前，父亲的日记成了我的亲密爱人。我读他，似乎就是和父亲说话。那个张佳的形象在我的头脑里日益清晰。他好像成了某个影子，与我朝夕相处。我有时被噩梦惊醒，似乎听到他隐藏在黑暗的冷笑，如若柳镇猫头鹰的哭号。我努力在昏暗的房间里寻找，张佳似乎在我触手可及地方。有时候，我分明看到他站在我的面前，但我一伸手，只是抓了一把虚无的空气和无边的黑暗。我上厕所，他讥嘲我稀里哗啦文明素质一点也没有提高。我吃饭，他笑我成了化学试剂吃地沟油垃圾食品身上的毒性比害虫还毒。我写稿子，他讥笑我吹嘘遛马哪里还有一点媒体人的风骨。我到处租房子，他讥笑我这样的苦逼屌丝打工十几辈子都买不到一套房不如做一只老鼠住在免费的下水道。妈的。我朝他猛地挥拳。他蝙蝠一样飞到我的头顶。要不是你,我能失去了父亲,我能像无根的浮萍,当个记者,容易吗?瞧我们主任那个嘴脸,动辄要开销我,动辄说我稿子写得臭,动辄嫌我过节没有去看望他。更可气的是,他派人到柳镇调查我,说我偷窥过女老师的宿舍,偷过女老师的内裤和胸罩。还有,他竟然调查出了我在一个女同学头上撒尿,说我放牛的时候,和小母牛搞到一起了。杂种,他竟然说,和母牛的滋味不错吧,你再回老家的时候,带着我一起啊。杂种。哪来这样的事啊。我爸要还是警察,他敢这么欺负我么。怪我才华横溢啊。他是羡慕嫉妒恨啊。我好多有分量的稿件都要署上他的名字。外出采访,别人送的土特产如苹果、红酒、柿饼、茶叶啦,我统统都送他了。可,可他仍然不放过我。他在厕所里竟然说,老李那个贱皮子,我就要捏死他,名记怎么了,有才华怎么了,有才华的太多了,谁让他太有才了。你瞧,我们主任就是这么个货。我看见他在过道捏我们年轻女记者的屁股,在树阴里抱着那个实习女记者亲嘴。可惜我不是女记者,我是男记者。晚上,我又看父亲的日记。看着看着,我的心就分外地平和了。那之前,我一直想雇人收拾我们主任啊。但父亲在日记里说,碰到困难和挫折,不要冲动,更不要逞一时的匹夫之勇,冲动是魔鬼,会毁掉你的一生。张佳不就是冲动埋下的祸根么?任何时候,都不能走那条路啊。

父亲啊,你告诉我,张佳在哪里呢?

我不是你们想象中的那个人

把初稿交上去,我们主任看都没看,就把稿子撇到一边说,这个李大老板很有实力,一定要弄一笔广告费,他每年做慈善花几百万,给我们《华都报》一点广告费,简直就是小意思嘛。

我说,还有几个细节有待核实,如拾荒女为什么会一直徘徊在时代广场,杨威说她其实有一处房子,但她一直不肯住。又如,拾荒女经常会在垃圾桶里捡到钱,最多的时候好几千。是谁故意把钱放到垃圾桶里让她捡呢?又如,她把卖废品的钱都捐给了救助站,而她自己非常苦,为什么呢?杨威好像掌握着某个证据,但是他守口如瓶,一直不肯透露。

主任很不耐烦,抖着稿件说,这些和李老板有什么关系呢,我们是记者又不是破案的警察。关键是借此机会,给报社弄回一大笔赞助。

我沉思着说,我要再采访那个叫艳梅的女人,我想把细节搞清楚。

主任敲着桌子说,那就再给你最后一次机会。你这个认死理的家伙。

我去出租屋找杨威,但那里已经住了别的房客。房东愤愤地说,杨威和那个老女人已经偷偷搬走了,他房子打坏的灯泡还没有给我赔偿呢,他墙上画的那些乌七八糟的图案还没有清洗呢。

房东絮絮叨叨地。我去了时代广场的十八楼,看到李老板公司的门上贴着封条,上面盖着公安的大红印章。雷诺蹲守在门口,目光警惕地盯着我。我朝它打招呼,说,你主子怎么了?他是做好事的啊,警察怎么会抓他呢?雷诺朝我汪汪地叫了几句,我一句也听不懂。

我赶紧拨打杨威的电话,好半天,他终于说话了,他说,李记者,天大的新闻来了,你赶快来派出所。

难道又有什么大事要发生么?我远远地看见派出所门口停着一辆辆警车。一群荷枪实弹如临大敌的警察。一个女人兽一样嚎哭。警戒线外的杨威冷冷地看着警察从李老板脸上摘下了墨镜。他的脸上浮现出胜利者的笑。戴着手铐和脚镣的李老板把头扬得很高，似乎想把他的头颅举到太阳前。他面无表情地对那个和警察撕扯的女人说，我不是你儿子，你儿子十几年前就死了。

警察朝他的脸抓去，就从他的脸上揭下了一张惟妙惟肖的面具，一张烙着乱糟糟刀痕的人脸就闪电一样亮出来。

我已经走到了他面前。他看着我说，李记者，这一天终于来了，但来得太迟了，你的稿子你可以重写了。

几个月后，我给报社发出了我职业生涯的最后一篇稿件。

  本报讯（记者　李是非）昨日"8·15"大案主犯张佳被执行死刑。据悉，张佳曾潜逃十二年，化名李大羊，系华世集团总裁，公司资产近千万。华世集团以做慈善闻名，每年向贫困地区捐款达百万。张佳在执行死刑前立下遗嘱，将公司资产一半用于"8·15"大案死难者的抚恤，另一半捐献给贫困地区。本报记者李是非被张佳指定为遗嘱执行人，监督遗嘱执行情况。

原载《钟山》2016年第4期